神祈与夜愿

THE DEVINE
NEW ISLAND

反派二姐 著

长江出版社
CHANGJIANGPRESS

图书在版编目（CIP）数据

神祈与夜愿/ 反派二姐著. —武汉：长江出版社，
2024.4
ISBN 978-7-5492-9318-6

Ⅰ. ①神… Ⅱ. ①反… Ⅲ. ①幻想小说—中国—当代
Ⅳ. ①I247.5

中国版本图书馆CIP数据核字（2024）第028895号

神祈与夜愿 / 反派二姐 著
SHENQI YU YEYUAN

出　　版	长江出版社
	（武汉市解放大道1863号 邮政编码：430010）
策　　划	力潮文创-白鲸工作室
市场发行	长江出版社发行部
网　　址	http://www.cjpress.com.cn
责任编辑	罗紫晨
特约编辑	唐　婷
封面设计	Finnn
封面绘制	Finnn
插图绘制	雑炊村要健康 Finnn
印　　刷	北京盛通印刷股份有限公司
版　　次	2024年4月第1版
印　　次	2024年4月第1次印刷
开　　本	880mm×1230mm 1/32
印　　张	8.75
字　　数	259千字
书　　号	ISBN 978-7-5492-9318-6
定　　价	45.80元

版权所有，侵权必究。如有质量问题，请与本社联系退换。
电话：027-82926557（总编室）027-82926806（市场营销部）

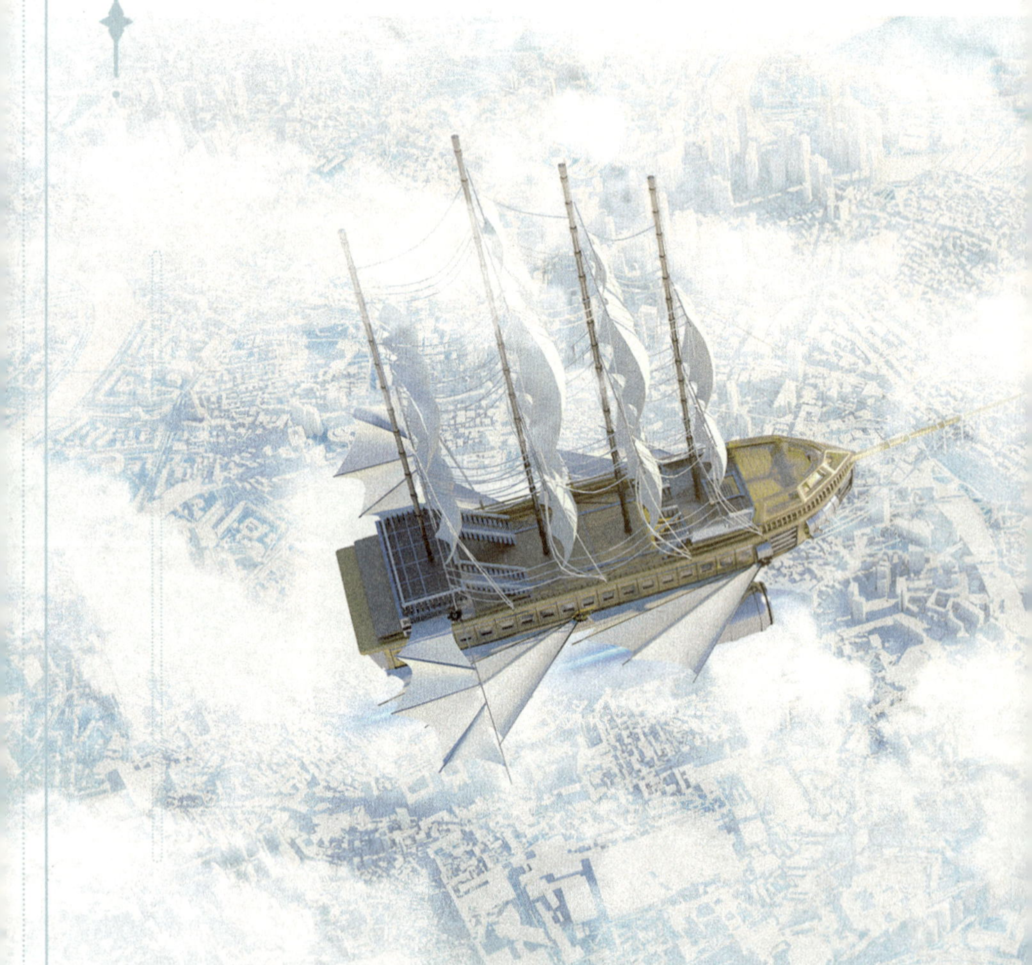

THE DEVINE NEW ISLAND

神祈与夜愿
THE DEVINE
NEW ISLAND

目　录 CONTENTS

001	CHAPTER 0	前情往事
004	CHAPTER 1	那曾经是他的船
015	CHAPTER 2	一圈红光
026	CHAPTER 3	被邀请是甜蜜的负担
040	CHAPTER 4	野狗与家犬
055	CHAPTER 5	无痕
068	CHAPTER 6	新苗
079	CHAPTER 7	呼叫地面指挥中心
095	CHAPTER 8	羊角面包
112	CHAPTER 9	百分之三十

124	CHAPTER 10	五根信号塔
143	CHAPTER 11	春暖花开
158	CHAPTER 12	祭坛
170	CHAPTER 13	美丽新世界
185	CHAPTER 14	金枪鱼罐头
201	CHAPTER 15	科洛西姆
220	CHAPTER 16	红色纱布
233	CHAPTER 17	追兵
251	CHAPTER 18	回不去的都叫作……
269	番外	第一次投喂小动物的心得体会报告

——你到底想要什么?
——我想要的东西您给不了。

Chapter 0. 前情往事

在核能源暴走、地球表面全面沙化的百年之后，臭氧层变得稀薄，满是空洞，工业文明分崩离析，废土大地一片荒蛮。安息作为一个出生成长在地下避难站的少年，16年来从未踏出过这地下家园一步，对日月星辰下的废土充满了向往。

直到某一天，安息邂逅了重伤下被救入避难站的外来者——外来者高大强壮，充满谜团，吸引了安息的目光，机缘巧合之下，两人也慢慢产生交集。

安息悄悄在心里称呼对方为"废土"，这名字象征着野性而自由的废土大地，在这份向往之下，安息随废土一起离开了家和朋友，踏上了未知而危险的旅程。

在旅程的途中，安息经历无边的狂风暴沙，遭遇无数的变异怪物，落脚过热闹繁华的沙漠集市，也认识了各式各样的人，同时，他也发现了废土血液的秘密。

在这片充斥的无数变异怪物的大地上，有一支罕见而特殊的存在叫作高级变异人，它们力量强悍，伤口复原极快且不惧辐射，是整片大陆的强者。其唯一的弱点是基因衰变的时间不可测——衰变后的高级辐射人将完全失去血凝栓，最细微的伤口也会叫之流血身亡。

除此之外，变异人普遍被认为是不能繁殖的，然而废土的父亲却是在其母亲怀孕前感染、怀孕后变异的，于是废土也成为了至今为止可知的唯一的变异人后代——他的身体素质比普通人类更强悍，并可能摆脱高级变异人基因突变的命运。

废土作为一名从小就成长于战斗中的赏金猎人，存够了一笔不少的钱，（在发行货币的国家机器崩溃之后，废土世界的通用货币是圆珠笔芯——一种战前大量生产随处可得，战后停产不会贬值又便于携带的物品），来到了海上新城虚摩提。虚摩提译为伊甸园，是地表文明全线崩塌时崛起的诺亚方舟。抱着保存人类文明火种的目的，一小批人类带着当时最为先进的科技来到了这里，历经一个世纪，虚摩提也由十艘航空艇扩大为了以三座反重力岛为主，成千上万艘私人航空艇绕行在外的海上新世界。

虽然没有资格进驻虚摩提主城，但废土在其最外沿的海上购入了一个小小的循环艇，终于远离了风沙野兽，和安息有了一个小小的家。

在这个新的世界里，新的故事也将由新的人物来演绎。

欢迎来到废土系列之二——神祈与夜愿。

废土热气蒸腾，变异毒蝎钻入沙子里，海面平静无波，反射着刺眼的白光，将所有悬浮在半空中的循环艇底舱照得明晃晃的。

正值一天午时，辐射大地昏昏欲睡，没什么人顶着高温在外面活动。

忽然，空气中激荡起微不可见的气流，掠过了安息脑后的小辫子。他穿着背心短裤，赤着脚，躲在船尾的紫外线防护罩下摆弄一地瓶瓶罐罐。他的同居人、饲主，也是这座循环艇名义上的主人米奥·莱特今日外出了，米奥前些日子总算弄清了大虚摩提地区雇佣工会的规矩，以 A 级猎人的标签登记在案，登记好的一个月后才接到第一个活儿。

这里的物价有些贵，废土的任务时间不太稳定，两人的存款相当紧张。

打算改进一些药方拿去贩卖的安息此时一个人在家，他因坐了太久而感到腰酸背痛，于是站起来伸了个懒腰。他背心的下摆露出一截肚子，哑巴着嘴喃喃道："废土不在好无聊呀。"

正在他百无聊赖地四处张望之际，远处忽然亮光一闪，安息虚着眼睛看过去———一艘式样复古又华丽别致的飞船自虚空中向他驶来。

这飞艇的造型好似古代大海战时期的欧洲船舰，又有些像安息在废墟游乐园见过的海盗船，但靠近一看，船体的木质外观其实是模拟的——飞船通体由智能太阳能板包覆而成，可以在控制下变成主人喜欢的各种颜色和纹案。

于是安息又朝前凑了凑，想要更加仔细地观察这艘船。

飞船的前端有一根非常长的尖角，直指着船头三十度的上方，甲板上方投影着三重桅杆和九层船帆，大概是一个用于保护隐私的障眼法，船体下的巨大气囊后方有两排巨大的涡轮扇叶，像一个百足虫般推动着整艘船徐徐前进。

这时候安息忽然看见在船头甲板上站着一个人。

船已经来到了很近的地方，那人背着手，一头金发熠熠闪光，他的头微微侧了侧，似乎也看见了安息的船。

安息抬起胳膊来挥了挥，冲这位路人友好礼貌地打了个招呼。

对方因为这个动作又多看了他一秒，随即收回目光——大船的航线笔直向前，同安息擦肩而过，宛如一头鲸鱼掠过帆船。

鲸鱼游动到露出尾部的时候，露出船体上刻印的一个巨大浮雕印章，样子有些像火泥盖下的戳子，又像一枚古时的钱币。

好眼熟的记号啊，安息歪着脑袋想，是什么呢？

Chapter 1 那曾经是他的船

彼处擦身而过的夜愿也想：好熟悉的船呀，为什么呢？

从虚摩提主城三岛出发，穿越卫星环带，再掠过太空垃圾一般零星点缀的私人舰艇，最后抵达废土的边缘，即使以他的船全速前进，整个过程也要至少三个小时。夜愿遥遥望去，一座巨大的钢铁巨龙断裂在海岸线——这曾经是连接围海大坝的跨海大桥桥头，据说从开始测量到正式通行整整花了十一年时间。但由于围海大坝需要每年定期潜水下去修补腐蚀形成的气孔，于是在全面辐射的第三十五个年头，大坝溃堤，海水一涌而入，不但冲垮了跨海大桥，连带整个海岸线都被向后推了几公里，沿岸地区被侵蚀成了沼泽，又在之后的半个世纪里慢慢风干，成为如今黄沙飞舞的景象。

在支离破碎的桥头一旁，耸立着另外一个钢铁巨人——一座石油工厂的旧址。这如今是大虚摩提地区赏金猎人公会的所在地，也被人戏称为骑士团。夜愿抱着手臂眺望废土，伸出手朝下压了压，身后的人立马会意，将飞艇降低，无声地靠近公会外沿的停机坪。

今日夜愿换了自己的私用船只，没打着"李奥尼斯"的家徽标志，竟然直到走出船舱也没人来迎接他。舱门口到公会大厅间有十几米露着石块和黄土的裸地，夜愿低头看了看，一条狭窄的地毯就铺在了他的脚下。

工厂原建筑的挑高非常高，太阳光透过蒙尘的大玻璃窗照射进来，空气中有无数飘浮的灰。大厅两侧贴着墙壁嵌着几排钢筋楼梯和走道，中间剩下的全是吵吵嚷嚷的人。

大厅被粗暴地分为几块大的区域，头顶用锁链吊着的铁板做指示，夜愿偶尔来过这里几次，似乎每次来都变化挺大，他微微扬起下巴张望了一下，身后就凑上来一个声音："先生，老鲍勃在左前方的2号办公室。"

夜愿略一领首，他的侍从就快走了几步帮他把推推搡搡的人群稍微隔开一些，众人都看了过来，小声的嗡鸣中不停提到"虚摩提"这个字眼。

夜愿目不斜视地走到2号办公室门口，里面有两个人正在谈话。

隔着发黄的昏暗玻璃，夜愿认出巨大办公桌后头坐着的就是"老鲍勃"，而站在桌子这头的是一个身形高大头发花白的赏金猎人，他脖子上青筋毕现，脸涨得通红，他手里死死攥着一个果酱瓶的盖子，声音颤抖而压抑："不，求求您，下次保证不会了。"

老鲍勃轻蔑地笑了一声："下次？你还想有下次？任务失败一次就要降级处理，你已经是个D级了，再降就是回收标签，规矩你懂的。"

"我懂，我懂，但是……"猎人的话还没说完，老鲍勃又说："你在这里的时间比我长，规矩比我清楚，这规矩不是你定的，也不是我定的，咱们都是按规矩来。"

他的腔调拖沓中带着傲慢，像走音的风琴。

"求求您了，我愿意半价接任务，这一次就算了吧！"猎人恳求道。

"那不行，"老鲍勃说，"肯，你也老了，你以为就算拿着这个标签以后还会有谁愿意雇你吗？名额有限，你主动点让出来，别在公会里逼我找人动手。"

他这样说着，靠墙站着的两个大汉就带有威胁意味地朝前迈了一步，猎人露出痛苦的神色，哀求道："求求您了，这样我只能回废土上去，我会死的！"

老鲍勃放下手中的搪瓷杯，反问道："人活着，不就是会死吗？"

猎人似乎愣住了，再也说不出什么话来，老鲍勃失去了耐性，指示手边的人把印着"D"的果酱瓶盖拿回来。

站在门外的夜愿于是迈步进来，打断了众人，说："不用了。"

老鲍勃看了他一眼，差点跌下凳子，急急忙忙地站了起来，推开挡在面前的两位保镖。但还没能凑到夜愿跟前，又被夜愿的侍从挡住了。

这几位侍从虽然穿着修身的正装，模样也斯文有礼，但老鲍勃毫不怀疑他们可以将自己保镖的胳膊掰断。

"您怎么来这儿了？"他堆起一个笑，眼睛被藏进了肥肉里，拖着尾音道，"先生。"

夜愿露出一个漫不经心的笑容："散步。"他越过老鲍勃的肩膀，朝他桌上那本厚实的名册扬了扬下巴，摊开手道，"顺便选几个人。"

老鲍勃正要将老猎人轰出去，夜愿又说："别急，这个也一起。"

老鲍勃正要回过头去抱 A 级和 S 级猎人的册子——每次夜愿派人来工会都是为了招募骑士，几乎每次都能凑成一个二三十人的大团，手笔豪放，也不看价格，只是不知这次为什么亲自来了。办公室外头已经堆了不少吵吵嚷嚷的人头——有虚摩提的老爷来公会了，消息很快传了出去。

听到夜愿的话后，老鲍勃吃惊地转过来："先生，这家伙只是个 D 级，不不，他已经没有资格了，这边有 S 级的猎人，您看看……"

老猎人听见后连忙说："我可以的老爷大人，我很便宜，什么活儿都能接。"

"住口！"老鲍勃年轻的时候也是个猎人，一脚踹过去毫不留情，蹬在老猎人肩膀上，"还有你们！别围在外面了，快走开！"

老猎人踉跄的身影和隐忍的表情唤醒了夜愿一些久远的记忆。

外人只知道这是虚摩提来的有钱人，却不知道这人具体是谁。老鲍勃掌管骑士名册已经十二年，他倒是清楚得很，也更清楚面前这人虽看着总挂着礼貌的笑意，却比任何一个飞扬跋扈的奴隶主都值得小心——他是离金字塔顶端只有一步之遥的男人。

夜愿歪了歪头，金发下衬着年轻白皙的容颜，微笑着说道："是我选人，还是你选人？"

老鲍勃立刻端站："自然是您。"

夜愿问:"你手上那一本,有多少人?"

老鲍勃说:"A级目前有332人,没有长线任务的有189人。"

夜愿问:"S级呢?"

老鲍勃说:"129人,没有任务的有73人。"

夜愿皱了皱眉:"就这么点儿?"

老鲍勃忐忑地点了点头——几百号人还嫌少?

夜愿点头道:"行吧,先这样,这些全部留给我,"他摆了摆手,吩咐,"要是接下来一个月内还有解除任务的人也全部留给我,你再把B级的拿出来给我看看,有没有能用的。"

老鲍勃还没能反应过来:"全,全部?"

但夜愿的侍从已经走过来接手了名册,老鲍勃震惊之下,连忙手脚慌乱地取出B级名册——这下册子厚多了,分订了三本,夜愿翻了两页就合上了。

老鲍勃小心翼翼地问:"怎么了先生,不合适?"

夜愿转头看了一圈儿,瞧见恭敬站在一旁的老猎人,问:"你做猎人多久了?"

老猎人答说:"四十年了,十三年前来的虚摩提。"

夜愿手指轻轻敲了下名册的硬壳封面,问:"那这些猎人,你都熟悉吗?"

老猎人点点头:"不说都合作过,但大部分都知道些。"

"行,"夜愿示意他上前来,"有A级潜质的全选出来,选好后名册直接交给鲍勃整理,整合后名单给他。"

夜愿的一名侍从上前一步。

"哦对了,"夜愿冲老猎人礼貌地笑了笑,"记得把你的名字也加进去。"

老猎人捧着名册,呆滞地点了点头。

老鲍勃仍旧满眼不可置信,眼看着夜愿已经要走出门去了,才结结巴巴地道:"我能请问您要这么多人做什么吗?"

夜愿头也没回,说:"不能。"

他一边迈步离开，一边从镜窗的反光里看见鞠躬送他的老鲍勃脸上笑容渐渐消失，周围的碎语传入他的耳朵。

他已经能想到自己前脚一走，这些人将如何说他。

"神的走狗。"

回程的路上，夜愿绕道去买了一盒"长矛牌"雪茄——这才是他此行的真正目的，选人只是顺便。这一盒烟草几乎要赶上一个团的雇佣费用，在这个水比油贵的时代，已经完全没有适合种植的红壤以及气候降雨了，这小小的几片烟叶是真正的奢侈品。

他挑出一支雪茄放在鼻子下闻了闻，满意地将之收好。

闭门招待他的店主说："我们刚进了一个好东西，不知道您感兴趣吗？"

夜愿在这家店买雪茄已经有些年头了，和这位店主也相识已久，听后立马问："哦？"

店主说："您帮着买雪茄的那位，可能会喜欢这个。"

他从柜台下取出一个用麻布层层包裹的方形物品，拆掉麻布后里面还有细腻的软布，再打开后，现出一个木盒。

废土上竟然有如此精致的木制品，饶是夜愿也不禁扬了扬眉毛。

木盒雕工繁复，透着漂亮的棕红色泽，同金色的镶边把手相得益彰，夜愿伸手打开顶盖，问："雪茄盒？"

店主笑着点了点头。

夜愿也笑了笑——倒像是那人会喜欢的东西。

店家道："我也不必多说无用的废话，除了你们，这漂亮宝贝还真不好卖，您看着多少合适，就拿走吧。"

夜愿又将盒子翻来覆去地看了一遍——细节丰富极了，每一个雪茄托槽头尾竟然都是一个个神态各异的金色小雕像，众神或托或举地站立着，设计精致又厚重大气，的确是不可多得的佳品。

"你觉得呢？"夜愿合上盒子。

"感谢多年来的照顾，打个对折，您看2000笔芯怎么样？"店家说。

夜愿又笑了笑："对折？怎么这玩意儿还有市价吗？"

店家并不退缩，笑道："重要的是有人喜欢。"

夜愿扫视了一圈店里，没有在任何商品或价签上做停留，却已经心里有数，交代道："给他1200笔芯，走吧。"

店家微微躬身："感谢惠顾。"

走出店的时候，天色已开始暗了，海面上灯光依次亮起。夜愿正要迈腿走回到自己船上时，忽然想起来今天出门时路过的那艘小船为什么眼熟。

那曾经是他的船。

傍晚的海上，灯火依次亮起，天边渲染着紫色。夜愿走进驾驶舱，简单交代道："按今天来的路回去。"

不多时，他们就驶回到那艘熟悉的小船边——天气不错，小船的遮阳棚已经收起来了，里面亮着暖黄色的灯，甲板上隐约站着一个白色的东西。

夜愿眯了眯眼，定睛一看——竟然是一头大白羊。

他一头雾水，又见白天的那个少年从里舱走了出来，他手脚纤细，皮肤白皙，软乎乎的头发扫在脖子上，干净得像是生长在虚摩提的人。路过白羊的时候，他做了一个弯腰捞起的动作，投影的交互感应到他的动作，干草被举到白羊的嘴边，羊张嘴嚼了。

羊再要吃草的时候少年却不给了——他举着草左晃右晃地逗它，羊被闹得眼晕，四肢打架地原地乱转，傻乎乎地伸长脖子去追草料，少年笑了起来。他抬起头来，随即看到了夜愿的船，愣了一瞬后露出惊喜的表情。

"他认识我？"夜愿心想——他的这艘船是自己什么时候卖掉的？又为什么会出现在这里？他有点不记得了。

两艘船已经靠近到可以一步跃过去的距离了，少年走到甲板尾端招手笑道："你好呀！"

夜愿看着他没答话，对方又说："你的船好漂亮啊。"

夜愿也露出笑容："谢谢，你的船也不错。"

对方的小船是前些年十分流行的袖珍款，娱乐功能齐全，经常被用于举行小型派对。夜愿想起来了——当初这个模型第一次问世时,造船中心直接送了一部给他家主人,然后又被主人转手送给了自己。

夜愿心念一动,问:"我能上来看看吗?"

少年出乎意料地轻易点头了——他果然应该认识我吧,夜愿想。

少年一脚踏上船尾翘起的围栏,伸长胳膊:"我拉着你。"

身旁的侍从稍向前一步护住他,低声道:"先生。"

夜愿表示不碍事,将手放入对方手心——少年的手十分纤细,但却稳稳地握住他。夜愿低头看了看两船缝隙间的脚下深渊——海面平整得像一块坚硬的岩石,复又抬起头来,腿上一使劲,跳到了对方的船上。

"欢迎你。"少年抬头问在船沿站了一排的侍从们,"你们也想过来吗?地方有点小。"

夜愿说:"他们不用。"

少年点头道:"好吧。"又问,"你想喝水吗?番石榴味的。"

夜愿看对方端过来一杯带着淡淡柠檬绿的水,装在一个形状奇怪的乳白色杯子里——他平日里在宴会上从不喝别人递来的饮品,这是众所周知的,但他还是接过了杯子。

"咦?"他看着杯壁上画着一个歪歪扭扭的羊头。

少年不好意思地笑道:"这是我的杯子,我自己用黏土烧的,不太好看,但家里只有两个杯子。"他想了想又解释道,"我洗干净消过毒的。"

夜愿点点头,鬼使神差地喝了一口——一股番石榴香精添加剂的味道弥漫在他的口腔,舌苔上沾染了廉价的甜味。

"挺好喝的。"夜愿说,对方肉眼可见地高兴起来。

"平时没什么客人,只有我和废土住在这儿。"对方说,"我叫安息。"

"安息……"夜愿重复了一遍这个名字,问,"它叫什么名字?"

安息顺着他的目光看过去,说:"这是小羊。"

"就叫小羊?"夜愿点了点头,冲那个白色的全息投影说,"你好小羊,我叫夜愿,初次见面。"

安息笑眯眯的,好像他和小羊都交到了新朋友。

夜愿背着手，礼貌地四处打量，果然在方向盘操作板上找到一个熟悉标识——一枚钱币的烙印。

安息尾随在他身后，顺着他的目光也看过去，吃惊地道："哦！我说怎么眼熟呢！和你船上的标记是一样的！"

夜愿指着钱币边缘的一圈花体字，上面写着"Nightwish"。

安息吃惊地睁大了眼，张着嘴瞧着他，夜愿点点头："这是我小时候的船。"

安息愈发吃惊了："哦哦哦！"

夜愿做了一个抛硬币的手势："你看，夜愿是愿望的愿，我是只需要一枚钱币就能生效的许愿池，不管什么愿望。"

虽然他只回应一个人的愿望。

安息很是兴奋的样子，却并没有问他能不能许愿，反而奇怪地道："硬币是什么？"

夜愿吃了一惊："你不知道？就是钱币啊。"

安息皱着眉头困惑地问道："钱不是笔芯吗？"

"那是辐射后的事情了，在过去每个国家都会发行自己的货币，有些是用金属制成的，有些是用纸制成的……"

然后夜愿又花了十分钟给安息介绍"国家"的概念。

"哦哦哦，你知道的好多啊，你好厉害。"安息坦然地崇拜道。

这孩子到底怎么回事，夜愿有些纳闷，又颇不确定地问道："那你知道我是谁吗？"

对方果然老实地摇了摇头。

夜愿好笑道："那你就把我放进自己家里来了。"

安息微微挺起胸膛，自信地说："因为你看起来闪闪发光的，应该不是坏人！"

安息用废土的杯子给自己也冲了一杯番石榴汁，开始描述他心目中的和见过的坏人什么样，说了一会儿之后，他又叹了口气："但那是废土上的坏人，跟这里的坏人不太一样。"

夜愿饶有兴趣地道:"哦?那这里的坏人什么样?"

安息道:"这里的大家看着亲切,但暗地里……"

夜愿接道:"说一套做一套。"

安息沮丧地点了点头。

夜愿问:"废土不是这样吗?"

安息想了想,道:"废土上虽然弱肉强食,生存的困难很多,但大家好歹直来直往,各取所需,有自己一套是非对错的规则。"

夜愿点了点头:"弱肉强食也是规则。"

"如果别人愿意帮助你,你需要支付报酬,如果不愿意帮助你,也会直截了当地告诉你他不能帮你。就连没别人在场的避难小屋里,你要是拿了屋内留下的资源,就一定要放一个等价的资源作为交换,留给下一个旅人。"安息回忆着。

"可不放也没人会知道吧。"夜愿说。

安息点头:"是啊。"

夜愿明白了,叹息道:"是啊,在这里生活很累吧。"

两人沉默了一会儿,安息吸了口气,又鼓起胸膛:"但是也有好处!在海上可以每天看见月亮和星星,夜里的风又凉快又舒服。避难站就不一样了,夏天的夜晚很难入睡,热气散不出去。"

"你喜欢下雨吗?"安息问。

夜愿想了想——雨雾里的虚摩提浮光掠影,朦胧中遮掩掉了不少直白的欲望,主人喜欢在雨天的窗前看书,手边放一杯热咖啡,在这难得清闲的时候,他可以独自安静地待在主人身边。

"我喜欢。"夜愿说。

安息笑起来:"我也喜欢。"

"那你家在哪儿?"安息又问。

夜愿笑了笑:"家吗?我现在住那里。"他遥遥指着远处通明的灯火,在夜色中尤为耀眼。

安息伸长细白的脖子:"好厉害,那从你家能看到虚摩提岛上的样子吗？"

夜愿心想，我阳台上看出去就是整个主城中心，应该算是吧。

"能的。"他说。

安息来了精神："怎么样？好看吗？我听说岛上有植物，还有瀑布，是真的吗？"

"是的，有三个大瀑布，"夜愿用手指头蘸了一点杯里的水，在桌子上画了三个圆圈，解释道，"这是三个大城区，虚摩提百分之九十的居民都生活在这里。外沿有这些是中转岛、畜牧养殖、造船厂还有各种乱七八糟的生活必需品都是从这里出品的。最中间有个很高的塔，你说的瀑布嘛……是在三大城区最外沿。"他又蘸水画了几条虚线。

"哦哦哦。"安息回屋翻出一个望远镜调到最大倍率，但距离实在太远，根本看不清楚。

夜愿又在即将干涸的圆圈下面画了一堆竖直的线条："整个虚摩提主城，你可以把它看作一棵巨大的榕树群落。"瞧见安息的眼神，夜愿了然地比画起来，"榕树是一种树冠非常巨大的树，枝干向下深入土壤，最后可以自成一片森林。"

"虚摩提的主岛居住区就像是榕树的树冠，树干也叫作生命线，用于运送水源、石油、矿产和各种各样的资源。"他又画了更多从树干垂落的细线，说，"这是虚摩提的副城，是一个个从树冠向下延伸的倒置都市，部分扎根海底，帮助生命线一起维持诸城的平衡。"

"这些垂下来的树干上也住着人吗？"安息惊呆了，问，"然后就这样托起了一个岛吗？"

"大概有些负责维护管线的工人吧，"夜愿摇了摇头，"不是一个岛，而是三个大岛，六个小岛。也并不完全是支柱撑起的，整个虚摩提笼罩在一个巨大的磁场干预下，万有斥力你知道吗？在这个范围内，重力只有地球其他地方的四分之一。"

安息喃喃道："我不知道这些……"

夜愿接着说："你听说的没错，虚摩提上是有植物的，尤其是地心大厦的周围,是一片绿化广场,这会儿正是银杏树的季节。"他忽然笑了笑,"很奇怪吧,海上天空的城市,最高的塔竟然叫地心大厦,不觉得很讽刺吗?"

安息并不太理解"讽刺"的内涵,仍沉浸在虚摩提的梦幻描述里——巨大的榕树,倒置的都市,太难想象了,他盯着桌面的水迹直到其慢慢蒸发。

而在水汽蒸发的途中,夜愿也终于想起来自己当初是如何得到又卖掉了这艘船。

那是他第一次也是唯一一次大着胆子朝主人许出一个愿望——他想要在主人成年正式接手家族事宜前两人单独出海玩一次。主人那时应该是答应了,可惜转眼间又因其他更重要的事更改了行程——对方误以为自己只是想要出海玩,便送了这艘小船给他。

于是夜愿一次都没有用过,在仓库放了几年后转手卖掉了。

月悬头顶,夜愿放下空杯子站起来,礼貌地欠了欠身,表示感谢。

"很高兴认识你。"夜愿说。

"有空再来玩。"安息朝他挥手,"再给我讲讲虚摩提的事。"

夜愿笑道:"下次再来听废土上的故事。"

豪华的木纹飞艇无声起航,带着一丝空气的波纹,朝着远处的星星驶去了。

半小时后,废土终于从两天一夜的任务中返程归家,他风尘仆仆,抖掉沾着泥沙的兜帽,本在屋里昏昏欲睡的安息两步跑出来,站在甲板上等他的接驳船。

废土虚虚搂了一下安息,把他推开道:"身上脏。"

他呼出一口气,感到身体和灵魂都放松了。忽然,他遥遥看见暖灯下的厨房,餐桌上摆着两个杯子,皱起眉头,问:"谁来过了?"

Chapter 2 一圈红光

夜愿回到虚摩提时已是凌晨四点,飞船进入引力罩范围内后便关掉了四个引擎中的两个,一路滑行到了地心大厦一百六十二层的停机坪。

寸土寸金的大楼高空停机坪一共只有两个"船位",夜愿的船停靠在另一艘银色的金属外壳航空艇边,他看了一眼——脑内得到了"主人在家"这个信息,随即低下头匆匆向前走。

他很累了,这一天很长。

然而穿过空中花园来到泳池边时,夜愿顿了顿脚步,皱起眉头。

"先生,不然从旁绕过去?"一名侍从上前询问。

夜愿深吸了一口气——残酒和食物的味道钻进他的鼻腔,他大半天里都没吃什么东西,就喝了一杯糖水,胃里空荡荡的,有些反酸。他摇了摇头,呼出肺里的空气,动了动嘴角,调整好微笑的角度。

派对已经进入尾声,狂欢后的零星人群三三两两站在一百六十二层大宴会厅的落地全景窗外,玻璃上投射着泳池的波光——两万加仑的淡水,在这里只是四日一更换的玩乐项目。

夜愿穿过酒会和人群,立马有人眼尖瞧见了他。

"夜愿先生!您怎么到得这么晚,好戏都错过了。"埃利奥家的小儿子敞着前襟,露出一排漂亮的腹肌,手里端着鸡尾酒朝他走来。

夜愿朝他微微欠身："阁下。"

他知道这些"新贵族"打心眼里喜爱着旧时的尊卑称呼，几乎是立刻，身边又围上来两位女士。夜愿稍一打量——不是他认得的小姐夫人，那么只能是"资源"了。

其实就算是大家族的小姐夫人，也不见得就不是资源，他又想。

地心大厦的地产隶属李奥尼斯家，虽然建造资金有其他家族参股，但租金收取和管理依旧挂在他家主人名下，大厦说是他家的产业也不为过。作为主人的首席助理，夜愿只得挨个和所有留下来的客人打了招呼，不可避免地喝了几杯杂酒。

小埃利奥胳膊挂在他脖子上，说话的时候贴得过近，带着酒气的呼吸喷在他耳边，杯中残留的酒液在他胸前摇摇晃晃，有几滴溅到了他前襟上。

夜愿假装躬身去主动倒酒，再随便逮住一个路过的侍女教训了几句，小埃利奥被侍从弯腰收拾碎片露出的后腰转移了注意力，夜愿终于得以脱身而出。

"你们去休息吧。"夜愿独自站在电梯口，几名侍从躬身道了晚安，自行回到楼下了。

地心大厦上至一百六十二层都可以租借，但再往上就不行了，那是主人的办公和居住区。夜愿用特殊的门牌刷了一下电梯，上行到了顶层，来到了现存人类文明的最高点。

电梯门滑开后，震撼的夜景映入眼帘。

顶层的大部分面积都被打通成一个开阔的空间，环绕着两百度的全景窗。整间屋子只亮着几盏角灯，不夜的虚摩提被踩在脚下。

夜愿朝前走了两步——一个天鹅绒的扶手沙发里坐着一个静止的背影。

"主人。"夜愿小声说。

只有在两人独处的时候，夜愿才会像小时候一样叫他主人——考虑到这种阶级称呼的口碑不佳，他在外人面前改口称呼对方为"先生"。

但是他不喜欢这么叫，这称呼显得克制疏离且毫不特别，好像他们只是冷冰冰的主仆关系。

但事实上他们的关系也的确如此——虽然他从八岁起就跟在主人身边,由他一手教导养大,但也就是仅此而已。反倒正是因为这样,他才格外喜爱"主人"这两个字,好像自己是对方的所有物。

难怪别人说他是"狗"。

"回来了?"熟悉的低沉嗓音响起,"这么晚。"

"主人还没睡。"夜愿又向前迈了半步,这下能看到那人高挺的鼻梁和光洁的额头了——他额发垂落了几缕,搭在眼镜框上,看起来深沉又平静。

昼司一心二用,一边低头看面前屏幕上滚动的报告,同时注意着眼镜上显示出的分析数据,另一只手来来回回地翻转着一个黄铜色的打火机——这是他烟瘾上来时的习惯性动作,没抬头地问:"烟买回来了?"

"嗯。"夜愿应道,手伸向自己衣兜,昼司同时也搁下打火机,改为手心向上,等着细雪茄被放入他食中二指之间。他搁在左腿膝盖上的脚无意识动了动,夜愿发现他只穿着黑色的袜子,皮鞋甩在地毯上。

然而被放入昼司手中的是一个比雪茄更重的硬物。

他有些讶异地抬起头来——手中雅致庄重的木盒在夜色中渗透着宁静的美感。夜愿本一直弯着腰和他说话,索性跪了下来,凑在他腿边微微仰着头道:"送主人的。"

昼司搁下报告,手指拂过盒面的浮雕,再扣动金属的搭扣,就着窗外的光端详起来。

夜愿递出新购入的雪茄,昼司接过来后拆开包装一根一根地码放进了盒子里,夜愿看着他的动作,心脏鼓动起来。

"还不错。"昼司端详了一会儿后评价道。

夜愿不自禁地弯起嘴角,向前膝行了半步,手伸进沙发的缝隙,把打火机摸索了出来,挺直腰,点着火,凑到昼司的手边。

被剪开的雪茄头燃起一圈红光,夜愿吹了吹烟头,徐徐青烟绕起,烟叶的香气散发出来。

一整日的瘾终于解了，昼司呼出一口烟，将雪茄盒随手搁在茶几上，重新拾起报告。

"去睡觉。"他随口命令道，顺手揉了揉夜愿头顶，柔软的金发变得蓬松。

夜愿想了想，还是顺从地站起来离开了。

虽说昼司的卧房就是地心大厦名义上的顶层，但其实夜愿的房间还在半层之上的阁楼里。这件事没多少人知道，毕竟区区一个贴身侍从，卧室竟然处在主人头顶的真相实在太过惊世骇俗。但其实只是一个习惯的产物，就像他们从小到大的那样——昼司把他养在触手可及的地方，有时叫他打杂，有时吩咐他办正事，有时也只是单纯地叫他跟在身边，大部分时间把他当作学生甚至弟弟，就这样不自觉地瞧着他一天天长大。

然后他为昼司达成所有或大或小、秘而不宣的愿望。

那些作为李奥尼斯家长子无法亲手沾染的事情，那些作为代理家主没空分心的事情，那些不能见光却只能在夜里完成的事情，通通都由他处理。

他本来不叫夜愿，但不知从何时开始，这已经成为全部的他。

他打开自己卧室的房门，手中抛出一枚硬币，许愿池里溅起一朵水花。

夜愿第二次和安息碰面，已经是一个月以后。

那本该是他准备十大家族月度会面的日子——作为虚摩提初代创世神的八大家族和两支新兴贵族的家主凑在一艘豪华游艇上，夜愿负责会面的所有统筹事项，这包括会议地址、日程提案和食物餐点，也包括各类在会议外发生的正式或非正式"娱乐活动"的收尾工作。他的主人，整个海上新城最强悍的一支的李奥尼斯家族的长子，代替父亲坐在长桌的首位已经五个年头。

只是本月的会议没能如期召开，其原因便是主人不成器的讨人嫌的弟弟。

主人的生母早逝，如今李奥尼斯的主母是范修连恩家的四女儿罗特·范修连恩，她生下了一个和主人相差十岁的同父异母弟弟。而这个弟弟如今正在处在令人头疼无比的青春期，又被野心过于庞大的母亲一族支配控制，整日尽做些令人摸不着头脑的事。

比如将自己的生日宴会定在十大家族月会的同一天。

"生日宴会不能在周末办吗?"他记得主人听到这个消息时不悦的表情。

李奥尼斯家的小儿子多恩回答道:"可我的生日就在那天,过了就不是生日了,而且这不是随便什么普通的生日,是我十八岁的生日!"

昼司面无表情地眨了下眼,嘴角微微下调了一度,夜愿知道他在不耐烦了。

"就得在那天,而且大家都得来!"多恩发表着危险宣言。

他口中的"大家"必得泛指虚摩提上所有有头有脸的人士,自然也包含了参与月会的所有家族。而一般而言,月会结束通常在晚饭后,是赶不上七点开始的宴会的。

"我生日都策划了多久了,你早该知道的,而且邀请函已经全发出去了,不能改的!"多恩不怕死地又补充道。

昼司冷冷地道:"我没有亲自过目你宴会的细节,是以为你至少不会蠢到这个地步,看来我还是太高估你了。"

多恩背在身后的手微微颤抖,夜愿知道他心里其实是有些害怕主人的——很多人都怕他,但多恩仍梗着脖子道:"一个月一次的会重要,还是我的十八岁生日重要?"

糟糕,夜愿在心里暗暗紧张。

所幸昼司似乎觉得这个问题太过可笑而没有回答,他重新低下头去:"随便你吧,我要工作了。"

"我要工作了"这几个字就是不容置疑的逐客令,多恩气得不行,肩膀耸着,红色卷发冒出愤怒的小火苗。但他仍半句不敢反驳,生硬地转过身,大步朝外走。

除了发色之外,多恩的五官倒是有些主人少年时的样子,只是主人从不曾露出过这么生动戏剧化的表情,而像一座名家设计的精美机器人。

夜愿见多恩已经走到面前,时机恰好地为他开了门,多恩瞪了他一眼,哼道："走狗。"

夜愿好脾气地微笑道："慢走。"

他本以为生日宴会的事就此翻过了，没想到在接下来的几天里陆续传来几支家理应参加月会的家主不能到席的致歉，原因大同小异——不能错过李奥尼斯家小少爷的成年礼。昼司哼了一声，将便携液晶屏往桌上一丢："不知好歹。"

此时硕大的办公室里只有夜愿在场，昼司不再掩饰自己的嫌恶："不知好歹的、愚蠢的范修连恩。"

本次月会昼司准备了相当重要的议程，需要绝对多数的投票才能通过，但投票必须发生在半数家主出席的情况下才能生效，被这生日宴会一搅和，会议也不必开了。

"您觉得是夫人授意的？"夜愿问。

"当然，那个小蠢货自己会有胆量撺掇这些人？"昼司毫不客气地说。

虽然知道主人完全没有那个意思，但"小蠢货"三个字听着有些亲昵，夜愿偷偷抿了抿嘴。

"连这点野心都藏不住了吗，一点脑子和主意都没有，不知道李奥尼斯家是怎么养出这种废物的。"昼司不悦道。

"他年纪小，还不到十八岁。"夜愿劝道。

"十八岁还小吗？我十八岁的时候什么样？你十八岁的时候什么样？"昼司不屑一顾，"就凭他，还想绕过我接管李奥尼斯？"

夜愿暗自倒吸了一口气——虽然这在本宅的侍仆间已经是暗地里讨论多年的秘密，但从没有人这样大声说出来过。李奥尼斯真正的家主、昼司和多恩的父亲神苍已经很久没有在公众场合下露过面了，自从昼司搬出日蚀号住到地心大厦后，更是鲜少见过父亲。反倒是留在主宅的多恩和母亲罗特经常能和神苍见面——继承权要稀释给小儿子的谣言在多年前已经传遍了整个日蚀号。

他还没来得及对此做出回应，昼司似乎已经决定不再浪费时间在废物弟弟和贪婪继母身上，重新拾起工作。

自己十八岁的时候什么样？夜愿想了想——那时候的他似乎终于坦然接受了自己的心意，并同时放弃了没有终点的憧憬。

既然李奥尼斯一族是新世界的创世神之一，整个虚摩提便都因为神子的诞辰而活泼起来，这宏大的庆典成了三大主城近日来唯一的谈资，而安息和夜愿正是在这样一个氛围下第二次见面。

安息彼时正将船降到海平面上，两条腿搭在船沿外头，身旁支着好几根钓竿"守羊待鱼"。

夜愿看了有些好笑——这少年怎么随时随地都这么悠闲，他今天只乘了一艘小型舰艇，比安息的船大不了多少，降低高度后两条船并在了一起。

安息瞧他来了之后很是惊喜，开心地丢下鱼竿招呼道："你来了！"

夜愿轻车熟路地跳上他的船："你在钓鱼？"

安息点了点头，给他看空荡荡的桶子——只有几苗小家伙："运气还没来。"

"给你发一支。"安息递给他一根竿子，才发现鱼饵早不知道在什么时候被吃掉了。

安息手脚麻利地又挂上一小块鱼肉，叫他丢出去，手在裤子上擦了擦，问："喝什么？"

夜愿连忙道："我今天带了喝的，给你尝尝？"

安息冲进厨房拿了两个杯子——一个是上次的白羊陶杯，一个是没见过的玻璃罐子。

"米奥说家里的杯子不要给外人……给客人用，所以我准备了一个新杯子，"安息把两个杯子放在桌上，又神神秘秘地在手里捏了一把东西，"结果你真的来了！"

夜愿上次就已经听过一点这位叫作米奥的神秘人的事，随口问："米……是叫米奥？他知道我来做客的事了？"

安息点点头："他把我骂了一顿，说我随随便便把陌生人放到家里来，没有安全意识。"

"你是挺没安全意识的。"夜愿赞同道。

安息不满地鼓起腮帮子："你你你，你到底帮哪边儿的？"但转瞬他又舒展开表情，贼兮兮地道，"给你尝个好吃的。"

夜愿狐疑地伸出手，手心被放入了一颗棕色的小坚果。

"这叫章仁果，很好吃的，但是外壳很硬，米奥给我剥了好多。"安息献宝似的得意扬扬。

夜愿吃掉了果子，评价道："好吃。"又想去安息手里拿的时候，安息却不给了。

"不行，你只能吃一个，这是米奥专门给我剥的。"

夜愿又气又好笑——这玩意儿别人平时送到他嘴巴他也不见得稀罕，况且眼前的果子品相和个头都不算好。

但他忽然就馋起来了，哄道："再给我吃一个，下次还给你。"看见安息纠结的样子，他还认真保证道，"真的。"

安息想了一会儿，回屋捧了一堆坚硬的果子出来，说："你可以吃这些，那些是米奥剥给我吃的。"

夜愿哭笑不得，只得把钓竿固定在一边，自己坐在小板凳上，十分不熟练地用一个榔头敲章仁果吃。

敲了一会儿后他就累了，侍卫们又被自己留在了船上，索性放弃果子，拎出一个银色的保温杯，给他和安息一人倒了一杯巧克力咖啡。

整个虚摩提只有两棵可可树和十株咖啡树，但正巧李奥尼斯最近也在经营植物园，夜愿就带了一些样品出来。

"颜色好奇怪，不过好香啊。"安息认真观察这棕色浓稠的液体，鼻尖动了动，小心翼翼地喝了一口。

"太，太好喝了吧！"他露出人生受到冲击的表情，眼睛睁得圆溜溜的。

安息三两下就喝光了自己那杯，眼巴巴地瞅着银色的保温瓶，夜愿高傲地说："拿剥好的果子来换。"

安息脸都纠结在一起，最后还是说："那我给你剥吧。"

"你就给我吃剥好的，要吃的时候自己再剥不行吗？"夜愿问。

"那还是不一样的。"安息说。

夜愿看了看他，忽然有些懂了。

"算了，"夜愿说，"逗你玩儿的，你喝吧，本来就是给你带的。"

两人并肩等了一会儿，鱼竿完全没有动静，夜愿忽然想起来，问道："你之前说，你从小是在避难站长大的？"

安息"嗯"了一声，夜愿问："地下的生活是什么样？"

安息回忆道："挺平和的，每天按着时间表工作，吃饭，休息，偶尔能看看电影，大人们虽然严格，但所有人彼此都认识，像一个大家庭。"

"真好，"夜愿说，"我长大的家族里虽然也有很多人，但却分成了很多个等级。每个人面上都假惺惺的，越是等级低下，越是喜欢在背地里算计。遇到看不顺眼的人，就专挑别人看不见的地方揍。"

"虚摩提都是这样的。"安息老气横秋地说，他看了看候命在夜愿船上的一干侍从，"你一定是你们家等级比较高的。"

"不不，我是最差的，"夜愿随口说，"我爸是原来这家打扫的仆人，我记事起就和他一起住在用人房了。"他比画了一个手势，"那是一艘很大的航空艇，夹板往上是巨大的主宅，是上等人活动的地方，而夹板以下的底舱，就是我们住的地方。"

安息想象了一下，问："底舱是不是也黑乎乎的，看不见太阳？"

夜愿轻笑了一声，说："没错，只在通向甲板的楼梯上有一个小圆窗。"

"见过太阳之后我就不想再回地下住了，"安息说："你知道罗城集市吗？是废土上很大的一个集市，我和米奥在那里住过两天，在一个小房间里，墙壁都是铁皮，白天很热，也没有窗户，但地上和地下的感觉就是不一样。"

夜愿自然听过罗城集市的名号，只是他从未深入过废土那么远，至多走到海岸线的猎人公会，那片茫茫的大陆于他而言陌生又危险。

安息还没忘记听故事，问："后来呢，你爸爸呢？"

夜愿本想再问问废土上的事，只得先接着说："长大一点后，我开始随着爸爸一起到上层的主宅里帮忙打扫，我爸希望我快点学会干活，能够早点自己挣上饭吃才不会被嫌弃。可惜没多久后我爸就过世了,我那时才八岁,没什么用,卖也不好卖,只能被赶出虚摩提了。"

"然后呢?"安息紧张地问,"你被赶走了吗?"

"没有,我家主人把我留下了。"夜愿说。

安息:"主人?"

"嗯,主人是家里的大少爷,当时还是唯一的少爷,少爷什么意思你明白吗?"夜愿在头顶比画了个手势:"大概在这个等级。他偶然瞧见我后,问我唐尼去哪儿了。"

"唐尼是你爸爸?"安息问。

"嗯,"夜愿接着说,"我说爸爸好一阵子都身体不好,怕影响到他,就不到这边来了。但是主人问,那唐尼现在在哪儿,我去看看他。"

"我只能告诉他,我爸已经去世了,我也要走了,谢谢他以前对我爸那么好,以后也请他保重。"他看了眼安息,解释道,"我那时不是在说客套话,主人对我和我爸是真的好,你有机会到了虚摩提就知道了,上位者能把你当人看,有时候就已经是最大的尊敬。"

安息想了想从小被赶出避难站的废土,说:"你当时要是被赶出虚摩提的话,才八岁……你能在废土活下去吗?"他上下打量了一番夜愿——从白金色的发梢到纤细的手指,再到一尘不染的衣摆,下结论道:"你看起来比我还要弱。"

夜愿笑起来——以废土上生存的标准来看也许是,但在虚摩提的世界里,力量的内涵大不相同。

他说:"是啊,所以主人看我弱弱的,就把我留下了,他虽然只比我大三岁,但已经懂得很多,他不但没赶我走,还教我认字,教我礼仪,教我怎么在这个世界生存下去。"

说到"这个世界"的时候,他朝着远方的浮岛抬了抬下巴。

"你主人听起来不错。"安息评价道。

夜愿忽然意识到自己似乎说了太多——面对这个毫无头绪的少年,防备和戒心瓦解得不动声色。

安息遥望着远方的城市，注意力瞬间被转移，又问："那虚摩提最近有什么好玩的吗？"

"没什么好玩的，"夜愿没什么兴致地说，"哦，有个大人物要过生日了。"

安息迅速回过头来："是吗？我也要过生日了，我后天要十八了！"

夜愿有些惊讶地看向他，安息显得十分兴致勃勃："米奥到时候也会在家，他会做很多好吃的，你想来参加我的生日会吗？"

"生日会？"夜愿问，"还有谁来参加吗？"

安息指着他："你，我，米奥，还有小羊。"

这算什么生日会，夜愿无奈地笑——跟多恩少爷相比，这两个人虽然年纪相仿，境况却大不相同——一个的成年礼要整个虚摩提为之庆祝，另一个的成年礼却只有一个人和一个虚拟宠物能够见证。

"谢谢你，可那天我有别的事不能来，"夜愿真诚地说，"真遗憾，你的生日会听起来有趣多了。"

安息笑起来："是吧，到时候我会在这里挂上气球，也许还能买到真正的番石榴。"

夜愿还要说些什么，手上的鱼竿却蓦然一沉，剧烈地弯曲了下去。

"鱼！来鱼了！"两人大叫起来，手忙脚乱地往回收竿，鱼的劲儿很大，围着船尾来回绕圈挣扎，安息不敢收竿太快——绷紧的渔线已经发出了危险的颤抖。

百忙之中，安息喊道："你！你知不知道有一个故事，叫老人与海！"

夜愿也喊："都什么时候了，老什么海！"

两人经过一番搏斗，终于把鱼拉到了近在咫尺的距离，安息用渔网一捞——是个六只眼睛满嘴尖牙的大家伙，一看就是污染变异的产物。

"不看脸的话……也许还能吃。"安息思索道。

夜愿大惊失色："不能吃不能吃！"

"好吧，算了。"安息把变异鱼丢回海里。

Chapter 3 被邀请是甜蜜的负担

李奥尼斯·多恩的成年礼成为虚摩提上最红火的话题。

但凡稍有点头脸的家族都在攀比自己收到了多少份邀请，停机坪又被规划在了哪个区——是离主会场更近的 A 区，还是远在边缘的 D 区；是只得到了宴会场的邀请券，还是得到了上层贵宾房的通行证，诸如此类。

只是被邀请也是一种甜蜜的负担，纵观整个宴会，与其说宾客是受邀享乐，不如说是受邀成为主人娱乐的一部分。作为宾客，你会接触不计其数的服务人员——自家的侍从也就罢了，在这种高端晚宴上，大手笔的小费也是表演的一环。整场宴会下来，一个宾客估计得要支付承办宴会十分之一价格的小费，于是去生日宴上做侍应生也成了最炙手可热的工作。

盛宴造成的热切效应影响的远远不止参会的人，与宴会无缘的三大主岛居民多少也直接或间接参与其中——要举办一个此等规模的聚会，所包含的食物酒水供应、娱乐表演项目和场地布置工作形成了一个巨大的产业链，为一个人或一个家族熊熊转动着。

这场空前浮夸的盛宴并没有在地心大厦举办，而是在主岛上空拼接了三艘巨型航空艇，叫人一仰头就能看见。主会场设在维多利亚号——一艘曾经世界上面积最大的浮空游艇，虽然后来被日蚀号超过而屈居第二，但九万七千马力的她仍是速度最快的巨型航空艇。

这座空中巨人由呈梯形的上下七层组成，自带无数宴会厅、舞池、酒吧、餐厅、泳池、桑拿间、娱乐室和暗室。顶层的娱乐室通常是指定宾客才能上桌的豪赌现场，而暗室更是人尽皆知的秘密。和私人的小型循环艇不同，维多利亚号这样超级航空艇根本不可能自我循环自给自足，相反，其每年的运营成本直逼造价。

与之相连接的常青藤号成为巨大的后勤中心，服务人员在此就绪，新鲜的鱼类和海鲜从主城各地的咸水养殖场空运而来——甚至还有少量十分罕见的蔬果和肉类，大量厨师在恒温的厨房准备食材，再运至维多利亚号进行最后一步的加工，保证食物能够以最准确最完美的状态呈现在宾客面前。

另一头的玛利亚号则全部腾空变成了停机坪——这本就是比对航空母舰的设计建造的，也即将成为所有最新豪华小型艇的攀比现场。前来参加宴会的飞艇悬绕在维多利亚号的外围，形成了一圈闪耀的大气层，只有十大家族的受邀人可以直降维多利亚号，再由侍从把航空艇开走。

作为李奥尼斯的半个管家，以及其长子唯一的贴身助理，夜愿倒是首次落得清闲——他从第一天就被多恩告知"不用你管"。

小少爷终于知道垄断专属自己的人脉了——夜愿几乎有点欣慰。

他此刻站在地心大厦的顶楼，帮昼司选出一套参加晚宴的礼服——这工作本不该由他来做的，只是从本宅带出来的侍从全都因为宴会而被抽调走了，其他人别说不适合贴身起居的工作，压根儿就没有顶层房间的进入权限。

在过去的几年里，夜愿的工作性质虽然在慢慢转变，但他其实并不讨厌这些琐碎的起居事宜。

他先是调低了遮光帘——虽然所有的玻璃都添加了紫外线过滤，但再过半个小时阳光就会晃到昼司桌上的屏幕了。随后沏了一杯维生素水搁在桌上，并且鬼迷心窍地选择了番石榴味，再然后，他把昼司头天夜里看了一半丢在茶几上和沙发边的所有文件分类整理，标记好进度，再按照紧急和重要程度依次摆回办公桌上。

昼司从头到尾都靠坐在办公桌后，一心二用地一边开远程会议一边处理事务，偶尔应付下属申请批准和权限的请求，直到午饭时间才歇了一口气。

李奥尼斯家族牵涉整个虚摩提从重到轻无数工业产业链中的大量环节，所有高层指示都要他来签署——已经很长时间没有遇过需要他父亲定夺的事项了。

他的祖父是第一批乘上诺亚方舟的新世界创世神，他的父亲是见证了虚摩提黄金发展五十年的神子，他要维护这辆只手遮天的垄断巨轮平稳向前，他的弟弟却是个任性冲动的愚蠢少年。

比起他同父异母的亲弟弟来说，一直跟在他身边长大、更像他弟弟的是……

昼司端起水杯喝了一口，酸甜的回味叫他有些讶异地扬了扬眉毛，抬起头来，不远处的夜愿正在仔细挂烫一套银灰色的礼服，旁边挂着勃艮第红的领带。

"颜色太亮了吧。"昼司说。

夜愿回过头来，又回头去看看礼服，把衬衫和方巾举起来搭配给他看颜色，说："好看，而且……"

昼司又喝了一口这口味有些幼稚的维生素水："而且？"

"不管主人穿什么，反正大家都看您。"夜愿笑着说。

视频会议的邀请又响起来了，昼司看了一眼并没有理睬——这是他十五分钟的休息时间。他站起身来活动着胳膊，走到窗边的挂烫机面前。夜愿动了一下机关，整排书柜在数个旋转机关的驱使下滑开，露出后面的卧室和衣帽间。

他走上前去拉开一排抽屉，取出其中一只砖棕色皮带的机械表，昼司只看了一眼就说："那只太重了。"

夜愿只得把它放回去，开始在石英表的抽屉里打量。

"别管那个了，"昼司说，"你穿什么？"

"我？"夜愿回过头来——他还没想过这个问题，"我就随便……"

昼司一听"随便"立马皱起眉头，显然是想起了他过去坏品位的黑历史。

作为一个家宅清洁工的儿子，夜愿小时候根本连袖扣是什么东西都不晓得，全是昼司一点一点教出来的，但这也只是环境所需，他本人对此毫无兴趣。

"走，去看看。"昼司抬腿就要出门。

夜愿大惊失色，结巴道："去，去哪儿？"

昼司指着楼上，说："去看看你衣柜，好久没检查过了，反正现在没事。"

没事？夜愿遥遥看了眼已经要爆炸的视频会议邀请，又想起那一水池的钱币，连忙说："不，不用了吧，我会好好穿的。"

昼司看着他——白金色的睫毛下是一双无比真诚透彻的灰蓝色眼睛。

这家伙从小就这样，夜愿不知道昼司心里是这样想的——瞒事儿的时候就刻意把眼睛瞪得特别大。

"主人晚上几点去会场？"夜愿此地无银地转移话题。

昼司又看了他一眼，还是顺着他问："几点开始？"

夜愿说："七点。"

"那就九点到。"昼司走回到桌边，戴上眼镜，随手滑开通信邀请，简短道："说。"

夜愿不动声色地松了一口气，又转身专心挑选手表去了。

日头缓缓西去，暴晒的热气稍缓，地心大厦前草坪上的喷水器也终于停了下来。比起提前三个小时开始准备的其余宾客来说，昼司直到最后一刻还在和他的财务长讨论本月的资金账目表。他站在桌前，面前展开着一排屏幕，身体却侧向另外一边，由夜愿打整礼服的细节。

他站得如此近，几乎完全被对方强势的气息笼罩。

他明明已经长大，虚摩提上每个人见到他都要带三分礼数，但却好像一直是那个一无所有的卑贱少年。

夜愿一边整理，一边跟着看屏幕上的数字。

昼司有查看李奥尼斯旗下所有账面概貌的权限，其中一支现金流呈现了巨大的赤字，正是本次宏大生日宴会的巨额支出，全部挂靠在李奥尼斯主宅也就是日蚀号的运营成本上。

财务长和三位财务顾问挂掉了语音，夜愿才说："植物园那边运营得很好，可以还一些主宅的贷款。"

在整个废土大陆分崩离析、国家机器停止运转的时候，虚摩提却有效地复制了文明社会的一切基本要素，这是超级富豪带着他们的税务顾问和艺术收藏家打造出的新世界，比起由灰烬中重生的废土，这里更像是资本主义避税的天堂。

昼司一挥手，把所有屏幕全关了，顺手将夜愿脸边散落的一缕金发塞回到耳后，说："不管他，没钱了自己想办法。"

昼司已经走开了，站在窗边眺望脚下的风景，忽然问："前段时间你去废土了？"

"是的，"夜愿说，"按照您吩咐的，一共招募了四百四十六人，都是准 A 级或以上的雇佣猎人，战斗经验丰富，应急能力强。不过是大多都是个人雇佣兵，结构松散，很难联系，也没什么团队意识。"

"太少了。"昼司说。

夜愿赞同地点了点头："废土上还有不少赏金猎人团，但不注册在雇佣公会的话更难通知管理。"

"这哪里靠得住，"昼司问，"那个什么集市没有公会吗？"

夜愿答："废土的四大集市中距离虚摩提最近的是番城集市，我调查过了，没有正规组织的雇佣公会，但有固定的任务发放地点。"

昼司沉吟不答，夜愿迟疑道："多恩少爷是真的想要……"

"不是他，"昼司说，"他有什么用，范修连恩家的野心连自己都吃不下，专门搞这么大的生日宴会是做什么，不就是想探探各族的口风吗？再暗示一下今后做主的是谁，提醒各位该站队了。"

夜愿点点头——范修连恩正是多恩母亲所在的家族："听说夫人最近和曼德家走得也很近。"

昼司只哼了一声，道："都什么年代了，还想搞武装压迫，幼稚。"

夜愿知道昼司虽然嘴上这么说，但不得不承认暴力的确是古老而万能的解决方法，尤其在虚摩提这种"平衡即是一切，制约即是正义"的新城上，大规模杀伤性武器是最高禁忌，任何一点失误都可能导致伊甸园的坍塌。

夜愿戴上象征贴身侍从的白色金边手套，两人走下电梯来到一百六十二层的停机坪。迈出电梯的时候，昼司先行一步，他跟在身后一米的距离，保持着一个主仆有别的距离。

头顶悬停的维多利亚号投下一大片阴影，笼罩在新世界的顶点上。

二人抵达维多利亚号的时候，宴会已经正式开始了一个多小时。带着李奥尼斯家徽的飞艇刚出现在人们的视野就引起了轰动，许多宾客端着酒杯拖着裙尾毫无形象地围了过来，只为试图在人群中脱颖而出，得到稀有的青睐。然而，直到舱门打开，垂梯落下，李奥尼斯家长子英俊的脸短暂地出现的大家眼前、又快速地消失在通向上层的贵宾通道背后，他也没有分出一丝目光给旁人。

夜愿礼貌地拒绝了领路的服务生，并塞给了对方一笔不菲的小费，表示只需要自己侍奉就足够。通往"贵宾娱乐室"的电梯刚一关上，昼司机器人般的面容便露出了一丝裂缝，"哼"了一声道："怪不得花了这么多钱，居然给我把沙滩搬过来了。"

这艘超级航空艇上有上下两个室外泳池，上头的那个较小，可以由外沿的跳水板和滑梯直接落入下层的大泳池，而泳池周边竟然被人工搬运来了大量白沙，铺设成了一个空中海滩。

夜愿小声提醒道："主人，四层还有一个室内的滑冰场。"

昼司正要说话，电梯已经到了。电梯门一打开，原本挂在日蚀号主宅正厅的巨大《夜巡》赫然出现在眼前，两边各站了状似低眉顺眼的服务人员，黑色的修身制服下肌肉隆起，很明显是专门看顾这幅画的保镖。

昼司只看了一眼，便迈开步子拐入娱乐室，夜愿自觉地去隔壁接待厅换了价值五十万笔芯的筹码。

他端着一盒筹码回来的时候，赫然发现不只是《夜巡》，许多主宅的瓷器和挂毯也一并出现在了这里——这些都是全面辐射前的艺术幸存品，每个物件都需要单独安排保镖和运送线路，区区一个生日宴会，直接将这里打造成了天价博物馆。

彼处的昼司已经寒暄了一圈——在场的都是各大家族的家主或二把手，昼司在里面显得格外年轻，然而他冷漠强悍的气势却不容忽视。简单地和几位本该在月会上相见的"同僚"打了个招呼，昼司在扑克桌边坐下了。

二十万笔芯买入上桌。

夜愿将筹码整齐地码放在他面前，昼司连牌还没看，便扬手丢出大盲，随口问："今晚谁手气好？"

上座的男人笑起来："冯老已经摸了三把顺子。"

昼司点了点头："那我得当心冯老。"

被点名的冯老也笑道："李奥尼斯什么时候怕过别人的手气？"

夜愿这才注意到，在这间贵宾游戏室里，十大家族的人基本聚齐了，只有范修连恩和曼德无人在场。

显然他不是唯一注意到这件事的人，冯老一边翻自己的牌看一边问："寿星呢？"

昼司答道："不知道，估计在筹备什么隆重的入场仪式。"

"李奥尼斯家财真是叫人大开眼界，区区一个生日宴会就能下这么大的手笔。"

昼司也翻开自己的牌看了一下，一对 10。

一般来说，持牌的玩家不会愿意亮牌给身边的人看，一是因为古老的迷信认为这样做会散掉好运，更主要是因为身边人的反应很有可能暴露给牌桌上的他人——玩牌归根到底是玩"人"。但夜愿从小被昼司训练，在害他主人输了很多局之后，终于练就了不管看见什么牌都面无表情的功力。毕竟打牌一分靠运气，两分靠算，七分靠演。

昼司随手跟了上家的注，说："毕竟十八岁了，是该好好庆祝。"

"十八岁按照李奥尼斯家的规矩就可以正式接管百分之十的家产了吧，听说小公子想和曼德家一起搞探月基地，开采氦-3？"冯老说。

上座的林科嘲笑道:"天方夜谭,探月基地建在哪,废土吗?"

昱司说:"也不见得,曼德家垄断着百分之五十的氘-硼燃料和反应技术核心,要说起无中子核聚变,没有人比他们更熟了。"

冯老哼笑一声:"核聚变,我们现在全窝在这么一小块孤岛上,整个地球表面寸草不生,就是因为这些喜欢搞核聚变的。"

无中子核聚变是不产生辐射副作用的,但在场没有人提醒他。

坐在对家的是冯老的长子冯德维恩,他四十不到,身材挺拔保养得当,比起父亲来说显得十分寡言。

他推出一摞筹码,说:"加四万。"

剩下几人纷纷弃牌,冯德维恩盖着牌丢回桌上,默不作声地将筹码拢到自己面前。

重开新局。

昱司手中又是对子,这次是一对8。

"听说老曼德在拼命招兵买马,要这么多人力干什么,不会真只是为了什么探月基地。"昱司随口丢出鱼饵:"野心家的欲望没有尽头。"

"我也听说了,"林科搓着手中的牌,伸着脖子,先等桌面上的公共牌开出来后才接着说,"不过鹿角号就那么大,能养下多少人?"

公共牌是8、10、10,才第二局昱司手中已经凑出了葫芦。

林科加注一万,昱司手摸着葫芦却只是犹豫着跟注了——牌面越大越要慢慢诱敌深入,等彩池金额够大再一网打尽。

"应该说,虚摩提就这么大,人越来越多,能装下多少?"冯老也跟了一万,说,"所以说李奥尼斯才是虚摩提最大的股东,你们手上掌握着多少地产?百分之三十?"

"百分之四十二。"昱司毫不客气地说,林科吹了声口哨。

冯德维恩弃牌了,继续开牌——转牌是7,没有同花。

发牌员说:"翻牌圈喊注。"

林科大手笔地丢了三万进去——很明显凑出了顺子——或者假装凑出了顺子,但面对葫芦无论如何也没有赢面。

033

昼司面上露出一丝微妙的为难，手里来回切换着两枚筹码，像是在思考该不该跟。

犹豫了一会儿后，他跟注三万，接着前面的话头说："这百分之四十二已经是从百分之五十六稀释下来的，每年虚摩提都在扩建，不过也快到头了，新三区已经触摸到了反重力磁场范围的最边缘，再往外就是些私人循环艇，已经算不上虚摩提了。"

夜愿默不作声地听着，思绪飘远，忽然想起了在小船上独自钓鱼的安息。

今天也是他的生日，不知道他是否吃到了真正的番石榴，不知道那艘小船装饰上气球后看起来怎么样，不知道他和小羊以及那名叫米奥的人过得是否快乐——不知道自己在意的人也恰好全心关注着自己是一种什么样的感觉。

最后一张河牌翻出，竟然又是8，昼司手中的葫芦赫然晋升为四条。

林科看了半天，敲了两下桌子，保守地过牌了。

彩池中已经有了十五万笔芯，昼司淡定地加注五万，林科哀号起来："你这是要我全入？"

"当然不，"昼司礼貌地说，"您还剩六万，留下一万作为纪念。"

在场的人都看好戏般地笑起来——林科如若此时弃牌，手握顺子实在意难平，之前下注的所有金额也全打了水漂，手上剩一万也成不了什么气候。但如果跟注，赢了倒还好，输了就得下桌了。

"好吧好吧。"林科将六万筹码全部推了出来。

昼司也跟着多丢了一万，并且开了牌。

牌面一翻开，满桌人都开始起哄，昼司站起来和林科握了握手，对方摇头苦笑地走到一边喝酒去了。

桌上还剩四人。

"说到探月基地，听说你家狗狗最近跑废土也跑得很勤啊。"昼司的上家此刻变成了果戈里，这是远在废土时代之前就久负盛名的家族，过去主营能源物流和海下开采，如今还包揽了大部分的空中物流。

被点名的夜愿朝对方礼貌笑了笑,完全没有被"狗"这个称呼冒犯。

昼司坦然道:"是,烟瘾大,虚摩提上种出的雪茄烟叶质量又越来越差。"

果戈里不置可否地嗤笑了一声,又问:"听说你现在不住日蚀号了?"

"早搬出来了,"昼司点头道,"平时处理事情不方便,现在住在地心大厦。"

冯老接话道:"不过寿星还住在日蚀号不是,小儿子难免比较受宠。"

"毕竟日蚀号环境比较好,多恩年纪还小,在家待着比较舒服。"昼司滴水不漏地应答,"本来他小时候和父亲一起的时间也不多,正好现在多弥补。"

夜愿听着心里有点好笑——明明之前在他面前大骂多恩是蠢货。

其他人都弃牌了,昼司和冯老追平了筹码,摊开一看,昼司手上一对A,而冯老有三个5,对方得意地拢走了桌子中央的所有筹码。

重新发牌。

"只恐怕这不是什么父慈子孝的戏码。"果戈里语焉不详地说。

昼司翻牌看了看——红心4,方片7,嘴上说:"哦?愿闻其详。"

果戈里毫不留情地说:"别怪我直白,多恩那小子我也见过几次,不成气候,但他那个妈却不那么简单。范修连恩家本来都要快从虚摩提掉出去了,自从嫁到你家来以后,她家可是坐上了火箭。"

桌上气氛一时间有些尴尬——昼司的生母已经去世多年,这位新的后母既然手段如此丰富,必定得要帮着自己的亲儿子上位。而在通往金字塔顶点的路上,长子昼司就是最大的阻碍。

但昼司仿佛毫不在意:"应该的,两家连了姻亲之后本就该互相帮助,说到底,咱们不都是互助互利吗?"

果戈里大笑起来:"互助互利,好一个互助互利。"

公共牌翻出来了:红心A,红心9,黑桃8。

夜愿暗自算了算:接下来两张牌翻出同花或顺子的概率都不大,不过夜愿见识过很多次他玩牌,手上的牌是什么有时候并不重要,从拿到第一张牌后的每一步动作、每一句话甚至每一个表情都是圈套的一环。

果然，昼司保守地加了注。

但果戈里没有要放过这个话题的意思，接着说："单纯一个范修连恩倒是无所谓，现在又和曼德家联合起来，你是不是也得去找个帮手？不如……你也去联个姻？"

冯老笑起来："那全虚摩提的姑娘怕是全得疯了。"

转牌开出：红心6。

同花的赢面又大了一点，昼司面前筹码很多，富有余裕，于是他大胆地加了5万，才说："如果合适的话，为什么不？怎么了果戈里，你要介绍你女儿给我吗？"

果戈里老来得女，女儿被宠上了天，他一个寒战，连声说："不不不，想得美。"

在旁听着的夜愿却是如堕冰窖 —— 联姻这件事在十大家族内部并不陌生，但主人几乎没有提起过，导致他差点忘了。

他差点忘了自己的主人是一个什么样的人——他是一个彻头彻尾的功利主义者，信奉着"最大利益化"和"道德结果论"，追求的真理是"the greater good for the great kind"。

如果联姻的利大于弊，那为什么不？

夜愿垂目盯着桌角，胸膛平静地起伏。

夜愿走神的时候，最后一张河牌开出来了：方片6。

昼司手上的牌完全废了，单张最大是桌上的A。

但昼司数出一摞筹码道："十万。"

桌上的几人反应各异，最后纷纷弃牌，只剩下整晚都格外沉默的冯德维恩。

冯德维恩："跟十万，再加十万。"

冯老朝后靠坐在凳子上，招呼过来一杯酒专心看戏，好像桌子上押进去的不是他家的钱，悠闲道："这小子疯了。"

夜愿知道昼司手中什么也没有，但牌桌对面的人并不知道——按照明牌来分析，他可能是顺子，可能是三条，也有可能是同花。

昼司露出一个浅笑——他平日里多半彬彬有礼，将侵略性藏得很好，但在这一刻，桌上所有人都感觉到了威胁。

李奥尼斯家的长子不是那个被"优秀继承者"模子套刻出来的机器人，也不是什么替弟弟做苦工铺路的"好孩子"，他是继承了这只虎狼血脉的掠食者。

他不是不知道自家弟弟的小动作，也不是不知道后母和外人密切联系的动机，他看起来云淡风轻，搞不好是因为早有把握。

他有把握自己能赢，而其他人都不知道他手中捏着什么牌。

昼司将面前所有筹码往前一推："All in，一百五十五万。"

一百五十五万笔芯，再加上彩池里的七十五万，整个贵宾室的所有鲨鱼因着巨额赌注而围拢过来，所有压力都集中在冯德维恩肩上。

昼司没有说话，静静地等他做决定。

冯德维恩额头上渗出细细的汗珠，眉头皱得死紧——他已经把所有赢面的概率清算了一次，但扑克里最后一成运气是算不出来的，尤其在桌上玩家极少底牌极多的情况下。

冯德维恩手上还有七十万筹码，他如果要跟注则必须全入，如果赢了，昼司手中还能剩下足够的筹码留下桌上，但如果输了，他就血本无归。

冯德维恩抬起头来打量昼司，又看了看自己的父亲，似乎为眼前的局势而恼火，但夜愿知道他心里已经有决定了。

在这漫长的五分钟里，夜愿背在身后的手心汗湿了手套，但他努力控制着呼吸的频率——除了昼司，就只有他知道昼司手中什么都没有。

冯德维恩最终拾起自己的牌往前一推："我弃牌。"

现场发出了小声的惊呼，昼司也把牌倒扣着丢回牌池里——再没人能知道他手中拿的到底是什么了。

冯德维恩忽然拦下发牌员，说："五万，我开你的牌看。"

昼司摸出雪茄夹在手中，夜愿立刻弯腰帮他点燃，雪茄的香气之中，昼司露出了整晚第一次真正意义上的笑容，说："你从我脸上看不出牌，

037

连我家狗狗脸上也看不出牌,那么你花多少钱也看不了牌。"

冯老大笑起来,拍了拍手对自己儿子道:"行了你,别丢人了。"

负责顶层的侍从走过来提醒道:"各位先生,还有一刻钟时间,多恩少爷的焰火许愿仪式就要开始了。"

"寿星终于舍得登场了?"冯老说,"那咱们最后一把玩儿明牌吧。"

昼司和果戈里都表示同意,冯德维恩还沉浸在上一把的余韵中,慢了半拍才点了点头。

发牌员开了桌上几人的牌,奇特的一幕出现了——果戈里一对5,昼司一对Q,冯老一对K,而冯德维恩一对A。

四家全是对子,而且一个赛一个大!这下连侍应都忍不住过来看,四人的牌桌周围站了好几圈人,对5的果戈里果断弃了牌加入观战队伍,昼司直接下注二十万,轮到冯老了。

冯老盯着自己的一对K想了许久,又将目光在昼司和冯德维恩间来回了数圈——这把牌太悬了,而且不只是牌技高低,李奥尼斯家的长子自从上桌之后,好像所有的运势也朝他倾斜了。

冯老用拇指和食指搓了搓太阳穴,摩擦着牌面良久,最终抬手弃了牌。

手持一对K却弃牌的情况十分罕见,在场一片唏嘘。

手握最大的一对A,冯德维恩跟注了二十万——此刻斗牌中所有牌面都明明白白地翻出来了,没有演技,全靠运气。

头三张公共牌翻出来了,5、7和K。

在场一片哗然——弃牌的冯老手中的一对K本可以凑成大三条,基本就稳赢了。他哈哈苦笑,摆摆手表示罢了。

第四章转牌开出来了,黑桃3。

昼司和冯德维恩都没有同花,在场最大的还是冯德维恩的一对A。

除了昼司外的全部人都站起来了,盯着发牌员——最后一张河牌,成败就此一举。

牌面翻转:梅花Q。

二十二分之一的机会!昼司凑成了三条Q,屋内一时间被这戏剧化的高潮给点燃了,昼司站起来,同冯德维恩握了握手,而后抛了一枚筹码给发牌员作为小费。

冯老也站了起来,说:"不愧是神子,天命所归。"

昼司也跟着笑了笑:"不,我只是随着天命走罢了,我相信在场的各位既然都比我要聪明,也应该明白审时度势这个道理。"

Chapter 4 野狗与家犬

夜愿将价值上百万笔芯的筹码兑换为信币值，全部打在了昼司个人账户的现金流上，走出娱乐室时夜空已经蓝得发黑，他见昼司靠在围栏边，雪茄的烟头已经灭了，高空的风吹起他的头发和衣摆——夜晚的空气有些凉。

夜愿正想去取来围巾给他，却被昼司拦住。

昼司："你明天去调查一下曼德今晚在哪儿，在场的还有谁，以及在场所有人过去三个月内的私下接触以及会面地址。"

如果曼德和夫人真有什么动作，想必是在非常隐秘的情况下进行的，但既然昼司说了，夜愿就一定会查出来给他——谁叫他是许愿机呢。

昼司在身上口袋摸了摸，掏出一个黑色的筹码："今天没有硬币，给你这个。"

这个习惯倒是一直保留着——每次许愿时都会给他一枚钱币，夜愿在心里苦笑，收下了价值一千笔芯的高额筹码，冲他浅浅地鞠了个躬。

他又放眼眺望了一下整个酒会——声势浩大纸醉金迷的表皮下，其实多少暗潮涌动。

昼司已经迈开步子朝电梯走去，夜愿跟了两步问："您这就要回去了？"

昼司无所谓地道："该见的人都已经见过了。"

夜愿犹豫地提醒："多恩少爷的生日许愿还没正式开始，焰火表演马上就要开始了。"

昼司侧头看他一眼，问："你想看焰火？你都多大了。"

夜愿愣道："什么？不是！"他意识到自己音量有点大，连忙低声说，"您提前走了，还没给多恩少爷当面道祝生日，恐怕少爷和夫人之后又会发脾气。"

电梯已经抵达停机层，昼司一步跨进去："随他们，走了。"

夜愿连忙跟上他，不料两人刚走出电梯整个天空就被骤然点亮——密密麻麻的炫目礼花之间，四架小型飞艇拖拽着银花闪烁的闪耀巨尾横空掠过，天空中形成一道银色的瀑布。

人群中传来惊呼——晚宴的重头戏正要开始了。

昼司只抬眼瞄了一下，便目不斜视地走到了航空艇舱门前，待命的侍从为他垂下踩梯，夜愿快步跟上，厚重的舱门将喧哗关在了外面。

"吵死了。"昼司抱怨。

夜愿又透过窗子看了一眼——其实他是真的挺想看的。

他记忆里只有过一次看礼花的经验，那是昼司满十岁生日的时候，他尚还健在的母亲也就是日蚀号的原女主人为他放的。彼时的夜愿仍随父亲住在专供仆从生活的日蚀号底舱通铺里，只遥远地看过几眼家中的少爷。

他记得那是一个寒冷的冬夜，底舱没有窗户，他便爬到夹板下的隔层里——那里有一个圆窗，他得要踮着脚才能瞧见一点。

可惜圆窗还是太矮了，瞧不见整片夜空，但好在礼花下落的时候能投射一些光彩在玻璃的弧面上，于是他就通过这失真的反射看了人生第一场焰火表演。

后来日蚀号就再也没有放过烟花了——昼司的母亲终于没能熬过那个冬天，夜愿的父亲也没有，但前者惊天动地，后者毫无涟漪。

夜愿回过神来，航空艇准备起航，其余侍从都按照昼司的喜好自动避开了——只要夜愿在，昼司基本不用别人服侍。

相对而言，只要夜愿出门办事，这位冷酷寡言的少爷脾气就会稍差一些，甚至偶尔还会因为不满意侍从的举止而亲力亲为。

夜愿并不知道这些，他从背后接过昼司的外套挂在一边，调试了一下座椅靠背，然后将出门前没看完的财务报告摆在他左手，镇着冰块的水摆在他右手——他做这些事完全是习惯使然，脑子里还想着烟花的事。

昼司举起便携液晶板正准备继续看报告，却无意间通过反光瞧到了他，定了一下，随口道："发什么呆？"

夜愿连忙凑到他面前，半蹲半跪，说："没，想到了主人领养我的时候。"

"什么领养，"昼司有些好笑，"你真当自己是狗狗吗？"

夜愿心口有些发热，温顺地垂目看着对方的鞋尖，轻声反问道："不是吗？"

"你见过真的狗吗？到处掉毛，不知道有什么可爱，"昼司手指划过翻了一页报表，放大了仔细查看，一边说，"我认识一个人之前养了一只狗，果不其然，养了两天就觉得腻了，结果想扔的时候也扔不掉。那条狗也是，被打被踹也要自己找回到家里来。"

"然后呢？"夜愿听见自己问。

"最后只能处理了，"昼司说，"简直蠢透了。"

十一年前。

"简直蠢透了。"十六岁的昼司这样说。

彼时他终于从酒宴中脱身而出——这东西本来只是无趣而漫长，今夜却变得格外乌烟瘴气。

宴会的开始千篇一律，直到姗姗来迟的曼德家侄子掏出一种烈酒——酒精浓度百分之八十的斯特罗朗姆，他想必在来之前已经喝了不少，到场后便扬着酒瓶，逼每个路过的人都灌掉一口杯才肯罢休。

之后的走向很快失去控制——数位家长早已挪到了适合谈话的楼上会客室，只剩下一大群酒醉的青少年和少数几名女性"侍从"胡搅蛮缠在一起。

昼司早就想回自己屋了,但无奈宴会场地是日蚀号,作为东道主的长子的他也只能硬着头皮留在原地,脸色很差地忍耐着。

直到隔壁壁球场的球不小心飞跃护栏砸在这边的酒桌上,巨响惊得泳池边有人脚滑落水,混乱下路过的人又把满满一杯甜得发腻的凤梨可乐达泼在昼司胸口,他终于受不了了。

"夜愿!"昼司怒气冲天,夜愿连忙跑到他身边,慌张中还挂倒了一张桌子,为现场又添了一笔混乱。他正要弯腰去扶桌子,昼司又更大声地叫道:"夜愿!过来!"

夜愿果断丢下一地狼藉,几步冲过到他身边,脱下自己的白外套帮他擦拭胸前的酒液——夜愿发育慢,三岁的年纪差和小时候的营养不良叫夜愿矮了他整整一个头,脱掉外套之后更显单薄。昼司满头冒火,一把抓过他的衣服擦自己裤子上滴落的酒液。

"要不要回房间去换衣服?"夜愿小心翼翼地问。

昼司光火地抬头看了一眼——根本没人注意到他,本来一拥而上到泳池边的一群人,又抓起几个同伴从丢了进去,水花溅湿了方圆三米,嬉闹尖叫中几只酒杯也翻进了泳池里。

昼司看罢转身就走,夜愿跟在身后——主人在他眼中永远是冷静而克制的,即使在他年纪更小的时候,脸上已经挂着早熟的严肃表情——他还第一次看主人情绪这么坏。

昼司在前头大步流星,砰地撞开数道门——主宅大部分侍从都在楼上或楼下的宴客区,宅子里空空荡荡。昼司还没走进卧室就开始脱衣服,夜愿跟在他身后满地捡。

抱着一怀香气杂糅的衣物,夜愿跟着昼司来到浴室里,对方已经打开了水龙头站在尚未加热的凉水下。

"水太凉了!"夜愿像是掰玉米的小熊,转眼又丢掉了衣服冲到昼司面前,关上了水,打开加热开关。

"闪开。"昼司不耐烦道,伸长手越过夜愿再次拧开了水。

头顶骤然淋下冷水,把夜愿浇得一个激灵,下意识地缩起肩膀朝前挪

043

了半步。

少年虽然个子蹿起来了,但身体还是单薄而冰凉,夜愿不敢抬头看对方的脸,只能平视着前方,说:"主人,好凉,你要不要再淋冷水了。"

昼司低头看着他——软蓬蓬的金发塌陷下来,湿答答地贴在额头和脖颈,水珠从金色的睫毛滴落,脸上的绒毛也浸湿了。

"这儿是怎么回事?"昼司拇指捻过他额头,金发下露出青紫的额角。

夜愿欲盖弥彰地把头发刨下来盖住伤处,支吾道:"没什么,撞了一下。"

但昼司冷着声音命令"手拿开"后,他的胳膊便不受自己控制地放了下来。

额头的伤痕外围发青,中间透着紫红,不像是无意间撞的,夜愿睁大蓝色的眼睛:"主人,真的没事。"

又撒谎,昼司想,命令道:"衣服解开。"

夜愿身体一下僵住了,双臂死死地贴在两侧,死盯着他的下巴不动弹。

昼司失去了耐性,揪住他的领口朝两边一扯,瘦骨嶙峋的青涩身体袒露出来,腰腹肋骨到处都是瘀痕。

昼司把湿透的衬衣丢到地上,扳着他的身体转了半圈——背后更惨,肩膀和后背青紫一片,昼司伸手一戳,夜愿就瑟缩地抖一下。

他转过来急切地说:"对不起主人,我有好好地护住脸的,平时穿上衣服是不会被发现的。"

他误解了昼司紧皱的眉头,努力地打保证:"不会影响仪容,也不会影响工作的。"

水温渐渐上升了,暖和的水流浇打在夜愿身上,他又瘦又小浑身是伤,还湿漉漉的,可怜极了,昼司问:"谁干的?"

夜愿说:"没关系的主人,真的没关系。"

"谁跟你说没关系的!"昼司提高音量,"谁允许你擅自弄坏我的东西还说没关系的?"

夜愿被他大吼吓了一跳,仍不知道自己做错了什么,牵起他的手指想要解释。昼司没好气地抽回手,推了他一把说:"让开,我要洗澡了。"

夜愿只得让开,站在一步之遥的地方——身上的水很快凉了下来,但主人在生气,他不敢走开。

昼司背对着他把洗浴液飞快地涂在前胸和手臂上,夜愿看了一会儿,忽然明白过来他刚才话里的意思。

因为"我"是主人的所有物,而"我"受伤了,相当于主人的所有物受到了损害,所以主人生气了。

这样想明白之后,夜愿奇特地高兴了一点,不料他的所有表情全部透过镜子的反光落在昼司眼里,昼司转过头来瞪他:"你笑什么?"

夜愿牙齿打架,冻得哆哆嗦嗦,但开心道:"主人我知道了,以后不会再弄坏您的东西。"

昼司神色复杂地看了他一眼,招了下手说:"过来。"

他听话地走近,又听见昼司问:"为什么不告诉我?"

夜愿思索了一会儿才小声答道:"告状的话……会挨打得更厉害的。"

"爸爸没了之后,我本来就该被赶出去或者卖掉给别人的,但是我幸运地留了下来,还能每天待在主人身边做贴身侍从,别人没有我这么幸运,所以……大家不高兴也是正常的。"

听见他这么说,昼司觉得整夜堆积起来的不爽达到了一个新的顶点——当初他留下夜愿,不过看在老唐尼的分上,毕竟从他出声起老唐尼就在日蚀号上工作了,也是难得既不弄乱他的东西也不会打扰到他的清洁仆人。而老唐尼的儿子身材又那么瘦弱,如同一个无害的娃娃,好像只要丢出家门就会被野狗咬死。他留下夜愿时只知道自己罕见地做了一件几乎是多余的好事,却没想到这自以为是的"好事"是如此片面而天真,对方一直在为他的"举手之劳"而遭受同行的欺辱和毒打。

"什么时候开始的,都有谁?"昼司问,"是你们宿舍的侍从欺负你?名字告诉我。"

出乎预料地,夜愿咬着嘴唇摇了摇头。

昼司不悦道:"你不听话?"

"这点伤没什么的，"夜愿说，"习惯了就好了，如果他们被找了麻烦，会有更多人不开心的……楼下比不了这里，那里……"

"那里有自己的一套规则。"他才十三岁，已经懂得了最基本的生存道理。

细碎的泡沫顺着水流冲走了，昼司关上龙头，自己取了一个速干巾裹在身上随手擦了擦，然后走出了浴室。

夜愿正想追出来，刚踏出一步就在毛绒的地毯上留下一个湿漉漉的脚印，他着急地在门口打转，问："主人，主人你是不是生气了？"

"是的，"昼司说，"不想要你了。"

夜愿一听立马慌了，拖着一地水痕跟跑到他身旁跪下，紧紧牵着他。

"一点出息也没有，"昼司又说，"站起来。"

夜愿小脸煞白，想哭又不敢哭。

"回去睡觉，"昼司命令道，然后在夜愿不可置信的眼神中说，"明天带着你的东西，搬到楼上来。"

八岁的夜愿失去了父亲，但所幸被昼司收留，五年后，他搬离了不见天日的船底通铺，得到了人生中第一个有窗户的房间。

时至今日，夜愿又一次站在日蚀号上时，惊讶地发现这艘号称史上最大航空艇的飞船，其实远没有他记忆中的那么无边无际。

夜愿只身穿过甲板上的小花园和喷水池来到前厅，上午十点，大厅没开灯，显得暗沉沉的——自从昼司连带着所有日常事务搬离后，主宅便空了一半。被搬去维多利亚号的藏品画作也还没有尽数归位，露着一些颜色不一的墙面，只剩几张全家福挂在楼梯上，整个宅子显得破败又冷清。

他拦下一个正在擦拭楼梯栏杆的仆从，问："乔叔，多恩少爷呢？"

乔叔转过脸来，用完好的一只眼睛瞧他——他只有一只眼睛，另一只呈灰色，是多恩少爷小时候玩塑料绳点火时误伤的，不过也因此"工伤"得以一直留在日蚀号上直到现在。

乔叔有些吃惊道："夜愿……你怎么回来了？"

夜愿示意双手捧着的礼盒，说："来给多恩少爷送生日礼物。"

乔叔点了点头，说："小少爷在书房，他今天心情不太好，被夫人训了。"

"谢了乔叔，"夜愿没有立刻上楼，反而又问，"今天夫人在家？我听说她最近常出去。"

乔叔听罢连忙把夜愿拉到楼梯后面，粗糙的手指摩擦在他手腕上，问："你听谁说的？"

夜愿答："很多人，说夫人最近经常去鹿角号。"

乔叔连忙摆手，压低声音："这种事不要乱说。"

"这是从外面传回来的，"夜愿说，"能传到我的耳朵里，也就早传到了昼司少爷耳朵里。老爷又那么久没露面，大家都在说夫人要和曼德家一起，把日蚀号一并吞掉。"

乔叔没料到他这么直白，盲眼也露出惊骇的表情，断断续续道："不，不可能的。"

夜愿知道比起主动交代，人们更愿意反驳对方，于是故意问："您在日蚀号上多少年了，又有多少年没见过老爷了？"

乔叔说："那不是，老爷的起居是专门有人照顾的……"

"专人？那些人是谁，不都是范修连恩家带来的吗？"夜愿问，"他们从来都不和咱们一起工作，连住宿都是分开的，您在底舱见过他们吗？"

夜愿说话间好像仍把自己当作底舱仆从的一员。

乔叔左右看了看，拾起地上的水桶和抹布，说："别在这里说了，现在不比过去，你跟我下来。"

夜愿顺着大厅侧门走下通道，来到船底舱的仆人房——这里比他记忆中更低矮了，透着一股子发潮的霉味。夜愿和乔叔刚坐下，门口就又进来两个人。

这两人年纪都挺小，夜愿跟他们只打过照面却不太熟，两人瞧见他立刻慌了起来，结结巴巴地解释："我，我们只是下来放个东西，绝对没有偷懒！"

夜愿莞尔道："你跟我说这个干吗，我又不管这些。"

他样子干净整洁，笑容亲切温和，即使穿着样式高级的衣服和鞋，却十分坦然地坐在这从未有"楼上的人"涉足过的鄙陋下人房里，而毫不显得局促或格格不入。

两人仍是惊疑不定地彼此看了看，夜愿又拍了拍身边的礼盒，说："我被派来给多恩少爷送礼物的，但是听说他正在生气，就先下来避避风头。"

两名仆人打扮的少年这才放下心来，走过来说："是的，少爷和夫人大吵了一架，摔了好多东西。"

乔叔纠正道："是'小'少爷。"

两人一时没反应过来，才意识到夜愿是昼司的近侍，而昼司才是这家真正的继承人，瞬间又闭紧嘴唇不敢说话了。

夜愿随意地招了招手，说："别那么紧张，我又不会对你们怎么样，来坐。"他扭头看了看，指着一处说："啊，我以前就睡这张床。"

一个少年惊讶道，"您以前也住这儿？"

"对啊，当时你俩还不在，不过……"夜愿说，"这地板还是没人修？每次晚上上厕所都吱吱呀呀地响，招人烦。"

另个少年笑起来："是啊，我就老挨骂。"

"白天在楼上挨骂，晚上回屋还要挨骂。"夜愿说。

在场其余三人都心有戚戚地点了点头。

夜愿观察了一下三人的表情，顺势问："多恩少爷不是才过了生日吗，都十八了，脾气还这么大。"

"是啊，昼司少爷小时候就稳重得多……"乔叔话还没说完，又被另个少年打断："可不是，大家都为昼司少爷不平，老爷不管事儿，昼司少爷一个人处理李奥尼斯家的所有事，还被赶出了日蚀号，简直没道理。"

被赶出日蚀号？原来在主宅里是这样传的，夜愿心想，又说："也不能这么说，外头的事情另说，日蚀号上的事有夫人在管，听说最近她还主动和曼德家的人商量月球能源共同开采的项目。"

三人根本不懂什么月球能源，只露出了些许怪异的表情，夜愿装作茫然的样子问:"怎么了?"

两名少年互看一眼都没说话,乔叔则叹了口气道:"不止夫人总去鹿角号,曼德家的老爷还经常来这里,来了之后就在书房一关就是一整天,我们都不让进去伺候,下人们都说得不怎么好听。"

夜愿讶异道:"多恩少爷呢?也不让进吗?"

乔叔摇了摇头,夜愿又问:"老爷呢?"

三人彼此对视一眼,都摇了摇头,似乎所有人都对神苍的行踪毫无概念。

夜愿回想了一下,依稀记得小时候见到过的那个高大的身影,也习惯这位见证虚摩提黄金五十年的传奇神子本就不该时常被凡人瞻仰,如今仔细地一寻思,好像真的很久没有近距离地见过他了。

可夜愿还没来得及说什么,屋里又进来了一个仆从——这次是完全的生面孔,狐疑地看着他们这奇特的四人组合。

在场其他三人瞧见他后也瞬间不说话了,夜愿心念一转明白过来,主动叫住来人:"请问一下……"

那人转过来瞧着他,夜愿问:"多恩少爷现在心情好点儿了吗?我替别人来送生日礼物的。"

那人又看了他一眼,缓缓地点了点头,便转过去不理他了,独自蹲在自己床边打开抽屉翻找东西。

夜愿耸了耸肩,抱起礼盒,笑道:"祝我好运!"

他走过窄小的走廊——他已经不用垫任何箱子就能从圆窗看出去了,外头的天灰蒙蒙的,一场酸雨正在酝酿。

夜愿猫一样的步伐踩在厚厚的毛绒地毯上,又在快来到多恩门口时适当地弄出了些声响,才敲了敲半敞着的门。

"滚。"多恩的声音传出来。

夜愿又敲了一下门,说:"多恩少爷,我进来了。"

多恩猛地回头,瞪他道:"你来这儿干吗!"

夜愿面不改色地撒谎道:"昼司先生交代我一定要亲手把礼物交到您

手上。"

其实昼司根本不知道盒子里是什么,夜愿也只是单纯需要一个回到主宅打听消息的缘由罢了。

多恩眉头拧在一起,半晌才不高兴地道:"他自己怎么不来?"

"大少爷本来要亲自交给您的,但今天临时有事被叫走了。"夜愿说。

"瞎说!"多恩吼道,"他要亲自给我干吗不在生日当天给我,焰火许愿还没开始你们就走了,我都知道!"

夜愿淡定地解释道:"当时您被太多祝福和送礼的宾客围着,大少爷说别打扰您,我们才……"

他话未说完,多恩已经大步走过来,扬手把他怀里的礼盒拍飞了,盒子重重地摔在地毯发出一声闷响。

夜愿正要去捡,多恩却拦住他问:"里面是什么东西,能摔坏吗?"

夜愿顿了一下,答:"不知道。"

"不知道?"多恩冷笑道,"你会不知道里面是什么?这不就是你准备的吗?我哥会专门抽空去给我选礼物?"

多恩当面从不叫昼司哥哥,但背地里却愿意称呼他为"我哥"。

夜愿心里觉得有趣,面上诚恳极了:"我真的不知道。"

多恩怒气冲冲地盯着他,夜愿也坦然地随他看,半晌,多恩弯下腰拾起了礼盒,转过身放到桌上拆开了。

他拿出里面的袋子拉开来,露出一个银蓝色的壁球拍,拍柄缠着黑色弹力胶带,拍面上绷着漂亮的黑白渐变色网线。

多恩把拍子握在手中掂了掂——很轻,他又用手指勾了勾网面,小声嘀咕道:"早就没在打了……"

夜愿明知故问:"这是壁球拍?"

多恩脸色和缓了些,"嗯"了一声,忽然又问:"你会打吗?壁球。"

夜愿摇了摇头说:"不会。"

"哦,"多恩心情似乎突然好转了些,"也有你不会的啊,我还以为我哥肯定会教你呢。"

050

日蚀号上就有一个壁球场，在原夫人没有去世的时候，多恩一直随母亲住在范修连恩家。在他偶然拜访的日子里，夜愿见过昼司教小多恩打壁球，还偷偷地嫉妒过，所以记得特别清楚。

现在看来多恩也是记得的——他完全忘记自己刚才心情不好的事，活动着肩膀，握着拍子在屋里危险地挥来挥去。

夜愿心里觉得有些好笑——人可以一夜成年，但却不能一夜长大，他问："老爷也在家吗？我想去给他问个好。"

多恩冷笑了一声，说："不知道，我也好久没见过爸爸了。"

他正要多说，忽然瞧着夜愿身后变了脸色。

夜愿心里悄悄叹了口气，调整好脸上的表情转过来微微躬身道："夫人好。"

多恩的母亲罗特·范修连恩同他一样有着一头茂密的红发，那红发带着漂亮的光泽，打着卷儿盘在脑后。她在夜愿的记忆里非常漂亮动人，脖子细长而优雅，态度傲慢而慑人。但此时此刻的她站在夜愿面前，不但比他矮了一头，眼角还有些下垂，戴满戒指的手指也有了皱纹，处处透着岁月的痕迹。

夜愿心里有些嘀咕——他也离开日蚀号没多久，怎么好像一切人和事都被时间快转过一般。

"多恩，你先到隔壁去。"罗特开口道，她的口音带着一些古地中海腔调，无须仔细分辨也能察觉。

多恩立马不太高兴，还嘴道："凭什么，这就是我的房间！平时你们在书房说话不让我进也就算了，我连自己的房间也待不得了？"

罗特一言不发地看着他，多恩也不甘示弱地瞪回去，胸口一起一伏。

最终，虽然母亲大人一个字也没再多说，多恩还是败下阵来，他一阵旋风般地刮出去，把门摔得震天响。

摔门的余音落下后，夜愿礼貌地问："夫人有什么吩咐？"

罗特走到一边坐下，但并没叫夜愿也坐，于是夜愿老实站在原地，微微低着头。

"我知道你在干什么，"罗特终于开口了，"不管你以为你在查什么，或者以为你查出了什么，我奉劝你都小心处理。"

"我并不太明白夫人在说什么，"夜愿抬起头来仔细观察罗特的表情——这也是主人教给他的——玩牌就是玩"人"，与其关注手中和桌上的牌，不如去关注持牌的对家。

"哦，夫人是说大家都在传的那件事吗？"夜愿说。

罗特眼神似乎一下冷掉了几度，但又好像是错觉，她问："什么事？说出来听听。"

夜愿居高临下地看着她，惊讶地发现过去对方身上那种压得他喘不过气的气场消失了。

也许不是消失了，而是已不再影响他。

夜愿忽然明白了——是他长大了。底舱的天花板没有降低，过道的圆窗也没有变矮，是他长高了。他不再是那个满脸油污的水手男孩，他是船长的副手，得帮他提防着暗处的冰山。

"关于夫人软禁了老爷，并打算和曼德家联手控制日蚀号的事。"夜愿一字一句、清晰地说。

下一刻，罗特手一挥，茶几上的杯子便朝夜愿的脸直飞过来——他虽然没有偏开头，但仍下意识地闭上眼睛，所幸杯子只是擦过他耳朵砸在了身后的墙上，玻璃碴飞溅入他领子里。

"你算什么东西，敢这样跟我说话？"罗特提高了音量，气势也随之陡然拔高。

夜愿重新睁开眼，冷静地说："我只是回答夫人的问话。"

罗特站起身来，自上而下地打量了他一圈，忽然笑了："怎么，昼司那家伙的小跟班如今也敢站在我面前装模作样了？他还没厌烦你吗，也算是够念旧的了，不过……你也听到风声了吧，昼司松口说愿意考虑联姻，现在虚摩提的各家各户可都在准备自己的联姻筹码了。"

夜愿笑容不变："我知道，少爷是在多恩少爷的生日宴上说的，我当时也在。"

罗特脸上现出讥诮又怜悯的表情，扬着音调说："有了新主人后，家里通常就容不下旧仆从了，到时候你要怎么办呢？真可怜。"

夜愿直视罗特的双眼，回道："那将是少爷的决定，并不是我需要考虑的事，我只是一个仆从罢了，一切听主人的命令。"

"少来了。"罗特声音中透着嫌恶，"不过你说得对，到时候要怎么处置你，全凭主人的意思，而且……你不是什么仆从，你只是一条狗。"

他也曾经得到过主人的亲昵……虽然只是短暂的。

夜愿努力把不相干的记忆摒除脑外，面上出乎意料地冷静，答："是。"

罗特皱了皱眉，夜愿接着说："只是……您说这些话又是为了什么呢？把我比作狗也好，我并不会生气，或者说我生不生气也根本不重要，您花了这么大力气转移话题的焦点，是想逃避哪一个话题呢？"

"是关于您软禁老爷的谣言……还是关于您和曼德家交往过密的谣言……"夜愿顿了顿，说，"还是那个比起大少爷来说，多恩少爷和老爷长得一点儿也不像的……谣言。"

他轻声却清晰地咬字"谣言"二字，罗特眯起了眼睛，声音中透着浓浓的威胁意味："你简直太放肆了，你信不信我可以让你今天走不出日蚀号。"

夜愿露出一个微笑："自然，只是我更相信夫人根本不屑于对付我这样的小角色，抓了我或者杀了我，对您都没有什么好处，不过是多此一举。"

罗特死死盯着他，夜愿看得出她很愤怒——这很好，越是情绪失控的人越容易露出马脚。

夜愿说："我最后还有一个问题，如果您不介意的话。"

罗特从齿缝中漏出几个字："滚出去。"

"曼德家最近招募了大量人工，名义上是为了在废土上兴建探月基地，这件事和您有关吗？"

罗特眼神一闪，喉头动了动，低声道："我说了，滚出去。"

夜愿心下了然，浅浅地鞠了个躬："我明白了。"

他转身离去时，又一个相框飞过来砸在了他背后，他脚步微微一滞，便继续迈开步子走掉了。

夜愿还没走出前厅，便携终端就发过来一条消息，是"曼德探月基地"的地址。

卫星图异常模糊，不知是因为废土风沙太大，还是被做了什么干扰，夜愿把图放大了二十倍也看不出个所以然。

必须亲自去一趟了，他叹了口气——这将是他短时间内第三次往返废土，好在路上有个令人放松的休息站，他的"新朋友"。

只是这次，船上不止安息一个人。

Chapter 5 无痕

熟悉的小船上张灯结彩，从船顶到甲板拉了好几条随风摆动的小旗子，甲板的围栏上绑着一圈彩灯，船尾拖拽着一大堆气球，在海风中轻盈地舞动，整条船都洋溢着快乐的节日气氛。

比起一掷千金的维多利亚号，夜愿觉得这个生日说不定要愉快得多。

他正想要吩咐船靠近，忽然发现这次船上不止安息一个人。

那人高大的身躯在船舱里显得有些逼仄，他怀里抱着一大堆东西，胳膊上还挂了一只凳子，跟在安息身后——安息挥舞着细白的胳膊，指挥他把东西放在特定的地方。

男人被呼来喝去地忙活了半天，终于把整套餐桌餐椅和柜子掉了个方位，安息手撑着下巴瞧了半天，似乎仍不是很满意。不知他说了什么，男人忽然像搬桌子一样把他也举了起来。

安息大笑着双腿乱蹬，被扛出船舱后他被摆在了甲板的白羊旁边——那人指了指地板，示意他待在这不准捣乱。

安息自然没有听话，他半跪着向前一扑，挂在那人腰上，男人的衣领一下子被拽得垮在肩上，艰难地拖着安息向前走。走了两步后他弯下腰来扒拉安息，安息便顺势爬到他背上挂着，两只脚丫子蹬来甩去。

夜愿静静地看着这一切。

055

男孩儿的笑容实在太甜，他没办法加入这个场景。

安息忽然又看见船顶上的一面小旗子绞住了，立马嚷嚷着要上去。男人蹲下来叫他骑在脖子上，然后一把将他扛起来。

安息伸长胳膊去够，脚后跟磕了磕示意朝右边去点，但男人恶意地掐了他一下，叫安息险些翻了下去。

终于梳理好旗子，调整完家具的位置，安息决定消停一会儿。他靠坐在甲板的地上，看了一会儿云层厚实的天空，又不老实地去蹬腿去烦旁边的人。

男人瞪了他一会儿，忽然，像是感应到了什么一般，男人猛地抬起头来。

鹰隼般的棕色双眼隔着数百米的距离和夜愿对上，浅淡的温和笑意顷刻间一扫而空，掠食者的警惕气息瞬间腾起，好像刚才那个挠安息痒痒又被他缠得无可奈何的根本不是同一个人。

安息茫然地抬头看他，又顺着他的目光看过来，认出了夜愿的船，立马一骨碌从地板上蹦起来，冲到栏杆边朝夜愿挥手。

夜愿犹豫了一下，还是将船靠了过去。

"你来啦，你错过了生日会！"安息大声招呼道，他又回头冲废土说，"米奥！这就是我给你说的那个客人，咱们的船以前是他的。"

本名为米奥·莱特的男人和夜愿一照面，便立马明白了对方的身份。

一边是常驻废土的赏金猎人，以生存为第一要务的战士，经历过无数次血与火的洗礼，夜愿毫不怀疑对方可以迅速捏断他的脖子，而自己的侍从一个都反应不过来。

另一边，则是衣冠楚楚俯视整片辐射大地的乐土居民，是所有赏金猎人的顶级雇主。无数人穷尽半生钱财才能购置一所的循环艇对于他来说，只是一个被遗忘在旧日的不起眼的礼物。

短短的一瞬间，两人已经准确分析出对方在食物链上的地位，并洞察出了对方眼中的自己。

而两人中间站着毫无所察的安息，仰着白净的脸左看右看，思考着怎么介绍自己的新朋友给亲人认识，不远处的小羊也摇着尾巴兴致勃勃。

"你好。"夜愿微笑起来——几分的微笑叫人心生好感,几分的微笑叫人想要亲近,这都是他生存的伎俩。他朝对方微微点头:"您好,我叫夜愿,受安息的照顾来这里做客过,您就是米奥吧。"

废土皱了皱眉,语气生硬地回答:"我叫莱特。"

他又越过夜愿的肩头看了看那艘投下大片阴影的豪华私人航空艇,和上面正襟候命的一干侍从,脚尖轻轻点了点地板,问:"这以前是你的船?"

夜愿点了点头,示意他看自己船尾相似的标志。

不料废土却哼笑了一声:"怪不得呢。"

安息茫然道:"怎么啦?"

"你不知道外人都怎么说你吗?"废土戳他的脑袋,"说你是虚摩提逃家的小少爷,住着贵族娱乐型号的船,又养着莫名其妙的高级电子宠物,还又白又嫩,一副搞不清状况的没用的样子。"

安息登时怒了:"怎么没用了!"他张牙舞爪了一番,又转念一想,问,"那你呢?他们怎么说你?"

米奥看了一眼夜愿,无奈地小声说:"说我是带你出逃的侍卫。"

安息没心没肺地哈哈笑起来,说:"虚摩提的小少爷才不长我这样呢,你看夜愿。"

夜愿也连连摆手:"不不不,也不长我这样,我是打工的。"

安息想起来了,拉着夜愿的胳膊问:"那个大人物的生日会怎么样啊?好玩吗?"

"没意思,"夜愿摇了摇头,反问他,"你的生日宴会好玩吗?我给你带了礼物。"

他递出一个小口袋,安息接过来打开一看,掏出两颗橘红色的大果子。

"这,这是什么?"安息举着果子看来看去,又凑到鼻子下面闻。

"柿子,"夜愿说,"我家主人在试验经营植物园,这是第一批结的果子,不会直接上市卖,我就挑了其中最大的拿出来了。"

安息晃了晃脑袋,问:"植物园?是有很多植物的地方吗?"

夜愿点头解释道:"最近虚摩提上有钱人的新风气,他们忽然厌倦了维生素片，一股脑地追求起了稀有的新鲜水果。主人想到既然要种植果物，不如顺势开发植物园一日游，还可以搭配高端的约会套餐什么的。"

安息似懂非懂地点了点头，真诚地朝夜愿道了谢，又闻了闻柿子还舍不得吃，捧着摆进冷藏柜里——米奥带回来给他作为"生日蛋糕"的番石榴还剩下一个，个头小小的，摆在饱满的大柿子旁显得形单影只。

米奥看了一眼寒酸的番石榴——那是他问遍了游动集市上的每一个摊贩才辗转从别人手中买到的，稀有且昂贵——至少在废土上是这样。但那绿色的果实瞬间显得面目可憎起来。他再次看向夜愿身后停泊着的巨大航空艇，背着太阳光，把整个小船都笼罩在它的阴影里。

"哎呀！"安息忽然叫起来，"你出血了！"

他凑到夜愿耳朵边仔细地瞧来瞧去："血迹都干了，怎么回事？"

夜愿摸了一把，手指上果然沾了一些红色——他本来还不觉得，安息一提才觉得似乎是有些疼。

"我想起来了，可能是玻璃碴。"夜愿说，"之前有人砸东西来着，可能飞到我这边来了。"

安息"咚咚咚"地跑回厨房搬了一把凳子出来叫他坐下，又拎出医药盒，说："我给你清洗包扎一下吧，你坐着别动。"

米奥一言不发地斜靠在栏杆上看安息拉开夜愿的衣领，小心翼翼地把掉进去的玻璃碎片捡出来，再用清水沾掉表面的血迹，涂上一层薄薄的杀菌药水，最后贴上纱布。

他伸着脖子眼神专注，鼻尖都快碰到对方的头发丝。

做完这一切之后，他索性就坐在夜愿旁边，又絮絮叨叨地追问起了那位大人物生日会的详情。

什么生日会？我怎么不知道，米奥想——还有那个日蚀号是什么？

这两个人什么时候变得这么熟了？

这个虚摩提的有钱家伙为什么特意到他的船上来，一副和安息很熟的样子，总不至于是真的为了交什么朋友，肯定是图谋不轨。

图谋他们什么，他不知道，不过蠢羊也真的是蠢透了，莫名其妙就把陌生人放到自己家里来。

米奥脸越板越长,就差用鼻子哼哼了,但安息没注意到他,只顾着问"做出上次那种好喝饮料的果子长什么样"。

上次又是哪一次?

总之这个金发的家伙简直越看越讨厌。

夜愿余光一直接收到的危险的低压和杀气,正是来自两步之遥的高大男人,他抱着手臂神色不善地盯着他,好像只要他越矩一步就会冲过来把他丢进海里。

恶劣的小心思罕见地爬上夜愿心头。

为了试验一下,夜愿缓缓伸手绕到安息背后,不远处的米奥立马绷紧了身体,呼吸放轻,好像准备发起攻击前的食肉动物。

夜愿专注地瞧着安息,近到连他的呼吸都能撩动安息脸上的绒毛。然后他缓缓抬起手,轻轻拨了拨安息脑后的小耳朵——是他扎在额头方巾的布角。

夜愿眼睛只捕捉到一道残影,下一刻他就被揪住领子原地拎了起来,他脚尖点着地,双手抓着米奥胳膊,脸因为呼吸困难而涨得通红。

"哇啊啊!"安息叫起来,"你干吗呀!"

夜愿船上的一干侍从慢了半拍才反应过来,手忙脚乱地重启马达试图靠过来登陆。

但安息已经率先出手了。

他先是猛地扭转腰部,抬腿朝米奥肋骨下方扫去,然而对方只松开一只手便轻松挡住,安息立马调换重心用另一条腿去踢他膝盖。两人的站位本就在甲板边缘,进无可进,米奥不得已避让了一下,松开夜愿丢到地上。

夜愿一边咳嗽,一边抬起手示意侍从们少安毋躁,而这边的安息和米奥已经打起来了。

说是打起来倒也不太准确,这看似更像是师徒间的切磋——表面瘦弱的少年挥拳速度却出乎意料地快,但对方十分熟悉他的套路,几乎是玩乐般地随意格挡着,然后一把捏住他的胳膊别到身后。

安息却没有束手就擒——熟悉对方套路的不止一人，他顺势蹬地多转了半圈，从牵制中逃脱出来，反手扣住米奥的胳膊朝他身后扳。只可惜扳了一半就推不动了——米奥手臂上露出青筋，硬生生地以压制性的力量顶住了攻势。

米奥斜着眼睛看安息，好像捏着张牙舞爪的猫咪后颈举在空中，一脸游刃有余的样子。

"你耍赖！"安息哇哇叫道。

"我怎么耍赖了？"米奥反问。

"说好了你不能这样的！"安息抗议，"你这样怎么玩！"

米奥露出无奈的表情，只能卸了手上的力道，被安息成功制伏在地。

"说！你干吗忽然欺负别人！"安息如愿将米奥双臂反剪在身后，坐在他背上作威作福，"快和夜愿道歉！"

安息看不见米奥的表情，但夜愿却清晰地看见他翻了个白眼。

"好吧，对不起。"米奥没什么诚意地说。

安息还要说什么，夜愿已经率先开口："没关系。"

毕竟是他先动手挑衅的，夜愿想，虽然没想到反应这么激烈。

真叫人吃惊。

狗的嗅觉总是异常灵敏，这人身上分明散发着和主人相似的气息——冷静，强大，自信而无所不能，但他们又完全不一样，至少主人就绝对不会为了他——抑或是任何一个人做出这种反应。

夜愿忽然觉得有点嫉妒了。

为什么？为什么他身边的人就非得是高高在上的神子，是整个虚摩提都求而不得的人，这份执着不管是要放弃还是要坚持难度都太大了。

为什么他身边的不能是这样可爱单纯的少年，只要一杯巧克力咖啡就会高兴许久，他们可以坐在小船上一起聊天钓鱼，喝着廉价的番石榴汁，等着酸雨过境。

安息已经松开米奥，走过来拉着夜愿把他扶起来，然后给他拍了拍衣角，说："夜愿你别生气，我帮你打他了。"

米奥"嘁"了一声,翻着白眼走开了,剩下夜愿和安息在甲板上。

夜愿活动了一下脖子,后颈的伤口好像又开始疼了,明明只是那么小的擦伤,明明一路上都毫无感觉,一旦被掀开并擦上了药后,愈合的过程却又无时无刻不在提醒他伤口的存在。

他本来当一条狗就够了的,随时随地候在主人的脚边,等待偶然的随手施舍和大发慈悲的奖励,本来这样就够了的。

白日里罗特的话又浮现在他耳边——主人真的会选择联姻吗?他会计算好投入产出和风险效益,然后选择一个最佳对象结婚吗?那个人会帮助他、辅佐他、服侍他,而且比自己做得更好吗?最后他会慢慢不再需要自己吗?

命运的悲剧不是在于其不可预测,而是明知它的到来却不能避免。

"夜愿,你还好吗?"安息问,"你是不是伤口疼啊?"

少年机灵的黑眼动了动,关切地道:"哎呀!米奥下手太重了,你脖子和下巴都有点青了!"

夜愿摇头示意没事。

安息犹豫了下,便也不再坚持,他招了招手,原本揣着前蹄趴在一边的投影小羊站了起来,走到夜愿腿边摇着耳朵蹭了蹭他。

"真可爱。"夜愿真心实意地夸奖着,眼睛却看着安息。

"要是能经常和你玩儿就好了,"他说,"唯一可惜的就是你住得太远了,真想把你抓走,带到虚摩提上去。"

安息有些吃惊地瞧了瞧他,不远处的米奥没有听见他们的对话。

还来不及他多想,夜愿转瞬又露出他安抚人心的笑容:"别害怕,我说着玩的,真把你抓走的话,你也就不是你了。"

夜愿在回程的船上睡着了。

梦里的他还住在日蚀号上,月光透着层层叠叠的纱窗倾洒在柔软的地毯,被子蓬松又暖和,散发着令人安心的好闻气味。

可醒来后,他发现自己仍在自己的飞艇里,腿上的毯子滑到了地上,脚趾因为冰冷而微微抽筋。虚摩提的灯火已经照耀在玻璃窗上，夜愿揉了揉太阳穴额头，不知道自己怎么梦到那时候了。

彼时昼司只有十七八岁，从两三年前开始就不断有人想要跟他套近乎——毕竟这是通往金字塔尖最快速的方法——你看罗特·范修连恩不就做到了吗？这种直白而激进的追求方式叫昼司心生抵触、烦不胜烦，板着脸拒绝了所有好意，一连就是好几年，渐渐也没有人再做尝试。

他唯一亲近的人是自己的小侍从，毕竟他看起来乖巧又顺从，知根知底还听话。

毕竟他注视自己的湛蓝瞳仁里总是充满崇拜和信任，只要自己眨眨眼睛就能洞察并满足他的一切需求，全心全意，从不拒绝。

这与其说是一种主仆关系，不如说是一种依赖，而自幼丧母，年少时又失去了父亲的夜愿对这种依赖更是甘之如饴，他没有兄弟，总是幻想自己有一个昼司这样的哥哥，虽然他们从根源上就天差地别。

航空艇停泊在地心大厦一百六十二层，夜愿顶着夜风裹紧大衣，快步朝楼上走去。

他已经很久没有这种感觉了，他想要现在就见到主人，最好再叫他发现自己的脖子受伤了，好让他因为"自己的东西被弄坏"而染上愠色，这样自己就可以趁机好好卖个乖。

他脚步越来越快，刷卡后等待电梯来临的每一秒都缓慢不已。

夜愿记得以前除了在昼司的卧室，他们最常待的地方就是日蚀号的"图书馆"。昼司一天里有很长时间都待在那儿，有时候是查资料自习，有时候是帮着家里做一些工作，有时候单纯地看看闲书，除了夜愿在一边儿待着外，一般没有人会来打扰。

电梯门开了，夜愿脚步匆匆地穿过回廊——他不知道自己在着急什么，他明明已经决定要留在主人身边，但今天，在这个夜晚，他忽然感到胸腔里有一股无法压抑的冲动，他觉得自己疯狂了，想要一股脑地把一切都告诉他，就算到时候被冷眼、被挥开都无所谓了，他要告诉他。

走出回廊后，壮观的全景玻璃窗展示着虚摩提的夜景，角落里亮着一盏小灯，勉强为这巨大的空间提供微弱的照明。

屋里没有人，主人不在。

失望的感觉是如此强烈，他几乎有些委屈了。

夜愿站在原地，他的梦醒了。

夜愿没有回自己房间，而是干脆关了那盏橘黄色的小灯，徘徊在这空旷的夜色里。

他像平日里放松下来的主人那样，脱掉鞋子踩在柔软的地毯上，给自己倒了一杯麦芽威士忌。刚喝了一口，他就被辣得不行，于是又叮叮咚咚加了几块冰。

他坐在昼司平时看书的扶手沙发里，摸了摸茶几上雪茄盒的木质纹路，打开数了数——还剩一半。

他又喝了一口威士忌——有了冰块的中和，味道一下好接受多了，夜愿又想到了日蚀号的图书馆。

昼司喜欢整日泡在那里，那是他密集的课程和无休止的社交活动中唯一的喘息，夜愿自然陪在他身边——帮他放风，和他一起看书，听他讲书里的故事，度过每一个阴沉慵懒的下午。

然而昼司成年开始正式接管家中事务后，这样的机会逐渐减少。昼司忙得脚不沾地——最开始是因为不熟练事务，熟练后反而又得到了更多事，连睡觉的时间都被挤压得所剩无几。

也正是那个时候，神苍越来越少露面，几乎消失在了公众的视野中，而罗特·范修连恩带着多恩正式搬进了日蚀号。

每日琐事缠身的昼司此时发现了夜愿的另一个好处——他从小就懂事又圆融，长相性格都很讨喜，不但懂得进退分寸，还心思细腻，是一个相当不错的助理加副手。也正是那个时候，昼司开始更多地教给他一些家族产业和财政上的事，并逐渐放权给他处理越来越困难的事情。

比起那个跟在手边端茶送水的小男孩儿，这样的夜愿对他来说更加有用——在利益最大化的驱使下，两人相处的角色微妙地调整了。

虽然夜愿在由"底舱仆人"晋升为"贴身侍从"后，又一次经历了"特别助理"的光辉升迁,甚至从这时开始,他"神的走狗"的声名已经开始逐渐传播,但他本人对这样的转变却并不开心——在内心深处,他仍是那个趴在走廊圆窗只为看烟花倒影开心的男孩儿,并没有什么野心,对于自己得到的地位钱权也没大感想。他只是有些失落——和主人的相处时间大大削减了,诸多变化叫他有些无所适从。

没关系,他们只是回到了从前的关系,夜愿当时是这么劝自己的。

只是这种微妙的平衡很快便被打破——昼司毕竟越来越忙,交给夜愿打理的工作也越来越复杂,起居琐事虽然不困难,但却占据着夜愿大量的时间和精力,昼司没有多想,随口让夜愿去聘几个贴身仆从的候选来。

这任务本不该有任何难度,但事情交代到夜愿手中时,对方的表情活像是虚摩提三岛被氢弹袭击了。

"干什么?"昼司有点被他这个表情吓住了,反问道。

夜愿也不知道自己怎么了——他只是感觉震惊,并且手脚冰凉,心脏好像掉进了胃里,又从胃部忽然出现的空洞一直坠落到地心深处。他甚至忘记答话,只是僵硬地转过身去,慢慢走出屋子,关上了门。

昼司在他背后莫名地多看了他一眼,又埋首去处理事情了。

夜愿在门外蹲了足足半个小时,才缓过神来。

太奇怪了,我真是太奇怪了,主人并没有厌弃我,夜愿一遍又一遍地跟自己说。

不久后,专门为豪门物色仆从和床板的中介用接驳船派来了三个年轻人,手指干净,头发清爽就像自己要求的那样。他看了他们好一会儿,直到他们彼此间都开始狐疑地互相打量,才哑着嗓子说:"请等一等。"

敲了敲门,夜愿重新回到昼司的桌边,轻声叫道:"主人。"

昼司头也没抬,"嗯"了一声。

"您,您让我找的……他们到了。"夜愿说。

昼司顿了一下,才反应过来,点了点头:"哦,你去了这么久我差点忘了,带进来吧。"

"带进来吧"这几个字好像判了他的死刑,夜愿终于理清了一些明明呼之欲出那么明显、却一直被自己所忽略压抑的感情——他难过得要命。

原来是这样,夜愿心想,原来是这样。

眼泪无声滴入厚实的地毯,他缓缓迈开沉重的步伐朝门口走去——他将手放在门把上死死捏着,但无论如何也无法将之转动。

他松开门把手,急促地跑到昼司身边重重地跪了下去,紧紧抱住他的腿。昼司吓了一大跳,撂下终端吼道:"干什么你!疯了?"

夜愿浑身颤抖,不知是因为伤心还是愤怒。

昼司一把抓住他的手腕,一字一顿地说:"我再问你一次,你在发什么疯?"

"我不行吗?是不是因为上周我弄错了预定的时间,还是因为上个月我发错了会议纪要?"夜愿带着哭腔大声说,"为什么主人忽然要找别人了?我……我哪里做错了……"

他不是没有羡慕过,他羡慕多恩——无论他表现得优异与否,他都是主人唯一的弟弟,也是能不费吹灰之力和他并肩站在同一个舞台的人。但作为仆人,作为特别助理,他必须得是唯一的。这一天夜愿洞察了自己卑贱的野心。

昼司明白了一些,又还是不太明白,迟疑道:"说什么呢。"

夜愿愣了一下,随即理解了他的意思——他在安抚自己不必担心地位受到威胁,自己还是他的贴身侍从,是他看重的左右手。

"我也可以啊,我什么都可以做!我会做得比他们都好!"

夜愿前言不搭后语,拼了命地想要挽回或争取些什么,但昼司低头看着他的眼神却越来越冷。

他松开了夜愿的手腕,瞳孔中投射着他乞求的姿态。

"站起来,像什么样子!"昼司说,"看看你自己,你在这里长大,我亲自教导你,仅仅是为了让你干这个的吗?"

夜愿浑身冰凉,想要原地钻一个洞,随着他的心脏一起坠落。

"把外面的人叫走,今天就算了,下次,下次我希望不要看到你这副鬼样子，"昼司移开目光，像是无法再忍耐他这副模样，说，"很难看。"

于是那一天的他醒悟了，大家都说他聪明又机灵，然而他却比所有人都晚意识到这个显而易见的事实——他是永远不可能和主人平等相处，没有人能，与其永远困死在求不得的幻想中，不如收拾掉这些难看的姿态和难堪的情绪，好好扮演一个他需要的角色。

这便是他毫无终点的愿望了——他是一个别无所求的人，只要跟在主人身边就是最大的喜悦，他不应该奢求更多的。

空掉的酒杯从夜愿手中滑落，无声地滚落在地毯上——酒意上涌，他在回忆中再次睡着了，而昼司回来时看到的就是这样一幅场景。

要不是脚尖踢到了酒杯，他都没发现沙发里还蜷着一个人——夜愿头歪在椅背上，散落的金发盖着半张脸，胸口微微起伏，连睡觉的时候都很安静。

昼司一边看着他，一边慢慢脱掉外套、松开自己领口的扣子，再把衣袖挽到手肘。他凑近了瞧他——睡得很熟，呼吸中还带着浅浅的酒气。

昼司没有叫醒他，只是挨着夜愿坐在地毯上，背靠着沙发，并给自己点了一支雪茄。

烟盒的木纹在窗外星星点点的光亮下泛着柔和的色彩，昼司手指无意识地在上面摩擦。

抽掉半支烟后，昼司又站起身来并弯下腰，把他扛了起来。

昼司扛着他走了两步，站在自己的卧室前想了一会儿，还是迈开步子拐上了楼梯，来到那个他几乎从未涉足的阁楼。他用脚尖轻轻顶开房门，面前出现了一张书桌，一把凳子和一张单人床——一如他小时候在日蚀号上的那个房间。

在房间的那头还有一个水池，在夜色中泛着粼粼波光。

这本来是阁楼景观的一部分，如今水流已经关掉，而浅浅的一层水下面，池底垫满了闪着金属光泽的钱币，和一个黑色的筹码。昼司认出这是他过去几年里每次叫夜愿做事时随手扔给他的硬币——不说价值连城，每一枚也能换到不少笔芯，至少可以把这间看起来过于简陋的阁楼布置得很像样子。

此刻全都静静地躺在这个小小的许愿池里。

他的愿望是什么呢?昼司把夜愿轻轻放在对于现在的他来说已经有些小的单人床上,第一次思考这个问题。

夜愿在床上不安地动了动,又在枕头上蹭了蹭脸,悠悠转醒,他缓缓地睁开了眼睛。

小小的阁楼里洒满了月色,没有别人。

Chapter 6 新苗

次日夜愿醒来，洗脸刷牙的时候忽然发现自己左额头有一撮头发非常另类地翘着。

他嘴里含着牙刷，手指沾了些水揉搓在发根，又捋了捋发丝——没什么显著的效果，湿漉漉的一撮毛仍然特立独行。他刷好牙洗完脸后，又把更大一片头发全部打湿，并试图抓旁边的头发来盖在上面，反而湿漉漉地显得十分滑稽。快没有时间了，夜愿匆匆穿好衣服下楼，指望水干了之后头发能够自觉地回到原位，一边手脚麻利地给昼司冲泡晨间咖啡。

他刚刚把水烧开，两排大书架就滑动着朝一旁分开，昼司从里面走出来——他穿着长裤光着脚，衬衣只系了两颗，看起来悠闲又随性。

夜愿连忙将现磨粉冲开过滤，咖啡的香气瞬间唤醒了整间屋子。

昼司接过他端过来的咖啡杯然后微微张开手，由夜愿把衬衣扣子一颗一颗地扣起来。

夜愿站在原地目不转睛地盯着昼司——对方有点疑惑地看着他，一边轻轻抿了一口咖啡，想了想问："咱们种的？"

夜愿笑着点点头："主人觉得怎么样？"

昼司又喝了一小口——还有点烫口，但入口浓香醇厚，几乎没有什么回涩味，连他娇气的味蕾也挑不出什么毛病。

"还不错。"昼司说,他习惯性地想要在表扬夜愿的同时揉揉他的头发,手刚抬起来,夜愿却下意识地朝后躲了一下。

昼司有点诧异,手举在半空中。

夜愿伸手按了按那撮不听话的金毛,笑道:"这个是吧,我用水也弄不下去。"

他神色如常,好像真的只是因为在意那一缕不听话的头发,昼司手放下来,目光移开,在咖啡氤起的热气中又喝了一口。

夜愿见他走到一边开始查阅邮件,也转身开始收拾屋子。他分门别类地整理好事务和文件,检查今日事程的备注提醒,瞥见吧台边放了一个空的威士忌酒杯,只顿了一下,就把它迅速洗好空在一边了。

在楼下正式开始工作前,清晨是主仆二人难得的闲适时光,只是今天,不出多时便被门铃打断了。

这个门铃几乎没有响过,也很少会有人上来,楼下员工要递交材料或申请许可通常是通过电子文档的方式,即使开会也是使用楼下的会议室。偶尔有人需要上到顶层来当面汇报工作,会先由电话申请,才能得到短暂的权限上行。

两人对视一眼,夜愿走到门口打开可视电话——一名地心大厦的员工满脸忐忑地站在镜头里。

"夜愿先生,有人……来给李奥尼斯少爷送,送花。"

送花?夜愿更诧异了,他放大屏幕,果真有人抱着一大束花站在后面。这可不是什么鲜花的季节啊——这种没有任何果物价值的观赏类花夜愿几乎没怎么见过,遑论是这么大一束长相标致艳丽的花,他实在想不到是谁,又是出于什么目的。

"是替谁来送的?"夜愿问。

"是果戈里小姐。"送货的员工答道。

"安娜·果戈里?"夜愿不可置信地反问,他声音太大,连那边的昼司都从眼镜上方看过来。

夜愿没办法,只得叫那人上来并从他手中接过了花,他抱着一大束粉色和白色相间的花束,好像接过了一只四条腿的蜗牛,不知该如何是好。

他凑近了瞧花朵里好像插着一张烫金的纸卡,动了动鼻子,打了个喷嚏,又打了一个喷嚏,连忙把花举得远远的。

"主人,主人您的……您的花!"夜愿狼狈极了,背过身去努力忍耐喷嚏,一边伸长胳膊叫花远离自己,好像那是毒蛇的脑袋。昼司没办法只得站起来接过花捧,夜愿赶忙冲到房间那头打开了窗。

脑袋探出窗外猛吸了一口气,夜愿感觉好了些,问:"安娜小姐为什么给您送花啊?"

昼司捡出卡片看了一眼就丢回到花束里,说:"谁知道,这上面喷了什么,呛死了,赶紧拿出去丢掉。"

夜愿甚至估摸不好每一枝花朵的价钱,犹豫道:"这样不好吧,您现在不是很需要果戈里的支持吗?上次过后林科和冯老都明确表态了,只有果戈里还在观望。他对您现在应当十分重要吧,几乎算是影响天平平衡的砝码了。"

昼司抬起眉毛看了他一眼,说:"哦,观察得还挺清楚嘛。"他按开通往楼下办公层的电话,吩咐道,"上来个人。"

很快就上了一位内务管理的同事,昼司抽出其中的卡片搁在桌子上,摆了摆手说:"花拿下去给大家分掉,家里有老婆或者女儿的可以先拿。"

同事瞧着这么大一束花惊呆了——他还从没亲眼看过这玩意儿,连忙一边道谢一边抱着下楼了。他关门走后,昼司说:"你还在那吹什么冷风,快过来。"

屋内的香气和花粉气终于散掉,夜愿关上窗子,头发较先前更乱了,金灿灿毛乎乎的,昼司问:"上次叫你去查的事情。"

夜愿了然,掏出一个小小的芯片插在房间投影终端上,数十张照片便依次打开了。

"这是什么,两百年前拍的冥王星吗?"昼司无语地指着模糊一团、几乎是马赛克的一张图说。

夜愿笑了两声,说:"这就是卫星拍到的探月基地画面啊,基地上空有一个干扰信号的磁力场,所以传回来的照片全是这样。"他又把另外几张照片划到前面——废土扬尘的荒蛮大地,地平面上远远地有几座建筑,是摄像机高倍放大的成像,夜愿说:"所以我就去了废土,但是探月基地领土和领空五公里的范围全都设下了岗哨,不允许进入。"

昼司皱了皱眉头:"曼德大张旗鼓地高调宣传探月工程,却对基地建设严格保密?"

"我也觉得奇怪,"夜愿说,"上次回到日蚀号,发现曼德经常和夫人会面,频率基本是一周一次,这还是单纯在日蚀号上。而且……"

夜愿分心看了一眼桌上倒扣的卡片,昼司问:"而且?"

"而且原来主宅的仆人们都说已经很久没有见过老爷了。"夜愿说,"多恩少爷成年之后分走了百分之十产业资金调动权,再加上夫人手上的百分之五……而且多恩少爷分走了周转最灵活进账最快的养殖场和一部分果园,很快应该就不止百分之十的资金份额了。"

他迟疑了一下,但昼司示意他继续说,于是夜愿接着道:"您手上握着百分之三十,大部分是地产,像您之前说的一样,虚摩提不断扩建之后地产已经开始贬值,这样老爷手中的那百分之四十九偏向何方将会十分关键。"

"不,"昼司说,"父亲手里只有百分之三十九,还有百分之十在我叔叔手里。"

夜愿一愣,才后知后觉地想起来昼司说的是神苍的同胞弟弟兰伯特,纳闷道:"您叔叔不是早就已经过世了吗?"

"是没错,"昼司说,"但我从没见过产权回收的文件,那百分之十仍然需要他的指纹、瞳纹以及声纹三重解锁。"

夜愿消化了一下这件事,重新整理思路,说:"十大家族里面,手握命脉型产业的一共五人,夫人的范修连恩家和曼德暂且抛开不谈,林科垄断着所有日用品的轻工业流水线,冯老和冯德维恩手握循环艇开发、造船业和反重力技术核心,他们两位目前和主人合作的意向都较明显,而其他人仍保持中立观望。"

"那么现在最关键的就是稳住掌控物流运输命脉的果戈里,这不但是虚摩提赖以维系生存的支柱之一,也是最好制约曼德能源开采生产链的一环。但是……果戈里先生脾气很轴,又跟主人恰好相反,是个顽固的守旧派。之前的月会里,你们几乎没有在任何事情上达成过一致……"

夜愿似乎陷入了苦思,他撑着下巴试图在脑中整合所有消息来源,找出那个问题的关键点。

"而且我还听说……"他不确定地开口道。

"哦?你听说什么?"昼司却显得饶有兴趣。

"听说冯老他们在开发一个最新最大的航空艇,比日蚀号还要大上一倍。"夜愿说。

昼司点了点头,证实了这个消息,又摇了摇头。

夜愿奇怪道:"怎么了,不对吗?"

"不是不对,而是不准确,"昼司说,"他们在筹备的是新的反重力岛,虚摩提2号,新城中的新城。"

夜愿呆了:"什,什么?"

"说是筹备,但这毕竟是个七十年计划,以现目前的进度来看,还连雏形都算不上。你听说的那个比日蚀号还大两倍的飞艇只是岛核,是届时用来架设引力护盾磁场核的地方,如果成功的话,护盾内部的引力会达成地球的五分之一,适用面积将是现在虚摩提的十倍、不,甚至二十倍大。"

夜愿想象了一下,愣了半天,才结结巴巴地说:"什,什么?这么大功能的动力核要用什么东西来驱动?"

昼司笑了,放下手中的屏幕,摊开两只手:"我们又回到了人类文明社会想要发展时面临的根本问题,能源从哪里来。"

夜愿看着他,明白了:"他们现在有两个选择,一是选择您提议的戴森球计划,中后期回馈巨大,但难度高,时间线跨度长,且前期投入巨大。"

"二是选择相信曼德的月球氦-3开采计划,相关技术虽极度滞后,但看起来风险要小很多。而谁提供了能源核的驱动力,谁就是未来虚摩提2号最大的地产商。"

昼司正要说什么，但夜愿此刻脑子转得飞快，迅速接着说道："上次月会您就想要把戴森球……不，是戴森泡的推进研究提上主日程，争取十大家族的过半数投票。但恰逢多恩少爷的生日宴会，打断了原本的月会进程！"

夜愿不喘气地说完这一大串话，看见昼司正含笑看着他——主人很少笑，他被这样看着一下有点不好意思，赶忙低下头小声道歉。

"所以你现在还觉得多恩那样坚持生日宴会的日期，是完全自发的行为？"昼司扶了扶眼镜框，"总之，现在最紧急的事情就是稳住果戈里。他手下有千万条能源运输路线，如果和曼德合作就不好处理了，所以我昨天去他家吃了个晚餐，探了探口风。"

怪不得主人昨天晚上不在呢，夜愿想，问："结果怎么样？"

"老奸巨猾，讳莫如深，"昼司说，然后冲桌上的卡片扬了扬眉毛，"而且好像惹上了别的麻烦。"

夜愿走上前去，打开淡粉色的卡纸，上面用漂亮的花体字写着："感谢您让我拥有了一个愉快的夜晚。——安娜"

虽然理解对方只是指用餐愉快，但这暧昧的词句还是叫夜愿一时间不知该如何反应。

不过他的嘴巴已经不由自主地发出了声音："果戈里十分宠爱安娜，如果是她要求，果戈里应该会听……"

昼司却有些不屑一顾："你以为他女儿喜欢我是好事？我估计果戈里现在，恨不得冲过来杀了我。"

"夜愿夜愿！快来，给你看个好东西！"

夜愿的船还没停稳，安息就撒丫子蹿到船头。

夜愿跃上船，米奥沉默地坐在一边给枪上油，对方从头到尾也没看他一眼，但却在他路过的时候迅速且清晰地说了一句："讨厌鬼又来了。"

这音量，分明就是故意说给他听的！

在他暗中调查曼德探月基地的这些日子里数次往返废土，和安息见面的时间也多了不少,原本经常在外出任务的米奥反常地时常在家,对他的态度也由最开始的剑拔弩张变成了如今的暗自不爽。

夜愿可是见识过的,虽然从武力值上来说安息完全没有胜算,但是他很明显站在这艘小船食物链的顶端。

夜愿抬起眉毛瞅了他一眼,然后随意地把胳膊搭在了安息肩膀上,凑在他脑袋边问:"看什么啊?"

对于夜愿刻意的勾肩搭背安息果然毫无察觉,兴冲冲地把他领到船尾,问道:"怎么样?厉不厉害!"

夜愿第一时间没有明白他在说什么,仔细一瞧才发现角落里摆着一排陶盆——工艺水平跟那个白羊杯也差不离多少。盆子里面填满了湿润的黑土,最为惊人的,是每一个土盆里都冒出了或大或小的绿苗。

"哦?你种的?"夜愿惊奇道,"都是些什么?"

"番石榴!"安息说,"还有柿子!上次过生日吃掉水果后我专门留下了种子,然后米奥帮我在集市买了没有辐射污染的泥土,听说还是虚摩提带出来的呢!"

夜愿一听立马说:"你怎么不告诉我,我帮你带啊。"

"你已经提供了种子啦!"安息并不介意,"快说我厉不厉害!"

"实在是太厉害了,"夜愿诚恳地道,"两个果子竟然种出了这么多苗,等它们长大一点,我给你多带些泥土,你就可以给他们换大盆子了。"

安息被这么直白地表扬,开心得很,脸蛋红扑扑的,故作不在意地说:"不过米奥说等它们结果子还要好几年呢。"

夜愿点了点头,心里打算下次要带一些自己植物园的营养剂来。

那头的米奥保养完了枪,用步裹好背在身上,又拎起一旁的小行李包甩在背后——不远处有接驳船来了,夜愿"哦"了一声,问:"莱特先生要出门啦?"

米奥回头瞪着他,用手指头点了点他心口,说:"很快就回来,你赶紧该干吗干吗去。"

安息冲到两人中间,推着米奥的后背走开了,说:"喵喵出任务小心哦!"

夜愿依稀听见米奥低声警告他:"不许这么叫我……"然后就被赶出了小船。

安息和夜愿并排站在船沿,笑嘻嘻地和米奥挥手道别,对方脸色阴沉得宛如泥土,抱着手臂渐渐远去。

"只有我们两个啦!"安息说,"今天是听虚摩提的故事,还是听废土的故事呢?"

"唉……"夜愿叹了口气,伸了伸手臂——在这个小船上他已经觉得十分熟悉舒适——没有无数双眼睛盯着他的一言一行,也没有主人在身边,是难得忙里偷闲的放松时光。

他一边帮着安息把遮阳棚架起来,一边说:"主人……有一位虚摩提的大小姐看上了主人,正在热烈地追求他。"

"噢?"安息眼中迸发出八卦的精光,"大小姐漂亮吗?你主人喜欢她吗?"

"漂亮……算是可爱吧,"夜愿说,"主人喜不喜欢……我也不知道,他是说过对方年纪太小,毕竟大小姐她还不到二十岁。"

安息又发出意义不明的"哦——哦——"声,夜愿埋怨地看他一眼,说:"别笑了,我愁着呢。"

帮他撑好棚子后,夜愿接过安息递来的水杯,半是自言自语地念叨着:"两人没见过几面,那位小姐对于主人很明显只是迷恋,但迷恋的力量也是很强大的。而且她的家庭现在对于主人来说非常重要,出于各方面的考虑来说,肯定是和她搞好关系比较聪明。"

就在头一天,昼司还赴宴和安娜进行了一对一的晚餐,夜愿亲手给他挑了一套相当正式又优雅修身的黑色礼服,并准备了一块榛果巧克力作为礼物。他心里明白——以果戈里家来说,主人对于安娜的态度最好是既不拒绝得太明显,也不要答应得太快。

前者自然会伤了安娜小姐的心,后者的投机意味又太浓,要是安娜小姐能够自己热情散去,并将注意力转移到别个事情上就再好不过了。

然而对于主人来说,一直若即若离地吸引着她的注意力反而更加有利,毕竟这位掌上明珠是快速切入老果戈里防线的最佳角度。

所以昼司偶尔会送她小礼物——那种不贵重却充满心意的东西——自然全是夜愿准备的。有时他也会带她出去吃饭,逛植物园抑或是喝下午茶,时间不能过长,保持在一个新鲜还稍嫌不够的度。并且始终有礼有节,除了看似不经意的碰触外,不做任何带有明显暗示意味的动作。

这是最聪明的做法,夜愿知道的,他不但知道,还是这一套计划的主力策划者——主人对于这些人际交往的事情向来不太上心,也从来没有谁需要他这么上心。

只是,当主人用餐回家、夜愿从他手中接过外套时,那种他喜欢的独特洗浴液的味道不见了,变成了一种甜腻的花香,他闻了就想打喷嚏、流眼泪。

安息听不太明白这些复杂的利益链锁,只反问:"反正你主人不是不喜欢她吗?"

"是,但是……"夜愿望着远方的浮城,叹息般地说,"在虚摩提上,喜不喜欢很多时候并不重要,大家做决定不是按照喜好厌恶来的。人们习惯把所有的利弊全部列出来,放在天平的两端,哪边比较重就选择哪边。"

安息想了一下,说:"那'喜欢'不也应该一起放在天平上吗?如果是我来称的话,喜欢的那一块,一定很重。"

夜愿眨了下眼睛,慢了半秒才说:"你说得很对。"

安息调暗遮光棚,叫逐渐毒辣起来的太阳稍微不那么刺眼,电子羊走到他身边,趴在了他腿上,浑身的卷毛看起来手感十分真实。夜愿忽然心里想——不知道夫人家的畜牧场里,有没有真正的羊。

安息忽然问:"你为什么不提醒他呢?"

夜愿愣了一下,有些疑惑地看着他,安息说:"你这么可爱,你主人一定也会考虑你的提议的。"

夜愿笑出了声——被安息夸可爱的感觉好像被主人夸有钱,叫听的人哭笑不得。他说:"他和我们不一样。在他的天平上,感情是没有分数的。"

安息有些惊讶地说:"什么意思,他不是很信任你吗?"

夜愿摇了摇头:"是,但是……"他像是想起了什么,自嘲地笑了一声,说,"你知道虚摩提的人怎么说他吗?说他其实不是神……不是老爷生出来的儿子,而是一个人工智能,是个没有感情的机器人。其实我能理解,毕竟他表面看起来完美极了,英俊又聪明,数年如一日地、不知疲倦地工作。在外人面前几乎没有显现出过任何感情——喜欢、愤怒,或欲望都没有,也从不被喜恶或情绪左右判断。"

"但其实他是有情绪的,我知道,我见过,他从来不放纵感情接手理性做决定,是因为他没有这个特权。从出生起他就被寄予太多的期望和关注,所有的人,所有的眼睛都盯着他,想要摸清他的喜好,想要找出他的弱点。他不能放松自己,不能给外人这样的机会。"

安息抱着腿,脑袋歪放在膝盖上看他,轻声问:"那样不是很累吗?"

"是啊,是很累,但是他和我们不一样你明白吗?"夜愿语气有些激动,"所有人都把他当作一个机器,一个再怎么努力也无法超越他父亲的人——动荡的时代已经过去了,发展的时代也过去了,大家都说这是一个守成的时代,注定比起先祖来说要平凡得多。于是他们只把他当作一个'优秀的小孩',一个'中规中矩的继承者',并且想方设法地从他这里挖取金字塔的一部分。"

"但我知道,主人不是这样的人,他不只是这样的人,他看起来没有心,只因为他心中存放着更高远、更宏大的东西。他不甘于这个守旧的时代,想要迎来的,是一个变革的时代。他虽然是现存秩序最大的受益者,但却鄙夷着这样的秩序;他虽然是旧世界遗留下来的神子,却受够了这些以'创世神'自居的守旧派。"

夜愿越说越控制不住心潮的翻涌——他从来没有和任何人,甚至是昼司本人说过这些话,但是此时此刻,他终于能把心中最澎湃的热血汇拢到一起。

他说:"所以,我也许因为他救下年幼失去父亲的我而感激他,也许因为他多年来陪伴我、教导我而追随他,但我更因为他这个人本身而信任他——我知道原本的他是什么样，他是有心的，这个世界……这个世界比我更需要他。"

夜愿双手颤抖，眼眶湿润，安息看着他默不作声，起身把他拉进怀里，揽着他的肩膀拍了拍。

过了一会儿，夜愿平静了下来。

沉默了片刻，他忽然又笑了一下，说："你知道我是什么时候下决心的吗？"

安息摇了摇头，夜愿说："有一次，主人的弟弟惹了很大的祸，主人知道了以后十分生气，但又碍于需要维系和夫人家的关系而不能发作——甚至不能惩罚或是说教他。当时主人对我说，要是你是我弟弟就好了。"

"我算什么东西，他竟然，那样的他竟然想要我做他的弟弟，"夜愿微笑道，"那一刻我就发誓，我这辈子都会站在他的身边，为他达成愿望，直到他不需要我的那一天。"

两人又闲聊了一会儿后，夜愿婉拒了安息留他吃午饭的邀请，重新登上了船——他此行的主要目的是近距离调查探月基地的内情，毕竟在外围观察或空中拍摄完全没有任何可靠的信息，于是夜愿这次打算强行突入。

他已经确定好了曼德的行踪——根据红外线探测仪，此刻看守基地的一共只有十来个守卫。

他提前交代老鲍勃帮他召集二十个Ａ级以上的赏金猎人，等在探月基地五公里左右的集会点，加上夜愿自己携带的五名保镖侍卫，这个队伍既低调，行动力和杀伤力又十分可观。

也是时候检验一下这些废土职业杀手的真正实力了。

只是他无论如何也没有料到，猎人中还能出现熟悉的面孔。

两个小时前才冷着脸警告过他的Ａ级骑士米奥·莱特，抱着枪站在一团猎人的最前端，和他的目光迎面撞上。

Chapter 7 呼叫地面指挥中心

夜愿："……"

米奥："……"

相顾无言的两人之间，站着满面油光的老鲍勃，他因为重视雇主而亲自来交接队伍，正不住地擦汗。临近午时的废土地表温度逼近四十，地平线都摇摇晃晃的。

"先生，是不是……有什么不满意？"察觉到空气中的一丝尴尬，老鲍勃不确定地问。他才朝前走了一步，就迅速被挡在前面的夜愿的侍从拦在了三米之遥。

"没有的事，"夜愿找回微笑，"非常好。"

夜愿又看了米奥一眼，对方已经移开了目光，并且不动声色地挪到了队伍的另一头，摆明一副不想和他扯上关系的样子。

二十名高大的赏金猎人站在一起所形成的压力不是一星半点儿，每一个人身上都带着很浓重的硝烟与血的味道。夜愿有点惊讶，因为在那艘小船上的米奥散发着的完全不同的气息，那是干燥的烟火气，甚至还有些暖和——如果是面对眼前这个米奥，他在动手逗安息之前一定会多想一分钟。

夜愿的侍从把中介费支付给老鲍勃之后迅速将他打发走，并依照指示宣读起了任务。当说到基地里面只有十五个看守，且还是虚摩提派出来的侍卫时，几乎所有人脸上都闪过了一丝轻蔑——夜愿看了米奥一眼，他仍然抱着枪一脸面瘫地盯着脚尖前半米的地方，好像对周围的一切事情都不感兴趣。

夜愿招了招手，另外两名侍从合力抬出一个箱子，箱盖一翻开，现场登时一片哗然——数十把崭新的能量枪，三把24倍镜狙击枪和整整二十把黑钢短刀整整齐齐地排列在一起。

数名赏金猎人一拥而上，看见好枪好刀比看见笔芯还要兴奋，他们彼此小声互相交谈着："这个随便用？"

"用完要还吗？"

夜愿笑了笑，提高音量："这是我家少爷兵工厂里研发改进的新型武器，正巧有机会就带来给各位体验了，有任何的使用反馈——不管是好的还是不好的，都请告诉我。今天如果任务成功，大家就可以把武器带走，觉得好用也可以推荐给其他人。"

等所有人都拿完武器之后，米奥才慢悠悠地走上前来，拿起最后剩下的一柄黑钢短刀。他戴着手套的手指轻轻拨过刀刃，又逆着光线翻过来看了看——上面果然有一个熟悉的家徽，他把食指贴在刀柄根部，松开另只手，轻盈的匕首稳稳地平衡住了。

夜愿解说道："这不是普通的钢，是纳米级别的新型材料，硬度没话说，还是绝缘的。"

米奥看了他一眼，默不作声地把刀收在靴子外侧，正要弯腰去拿能量枪时，忽然余光瞥见红光一闪，脚边两公分的地面钻出一个焦黑色的洞。

米奥猛地回头，一名赏金猎人茫然地看着他，徒劳地解释道："我就是试试。"

"找碴吗金毛？"米奥瞪着眼睛咬牙切齿道，他很明显认识那人，单手拎起九斤重的能量枪并将枪口朝着他，"那我也开枪试试哦？"

"哎算了算了，金毛他就是脑子有病。"另一名猎人摆手劝道。

他们一口一个"金毛"地骂他，同是金发的夜愿觉得脸很痛。

不是说好了金发是极度稀有发色的吗？

"咳咳！"他清了清嗓子，米奥又转过脸来，皱着眉头问："不是说以控制为主吗？给这么大杀伤力的武器，不怕打坏基地里的设备和器材？"

他背后的众人面面相觑，好像也才意识到这个问题，夜愿笑了笑；"没错，我是希望最好不要出人命的，全部十五个侍从全部控制住并关押在指定地点后，我们会在尽量不惊动里面其他人员的情况下，对基地内部进行秘密拍摄。希望各位在任务过程中不要过度交流无意义的话，在离开这里之后，也忘记今天看到或听到的一切内容。"

"然后拿着这把印着你家标签的枪满街招摇？"米奥冷笑道。

夜愿意义不明地勾了一下嘴角，接着说："没有别的问题的话，我就继续了，当所有看守被控制住后，请前往地图上的 X 点主控制室关闭电磁干扰系统，"他把全息投影放大一些，"此种干扰系统的控制器无外乎这三种型号，操作方法都是相通的，很简单。不过即使届时忘记拆除方法，也可以直接用各位手上的绝缘刀暴力解除。再之后，只需要按下各位能量枪上的通信键，我们就会收到信号并进来接手随后的工作了。"

众人测试了一番所有仪器的性能，米奥仍皱着眉，夜愿踱步到他身边，悄声问他："又怎么了？"

"你确定这个玩意儿过那个电磁干扰系统的时候，通信能力不会报废？"米奥掂了掂手中的枪，满脸不信任。

"确定！实验过了，当我傻吗？"夜愿小声回道。

米奥不再质疑，把武器装备挨个收好，说："不知道，就是有一种不祥的预感。"

一行脚程飞快的赏金猎人消失在地平线上后，夜愿躲进了隐形皮肤的接驳车，打开屏幕看着上面的二十个红点——那是能量枪附带的定位。红色小点快速逼近了第一个哨口，然后按照夜愿地图的指示绕到了一个监控盲点，顺着防线来到哨塔的下方。数人只在那逗留了短短的一会儿，就顺利地继续前进了。

突破第一道防线后，他们分成了四人一组的五支小队，A 小队在哨口处逗留了一会儿，应当是在微调两处监控的角度，以得到通行死角。

果然，很快另外三支队伍便沿着防线依次攻陷了另外三个哨口，剩下的一支队伍率先来到了基地侧边的小门外。基地大门和围墙外缠绕着高压电圈叫他们暂时无法通行，但根据夜愿的消息，下一轮开门换岗还有十分钟。

一切都很顺利，比预计中的还要快。

十分钟后，内外哨岗交接，几个红外线色块隔着一扇铁门相遇了……

半小时后，夜愿收到信号，坐着接驳车来到了敞开着的大门口。一群壮汉或靠或站围在门边，身上连一点剐蹭都没有，也完全没有躲避行踪的意思，大摇大摆地无所事事。

"你们这是干什么？"夜愿皱眉问，"只是守卫暂时清除了，我们还要秘密拍摄内部呢。"

正巧米奥刚从门里走出来，神色也有些奇怪。

"怎么了？"夜愿问。

"嗯……"他犹豫了一下，说，"你自己进来看看吧。"

夜愿狐疑地迈步进了园区，铁丝环圈和土灰高墙背后，目光所及之处一片萧条。

原本是水泥地板的大广场如今满是龟裂，每一道裂缝里都渗着厚厚的沙尘，广场四周矗立着规模宏大却损毁严重的几幢厂房，西北风由那些没有玻璃的窗子中呼啸而过，生锈的白炽灯摇摇晃晃，发出吱呀的声响。

不对劲啊？夜愿茫然地想——探月基地呢？火箭发射钢架呢？科研厂房呢？

他正要迈腿进其中一间大楼仔细查看，却被米奥一把拦住："里面都查看过了，没有人。"

"不可能！"夜愿说，"红外线显示里面还有六十多号人！你看，热兵器武装的十五人，剩下六十多个在楼里的科研人员……"

他顿住了，突破了磁场干扰壁之后，红外线的光谱终于如实显现了数据——那几十个影影绰绰活动着的，不是什么人类，而是体温更低的变异生物。

难道……那十几个守卫看守的不是从外面进来的入侵者,而是园区里面的怪物?

没道理啊,夜愿忽然觉得心神不宁,怎么都想不通。

茫然的不止他一人——一群赏金猎人都木然地看着他,不知道他葫芦里卖的什么药。

"到底怎么回事?"米奥悄声问。

夜愿手指捏着鼻梁,摇了摇头,顺便交代属下把酬金发下去,一队赏金猎人虽然云里雾里,但拿了钱只好闭嘴。

"这任务算是成功了还是没成功啊?"先前那个乱开枪的猎人还惦记着夜愿之前说送枪的事,夜愿挥了挥手,不再管枪的事,自顾自转身朝接驳车走去。

他走到车边正要拉门把手,发现米奥也跟了上来。

夜愿:"怎么了?"

对着他疑惑的眼神,米奥不爽道:"干吗,反正你不就是要去找安息?带我一起回去,这个时间的接驳船一个小时才有一辆。"

"我没有要去……"夜愿改口道,"算了,上车,快点。"

侍从全都屏退后,夜愿和米奥坐在宽敞豪华但明显还不够大的船舱里,空气中充满了尴尬。

夜愿喝了一口冰水,吞咽的声音简直震耳欲聋。

怎么这么安静啊……夜愿心想,平时有安息在两人之间充当润滑油,他总是笑嘻嘻又闹哄哄的,不像现在,夜愿觉得自己半边脸都僵了。

不料米奥忽然出声道:"你觉得……"

这个开头叫夜愿十分新奇——怎么,这人似乎还有任何事想要过问我的意见?

米奥清了清嗓子,似乎觉得有些不自在,但他还是继续说道:"安息老觉得在船上待着无聊,想去废土上没事儿找事,你……你劝劝他。"

夜愿暗自有些好笑,说:"不对吧,你刚才要问我的不是这个吧。"

米奥又闭紧嘴巴不说话了。

083

"你是想问我，你该不该答应安息让他去废土工作，安不安全……哦，你不会想让我给他安排些安全轻松的活干吧。"

"也许吧。"米奥别扭地说。

"嗯……也不是不行。"夜愿装模作样地思考着，"他会做什么？我看他打起架来身手还挺敏捷的。"

米奥立马反对："不行不行，他那个细胳膊细腿的，两下就掰折了。不过他会做做药、修修机器什么的，还……还可以。"

"会做药？药剂在废土上不是挺紧俏的吗？干吗不在船上弄个制药设备多做点药拿去卖？"

"你知道制药那一套设备多大吗！"不料此话一出口，米奥忽然爆炸了，"你是没见过那艘船是不是？一个两个都说要全套蒸馏反应器，知道那玩意儿多占地方吗！就算买得起又往哪儿放啊！"

夜愿被吼得一精神，猜两人估计已经为此闹过很多次了，只得不吭声了。

米奥也意识到自己好像不该朝这个人发火，船舱内又沉默下来。

废土渐渐在身后远离，米奥看着周围出现越来越多熟悉的船，知道快到家了。

他本来撑着脑袋，懒散地望着窗外，棕色的眼珠一动不动。忽然，他从椅子上原地蹿起，大力推开门后两步冲到船舱外的甲板上，夜愿被他吓了一跳，也急忙跟了出来。

"你干吗？"夜愿问，但米奥没有理睬——他双手紧紧抓握着栏杆，目光远眺，胸口一起一伏。

夜愿心里纳闷，也顺着他的目光努力去看。

终于，他看见了——他看见了那艘熟悉的小船，只是小船此刻看起来有些不寻常。

平日里总是亮着黄色暖光的厨房此刻黑洞洞的，只有船尾外沿挂着的彩灯散发着幽幽的光，原本迎风飘扬着的两道彩旗零落散了一地，绳子断掉，所有幸存的旗子缠绕在一起。

夜愿一时间无从反应，下意识地说："也许是，睡觉了……"

"不可能。"米奥迅速说，他更大声地吼了一句，"开快点！"

驾驶舱的侍从一激灵，下意识按他的指令加速靠近，两艘船距离还差五米来远的时候，米奥已经一个助跑，蹬上栏杆凭空飞跃了过去。他稳稳地落在夹板上，猫科动物般悄无声息，同时瞬间从腰侧掏出手枪端在胸前。

"安息！"他喊了一声，然后迅速换到夹板左侧背贴着门，仔细地侧耳倾听。

没有声音，他枪口先行，闪身进了厨房——没有人，但前几天才摆好的储物柜翻倒在地，砸垮了一张餐椅，这里很明显经历了一场搏斗。

他手指蹭了一下厨房台面上的暗红液体，在鼻尖下错开一闻——人类血液的味道。

"安息！"米奥又喊了一句，保持枪口平举的姿势直接进了卧室，这时夜愿才得以靠近小船登陆。

他绕着甲板外沿一路跑到船尾，刚好撞见从卧室搜出来的米奥——没有人，里外都没有人。

夹板上一片狼藉，六个花盆被砸碎了三个，好几株新苗都断掉了。

"安息！"夜愿也喊道，"你在吗？"

他话音未落，忽然感到一股巨大的推力——他被大力掼在了墙上，后脑勺和墙壁猛地相撞导致他耳朵嗡嗡作响，然后才感受到强烈的窒息感。

米奥单手掐着他的脖子把他抵在墙上，怒吼道："你做了什么！"

夜愿脚尖点不到地，连半个音也发不出，两名跟上船的侍从刚一靠近，就被米奥连看也不看地抬手射穿了眉心。

夜愿双腿不住地挣动，指甲陷入米奥的胳膊里，但却仍然无法撼动分毫，他脸和双目都涨得通红，大脑因渐渐缺氧而意识模糊。

他要死了！

夜愿的手上渐渐松了力气，努力做着口型："不……是……我。"

米奥阴沉而愤怒地盯着他，终于选择松开了手指，他像一块破铜烂铁般重重倒在地上，顿了半秒钟，才宛如受惊般地大抽了一口气。

夜愿跪在地上狠狠咳嗽,越咳越疼,但米奥没有心情等他,抓着他的后领甩到一边,抽出那柄削铁如泥的黑色短刀,刀尖抵着他的脖子。

"我只问你一次,安息去哪儿了?"米奥声音低沉,一字一顿地道。

这次他看清楚了,夜愿想——什么温暖干燥的味道,从来都不是来自眼前这个人的,没有安息在身边的他,就是彻头彻尾的野兽。

夜愿想要说话,喉结刚刚动了一下,就被刀尖划破了皮肤……一道鲜红的血迹顺着布满青紫指痕的白皙皮肤流下,他努力向后仰着脖子,难受地说:"不是,我,但我可以,帮你调查。"

"帮我调查?"米奥暴怒道,一拳砸在夜愿耳边,船体的铁皮立马凹进去一个坑,"如果不是你,怎么会有人盯上他!"

如果不是我……夜愿眨了眨眼,忽然一下,几个关键的节点就这样连接在了一起。

几乎无人看守的空壳探月基地……探月基地背后的曼德……和曼德来往匪浅的夫人……上次回日蚀号时夫人对他的警告……日蚀号……

"不管你想要调查什么,还是自以为调查到了什么,我劝你都好好处理。"当时罗特·范修连恩是这么说的。

那句话怎么说的来着?螳螂捕蝉,黄雀在后,这不就是牌局中的"陷阱"!

曼德先是制造了一个满是烟幕效果的牌局——消失不见的神苍,曼德与范修连恩两家神秘兮兮又令人揣测颇多的频繁互动。

搭配上局势的悄然变化——多恩的成年礼,家中资金权限的重新分配和倾斜。

然后放进一些饵料,声势浩大又严防死守的探月基地——此时过大的筹码会吓走玩家,十五人看守的"盲注"刚刚好诱他上钩。

如此显而易见,又精巧至极。

可是为什么?这个探月基地到底是不是空壳?如果不是空壳,那么真正的探月基地又在哪里?

夜愿用手轻轻挡开喉管前的刀尖,抓着栏杆跟跟跄跄地站起身来,说:

"我应该知道,安息在哪里。"

米奥瞪着他,手指泛着青白,好像随时准备抬手了结他的性命。

"带上你的东西,咳咳,"夜愿低头看了地上的两具尸体一瞬,然后抬腿跨过,说,"上船。"

米奥问:"去哪里?"

"虚摩提。"夜愿答。

米奥想了片刻,目光阴沉地打量着脚下这熟悉又陌生的小船,最终大概是接受了夜愿的建议,却没有直接随行上船。

他用一种平时拿来清洗衣服的特殊喷雾处理了地上的血迹,再把厨房的柜子扶正,残渣碎片扫在一边,最后启动天气防护罩。

要出远门了,这次没有人看家。

夜愿嗓子疼得要命,却也没有催促他,他默默脱下外套把几株嫩芽连带着泥土包在里面,打算回地心大厦再重新找几个盆种上。

一切打点完毕之后,两人回到了夜愿的船上,一干侍从避在两侧,脸色都糟糕极了——毕竟这人把主人打了一顿,而自己连动作都没看清。夜愿也没有心情安抚他们的情绪——他还不太确定,但总觉得事情不太寻常。

绑走安息的人怎么会知道米奥那时候恰好不在?

是有人一直监视在船旁边,等待他们离开?抑或被跟踪的其实是自己,对方看见自己和安息行为亲密误以为了他们俩的十分友好?

想到这里的夜愿一时间有些后悔——他不该故意和安息走这么近的,从监视的角度来说会弄错也是必然。

不,他应该要更小心才对,在这种特殊时期,他怎么能一而再再而三地往返同一艘小船,最终拉了无辜的少年下水。

太大意了……自己只是远离了虚摩提,就以为远离了一切。他不动声色地打量了一圈自己周围站着的剩余几名侍从——都是跟了他三年以上的人,他们之间会有叛徒吗?而那个空荡荡的探月基地又是怎么回事?

航空艇重新出发——大船的避震做得很好,一路顺滑又无言地前行着,黑洞洞的小屋被留在身后。夜风渐起，小船摇摇晃晃，很快就被其他的船遮盖住了。

夜愿把重新添加了冰块的杯子按压在脖子上，哑着嗓子问："喝水吗？"

米奥回头看了他一眼，没有说话。

几小时前从废土出发回程时的那一小段路上，两人难得缓解尴尬聊了两句，现在气氛又重回冰点，比他们第一次见面时还不如。

米奥转过脸去没有理睬他的问话，夜愿却吩咐道："给他倒一杯。"

柠檬绿的维生素水还没端到米奥面前，他就鼻子一动闻到了——是番石榴的味道，但不是什么香精冲泡的水，是真正的果汁。他觉得心头的火又燃烧起来，手指直对着夜愿的脸，说："如果安息出了任何事，我不会放过你，你的那个主人，和虚摩提上的所有人。"

周围站了一圈的侍从全都背脊绷紧，死盯着地面额头冒冷汗。

杯子外壁的水珠顺着脖子淌进了夜愿衣领里，他反手蹭了一下，没好气地"哦"了一声。

船又开出一截后，夜愿吩咐其余人离开房间，才走过来伸出手道："正式地自我介绍一下吧，我叫夜愿，作为贴身管家和首席助理服务于我的主人——李奥尼斯家的长子。"他补充了一句，"李奥尼斯家是虚摩提十大家族之首，虚摩提上近半的地产都划归其下。"

米奥看起来好像却很不印象深刻，他手揣在胸前干巴巴地回道："哦，我叫米奥·莱特，我现在只想揍人，这个李奥尼斯什么的，听起来是个不错的起点。"

"在虚摩提上你可千万别这么说，"夜愿收回手，"会有人当真的，我们得尽力低调。"

"你开着这么一艘船，大摇大摆地进虚摩提，怎么低调？"

夜愿闻言抬起眉毛斜眼打量他，从头到脚细细看了一遍，看得米奥头皮发麻。

米奥警惕道："你干吗？"

"确实不能穿成这样，"夜愿摸着下巴说，"应该……没问题，但可能会有点紧。"

他没有多做解释，起身进屋拿了一套侍从的备用制服，抖开看了看："裤子应该没问题，肩膀大概有点窄，到了再给你做一套合身的。"

米奥毛骨悚然——光这么看两眼就能知道？他狐疑地接过白衣黑裤，就地脱了便开始换。夜愿不自在地避开目光，转而从玻璃的反光上继续看。

主人算是天生就比较能出肌肉的体型，他在心里默默比对，但和赏金猎人比起来，果然不是同一种生物。

米奥套上裤子穿上白衬衣——肩膀和手臂的地方果然有些紧绷，他把黑色背心扣上扣子，胸口处被撑起几道不自然的皱褶。

他又不情不愿地挖了一点发蜡在手心搓开，将所有棕发都老老实实地梳在脑后，才终于有了一点文明人的样子。

"你不能穿这个靴子。"

米奥正要把靴子往脚上套，闻言停下动作抬头看他："那我刀放在哪儿？你这个衣服这么窄，我只能揣一把手枪。"

那你想揣多少把枪！夜愿腹诽道，说："地心大厦所有出口都有金属探测器，你带兵器立马就会触发警报的。"

米奥想了一下，掏出那把黑色的短刀，用短皮带系在小腿上，再用裤腿盖住。

"你自己说的，这玩意儿是什么纳米材料，还绝缘。"米奥站起身来，拍了拍衣角，"就算你不让我带也没用，我要杀你的话根本用不着这些玩意儿。"

夜愿无奈之下不再说话，示意他戴上手套、大楼出入卡和名牌——马塞尔·博格。

"马塞尔。"夜愿试着叫了声，米奥毫无反应。

"马塞尔，叫你！"夜愿又提高音量叫了一次。

米奥反应过来，不爽道："我的人设是聋子。"

"聋子怎么可能当侍从！"夜愿火也起来了，"你配合一点，你到底还想不想救安息？"

说到安息，米奥脸也垮了："你确定你知道他在哪儿？"

夜愿点了点头："基本确定，但也得到了之后才能肯定。"

面对米奥明显质疑的眼神，他只得简单解释了一番自己的猜测。不料听罢米奥显得更愤怒了："你的意思是，整件事情起因就是你主人的继母为了给自己的儿子多争些家产？"

"不是什么'家'产！这关系到整个虚摩提的未来……"夜愿顿了顿，放弃道，"算了，你这么想也行。"

但米奥还没有要放过他的意思："然后他们不能直接对那个叫昼司的动手……这什么破名字，"他小声念叨了一句，"打算拿他的左右手，也就是你开刀，以儆效尤。但是与其把你打昏绑走……他们绑走了我家安息？"

夜愿有点窘迫，说："把我绑走就相当于直接挑衅主人了，以目前的状况而言，他们还没有必要做到这个地步。所以估计是跟了我一段时间，看跟我亲近的人有谁……"

他话还没说完，米奥已经"噌"地站起来，夜愿当下以为又要挨揍，下意识地闭上了眼睛。

等了一小会儿后，他皱着脸睁开眼——米奥没有动手，只是捏着拳头站在原地。

半晌，他重新坐回到沙发上，却没有开口再说出什么威胁的话，而说："接着讲。"

"这是一个好消息，"夜愿说，"安息对他们来说没有任何威胁，也不是任何人的目标，只要我能够找出他们真正的目的，用同等价位的东西去交换，安息是不会有危险的。"

"你去要求交换他出来，不就变相地告诉别人他很重要了吗？"米奥问。

夜愿扬了一下眉毛，没想到他能想到这一层，说："这只是一个手势，一个信号——他们绑走安息是为了传达一个警示的信号，我的反馈也是同样。只要小心处理不牵扯更多的人进来……你别这么看着我，这种事我很擅长!"

"这两天你先躲在我房间,那里平时没有人出入,只有主人有权限……但他……基本不会进来,"夜愿说,"你低调行事,不要轻举妄动,我会实时给你反馈动向。到时救出安息后我会直接送你们上船离开这里,你们船上的损失我也会赔偿的……不,我会赔你们一艘新船,没有注册不会被追查……"

他话还没说完,米奥已经冷冷地道:"不需要,把安息还给我,并且以后不要再出现在我们面前。"

夜愿愣住了,他咬了咬嘴唇,点头道:"好。"

天色渐暗,虚摩提也越来越近。

这是米奥第一次亲眼看见虚摩提——远看还不觉得,走近了他才发现这座海上之城有多么庞大,数千条钢铁丛林的树冠顶端,三座巨大的浮岛灯火通明,灯光比整片废土加起来还要多。无数大街小巷纵横穿过高矮林立的建筑,像是重现了罗城昔日的壮景。数千万吨的生活废水由三大瀑布倾泻进海中,奔腾不息。

两人此刻同时想到——被带过来的安息是否也和他们看到了同样的风景?他以这种方式来到了向往已久的虚摩提,会是什么心情。

飞艇穿过引力罩的一刹那米奥就感觉到了,他原地轻轻跳了跳,头差点顶着天花板。地心大厦已经出现在视野之中,他看着这座矗立于整个虚摩提最中心的通天高塔,上半截隐去在了云层里,忽然意识到身旁这个人说得没错——他们真的是金字塔最顶端的人。

不久后,飞艇停泊在了地心大厦一百六十二层,米奥混迹于一群侍从之中朝塔内走去。下船之前,夜愿忽然眼尖瞧见栏杆上被抓出了几个坑,分明是手指的形状——他瞬间想起之前即将靠近小船登陆的时候,米奥正是站在这里。

夜愿上手摸了摸,不禁暗自心惊——这是多大的力量?能够把不锈钢的管子活生生掰弯!

看着米奥穿着修身侍从制服的背影,夜愿在心里问自己——他到底是什么人？他真的只是一个 Ａ 级赏金猎手吗？

泳池边的餐厅今天外租给了一个晚宴，夜愿为免多事，难得选择了绕开他们，毕竟他一脸的伤，难免不引起注意。从偏门绕到直通电梯后，其他侍从都行礼退下了，米奥和夜愿站在电梯门口——他的听力很好，一墙之隔的宴会上欢声笑语、觥筹交错不停钻进他耳朵里，那种毫无生存压力的放纵享乐叫他愈发觉得格格不入。

电梯缓缓上行，两人微微背对彼此朝着两个不同的方向站着——只可惜电梯内部光滑的镜面丝毫不留情面。

电梯门很快再次打开了，夜愿正要迈开腿走出去，米奥忽然拦了他一下。

夜愿："怎么了？"

米奥低声说："有人。"

夜愿神色一凛——主人今晚是要和安娜小姐看电影没错啊，按照这个时间来看，电影应该还没有结束。但他选择相信米奥的判断，用手势示意他顺着旋梯直接上楼。

米奥点了点头，悄无声息地消失在了楼梯转角。

夜愿整理了一下衣服，深吸了一口气，脑子里想着要怎么解释自己身上的伤，一边低头走了进去。

只是站在落地全景窗边的，并不是自己所期待的那个李奥尼斯。

一头红发的少年转过脸来，夜愿诧异地道："多恩少爷？"

多恩笑起来："怎么，看见我很震惊？"

"您怎么……"夜愿左顾右盼，没有看见主人的身影。

"别找了，我哥不在，"多恩说，"怎么了？你这算什么表情，我也是李奥尼斯，也是有地心大厦的万能钥匙的，我不能来？"

"当然，"夜愿立马浅浅鞠了个躬，"您找主人吗？他和安娜小姐有约，要晚些才会回来。"

多恩却没有答话，似笑非笑地看着他。

夜愿心里打鼓——他原本以为授意抓走安息的肯定是罗特夫人，但多恩少爷为什么会……

"我本来……是过来把这个给你的。"像是听见了他心中疑问，多恩扬手丢过来一团蓝色的东西，夜愿接住展开一看——是一块方巾，上面还有些暗红色的干涸痕迹。

这是安息扎在头上的！他难以控制地收紧了手指，忽然庆幸自己叫米奥先上楼了。

"但是……你好像还不知道。"多恩说。

"知道什么？多恩少爷……为什么？"夜愿极力控制着声音，问，"少爷是对我有什么不满意吗？不需要浪费您的时间做这种事，只需要直接告诉我……"

"看来你是真的不知道，不过别管这人了。"多恩赶虫子般地挥了挥手，"比起这个，目前更大的新闻是……"他一字一句地说道，"安娜现在实在算不上太开心。别这么看着我，可不是我说的，也不是我……给她发的那张照片。"

夜愿吃惊地抬起头来："什么照片？您什么意思……"

"真期待啊……我倒要看看我哥有多重视你，"多恩看起来心情好极了，"你猜，在果戈里和心腹之间，我哥会选择谁呢？"

夜愿震惊又困惑的表情极大地取悦了他——那种无懈可击又云淡风轻的笑容他真是看够了！多恩朝前走了两步，递出一张相片——很明显是有人特意用旧时方式打印了一张纸质的相片，这薄薄的一张充满了仪式感，仿佛千斤重。

"你想看看吗？"多恩问。

夜愿想要抬腿的时候，才觉得自己膝盖软得不行，但他还是稳稳地朝前走了两步，将相片接过来翻成了正面。

相片内容是从窗外很远的地方拍摄的，又放大了数倍，难怪相中二人毫无察觉——日蚀号的图书馆窗边，十年前的他和十年前的主人在窗台边，像一对兄弟，阳光很好，他们仿佛在密谈什么。

要不是在这样一个情况下看到这张照片，夜愿甚至想要一张作为备份。

凝视良久之后，他也确实这么说了："拍得挺好的。"

多恩愣了一下，随即恶狠狠道："很好，希望你卷铺盖从这里滚掉的时候也能这么乐观。"

Chapter 8 羊角面包

夜愿又仔细看了看这张照片，心里莫名轻松了一点——不过是正巧凑在一起看书罢了，这点东西根本算不得什么。

多恩一把抽走了相片，夜愿略带失落地抬头看了他一眼。多恩不可置信地瞪着他："看什么！"

夜愿耸了耸肩膀，摊手道："这件事暂且不谈，您刚才说……是来给我这个的？"他扬了扬手中的方巾，"那小孩儿跟我或者昼司少爷都没有任何关系，您抓他毫无道理，不如告诉我，您真正的诉求是什么，我才能帮您达成愿望。"

多恩眯着眼睛看了看他，反问道："没有任何关系？那我杀了他也无所谓哦？"

夜愿笑了一下："您不会的，为什么要做这样的事呢？少爷您不是个杀人犯。"

"别告诉我我是什么！"多恩怒吼道，"好好操心你自己吧！我哥从安娜那里回来之后，明天这个房子里还有没有你这个人都是两说！"

说完这句话后，多恩便绕过夜愿大步流星地往外走。

"多恩少爷！"夜愿叫住了他。

不要再想相片的事，夜愿在脑内拼命告诫自己——现在最重要的是安息的下落。

多恩猛地回头——夜愿死死盯着他的脸,观察他每一处微小的表情。他举着方巾问:"这件事,是您自己的意思,还是夫人的意思?"

多恩抿了抿嘴,下意识地反驳道:"关你什么事?"

夜愿讶异地微微扬起眉毛:"夫人并不知道?"

多恩恼羞成怒,骂道:"不要用你那肮脏的读心术!"他将相片扬手丢在夜愿脸上,"他死定了!我先关两天,但他死定了!想救他出来,做梦!"

多恩进了电梯之后夜愿才匆匆上了楼,米奥正围着那个许愿池想把细细的水流关掉。

"这玩意儿听得我难受。"他说。

夜愿招手道:"别管那个了,刚才主人的弟弟来了。"

"哦,"米奥没什么兴趣道,"废物弟弟。"

夜愿噎了一下,但考虑到自己给对方介绍情况时确实透露了这样的意思,只得继续说:"安息不是被夫人抓走的,是被多恩少爷带走的!"

米奥听完"噌"地站起来就要往外窜,夜愿在后面大喊:"走了!他已经走了!"

米奥已经跑了一半的楼梯,回头怒瞪着他:"你干吗不把他抓起来!"

"抓他能干什么!"夜愿说,"你不明白吗?不好对付的是夫人,如果只是多恩少爷的话,救出安息难度就低了很多。"

米奥不爽地用鼻子出气,踏着重重的步伐走回来:"那你说,这个废物弟弟要什么,你要拿什么去和他换?"他想了想,道,"不对啊,你不是说一切都由那个继母在操控,废物弟弟并没有太大争夺财产的野心吗?"

"你……你别叫他废物了,"夜愿额头冒冷汗,"如果是多恩少爷的话,那他多半不是为了牵制我从而牵制主人,而是……"

他为难地道:"单纯地讨厌我而已。"

米奥看他的眼神已经不能用"冷漠"来形容了。

"多恩少爷好像一直很崇拜主人,但是他小时候不住在主宅,也一直没什么机会跟在主人身边，反而是我幸运地被主人教导着长大，"夜愿捂着脸，"而且因为主人特别优秀，就衬托得老被拿来和主人做对比的他……特别废物……"

米奥也蹲下身捂住脸。

"所以人家弟弟吃醋了，"米奥痛苦道，"为什么安息老是招惹这些奇怪的人。"

过了一会儿，他又问："那废物平时住在哪儿，他不和那个继母一起住？"

这下连"弟弟"两个字都省略了，米奥开始直接称呼多恩为"废物"。夜愿点头道："他们都住在李奥尼斯的本宅日蚀号上，但那里人多嘴杂，如果安息是被带到那里去的话，我一下就能知道了，向来不太可能。"想了想，他接着说，"估计他把安息暂时置放在了外海的什么地方，明天开始我会安排人远远跟着他，范围很快就能缩小。"

米奥也平静下来了，他沉思了一会儿，忽然不着边际地说了一句："你知道吗？羊其实不算很好的宠物。"

夜愿茫然道："啊？"

米奥看着他，说："看着咩咩咩的，其实很凶残。"

夜愿更茫然了，张着嘴："什么意思。"

米奥站起身来抹了一把脸，拍了拍裤子："没什么意思，就是告诉你一声，他们会撕家。"

隔日一早，夜愿本来要趁给昼司准备早饭的机会，顺便试探照片风波的内情，走下楼后才赫然发现屋里并没有人，屋里的东西也没动过位置——主人彻夜未归。这虽然不是第一次发生——以前也有过外出办事太晚就直接住在外面的情况，但这次却尤其叫他心慌。

没有胃口的夜愿把本来要准备给昼司的早饭端回自己屋里，悉数投喂给米奥，对方三五下就吃掉了。夜愿不满地道："你能不能慢点吃，好好享受一下这个食物，这平时是只有主人才能……"

对方把嘴巴凑到杯子上方，问："要吐出来还给你吗？"

夜愿气得一把抽走他手中的盘子，里面还没来得及开动的羊角包落入了夜愿的口中。他一边奋力咀嚼，一边含混不清地说："你知道这东西多稀有吗！你知道小麦有多难种吗！"

米奥面无表情地看着他。

"这东西在外面，要卖65笔芯一个！"夜愿说。

笔芯这个单位激起了废土极大的热情，他迅速站起身来："还给我！"

夜愿呵呵冷笑着把整个面包都硬塞进嘴里，然后被噎得两眼翻白。

吃过早饭之后，夜愿交给了米奥自己通信终端的子机，虽然只能收发一些简单的信息，但用于紧急联络也不错了。离开地心大厦之前，夜愿又不死心地查看了一遍——主人仍是不见踪影。

就在这时，派去跟踪多恩的下属传话回来——多恩少爷一大早就离开了日蚀号，朝外海的方向去了。

夜愿精神一凛，抓起外套就跑出了门。

他前脚一走，昼司后脚便踏入地心大厦。

忙碌了一夜才终于得以休息，他累得要命——愈发刺眼的太阳光叫他神经抽痛，只想赶紧趁下午的会议之前补个眠。

进门后，预想中的咖啡和面包香气钻进他的鼻子，昼司轻轻叹了一口气，终于感到放松一些。

这疯狂的一夜始于外海突如其来的台风警报。

台风来得毫无痕迹，风眼以极快的速度朝虚摩提移动着，所有在外海搭设了养殖场和植物园的家族全都炸了锅。

昼司迅速召集六名家主签署了碘化银导弹驱散台风的命令，逼得台风转向，扑到了数百公里外的海岸线上。

忙完这件事后，他正准备朝安娜为了泡汤的电影计划而道歉，却遭受了对方凶猛的质问："如果您不喜欢我，大可以直接跟我说，犯不着这样！"

昼司面上无动于衷，心里却偷偷想——不是打了电话推迟吗？脾气竟然这么大。

夜愿想的什么烂计划，他心中不满地嘀咕道——一周抽出几个小时的宝贵时间用于通过拉拢安娜，从而稳住老果戈里。现在看起来，时间的投入根本得不偿失嘛。

昼司正色道："我没有不喜欢你，之前也说了，你年纪还小，要从认识接触开始，但……"

"但您根本就没可能喜欢我！"安娜眼泪都要出来了，把照片递给他，"您对仆人的态度比对我都好！那个夜愿，别人还说他是……他是……"

教养良好的贵族少女说不出"走狗"这样恶劣的话，何况之前几次见面，那个金发碧眼又总是温和笑着的青年一直叫她印象不错。

她此前也不是没有意识到，眼前这位长相俊美、目光深沉的大少爷虽然平时处事滴水不漏，但相处下来却完全没有任何距离拉近的感觉，反而还是一如最初的生疏、客气，她也从来分不清他真实的心情如何。

她有点怕他，但又被他这种冷硬的气质吸引。

她也不是没有注意到，那位侍从先生很明显就不怕他的主人，两人就算站得远远的，彼此间也有一种默契。

少女的心事毫无保留地透露出来，昼司有些头疼地抽过她手中的照片。

拍得不错，昼司心里想，同时暗自盘算着怎么把这个胆敢偷拍主人，并且捏在手中多年准备投机的叛徒抓出来。

"夜愿是我的心腹。"他把照片撕成两半，又对叠撕成四份，"以后也不会变。"

安娜犹豫地看着他手中的碎片，问："所以您说，愿意和我从约会开始，直到我能成婚，也不是缓兵之计咯？"

昼司笑了一下："当然不。"

少女白皙的脸庞露出忧愁，她说："我知道的，我知道您愿意花时间和我约会，主要是因为我爸爸。"

昼司不置可否，只问："为什么这么想，你觉得自己还不够可爱？"

"我当然！"安娜抬起头来，又咬住嘴唇——虽然从小在无尽的宠溺和呵护下长大，赞美的话也听过不知道多少，但对于眼前这个人她有没有魅力，她真的不确定。

安娜小声问："那……可爱的我可以提一点过分的要求吗？"

"你可以试试。"昱司说。

安娜说："我希望……您如果真的想要给我……给我们一个机会的话，可以为了我，试着更换一下自己的贴身侍从。"

此话一出，她很明显感觉到气氛冷掉了，连忙补充："李奥尼斯家有那么多人，一定会有很好的备选！"

安娜说完立马闭上了嘴巴，屏息等待他的答案。

会和我生气吗？会觉得我得寸进尺不知好歹吗？

不至于吧，只是一个小小的侍从罢了。

昱司沉默下来，似乎在考虑她说的话。

他忽然叹了一口气，后退了几步靠在窗台上，从前襟的兜里摸出一只细长的雪茄，然后掏出一个金属色的打火机。点着火之前，他礼貌地问："我可以在这里抽烟吗？"

安娜愣愣地点了点头。

昱司点着火，吸了一口，然后打开窗把烟吐了出去——这味道和安娜以前闻过的烟味不太一样，有种炙烤的香气。

而且不知道是不是她的错觉，眼前这个抽着烟的昱司似乎和过往谦和有礼的他又不太一样，海风吹起他的衣角，男人吐烟的样子带着慵懒的性感。

"你之前不是问过我喜欢什么样的人吗？"昱司忽然说。

安娜又愣了一下，不太确定地点了点头。

昱司看着她的眼睛，说："聪明，我喜欢聪明的人。"

"聪明漂亮，识大体，有风度，知道自己的位置和角色并能最大限度利用自己的身份。"他说，"我喜欢这样的人。"

安娜被他这样看着，脸变得通红。

漂亮自不必说，举止有度识大体、了解利用自己的角色也是她从小到大的必修课，那么她离昱司眼中完美对象的差距就只有一步之遥了。

有风度,换言之是要她退一步,放弃对这件事的逼问纠缠。

安娜深吸了一口气,说:"我知道了。"

昼司难得真心实意地笑了一下:"果然是聪明漂亮。"

处理完安娜的事后,昼司又被冯老和林科叫去打了一晚上的牌,直到天蒙蒙亮才被放走。他闭着眼揉了揉眉心,一边进屋一边说:"夜愿,过来说说那个探月基地的事。"

没有反应。

昼司疑惑地睁开眼:"夜愿?"

不在?他看着准备食物的餐台上干干净净,没有咖啡也没有面包,但空气中又确实还残留着食物的香气。一旁的茶几上散落着几摞文件,是他昨天临走前在看的植物园扩建规划。

没有整理?昼司纳闷道——是不是昨天从废土上回来晚了,还没起床?

这近年来已经十分罕见的情况叫他不由得忆起往事——彼时夜愿年纪还小,他作为奴仆每天早上六点不到就要起床,整个白天都困得要死。好几次昼司发现他手里捏着抹布抱着花瓶打瞌睡,要不是昼司不动声色地扶一把,那个六百年历史的金彩瓶哪能免于劫难。

想到这里,他心里有点好笑,不禁掏出兜里的照片碎片看了看。他一边松着领带和袖口一边往楼上走——夜愿看见自己忽然出现会是什么表情呢?一定是先充满茫然,然后惶恐又惊讶。

他嘴角噙着笑意,推开了阁楼的门。

里面没有夜愿,只有一个高大健壮的棕发男人,弯着腰瞪着眼睛看他。

而且男人还打着赤膊。

因为衣服太紧正在翻箱倒柜找替换衣物的米奥:"……"

昼司无声而缓慢地眨了眨眼,倒退一步阖上门,捏了捏鼻梁。

他抬起头上下左右地看了一番——没错啊。

他再次推门进去,陌生男人依旧站在原地。

什么意思?他家从小养大的金发侍从变成这样了!!!

昼司心里惊涛骇浪，面上无动于衷，反观米奥亦然。

米奥："呃……"

他刚发出一个音节，昼司骤然从背后掏出枪来，米奥迅速从腿边抽出匕首，叫道："你怎么能带枪进来？"

与此同时昼司也厉声问道："你是谁？"

平端着枪口，昼司说："我叫昼司·李奥尼斯，是这里的主人，我给你三秒钟。"然后他拉开了保险栓。

米奥听罢一脸黑线，"哦"了一声说："原来就是你啊，我是……"他想了想，说，"马塞洛，是夜愿先生的侍从。"

"先生"两个字他叫得绕口极了。

还从没有人用这种"就是你啊"的语气对他说过话，昼司眉头一皱，说："他没有一个叫马塞洛的侍从。"

"是马塞尔！我说的是马塞尔·博格！"米奥想起来了，"你不要嘲笑我有口音。"

他拾起地上的上衣，把名牌翻给他看。

昼司皱着眉看了一眼，又问："那你在这干什么，夜愿呢？"

米奥停顿了三秒，说："因为……夜愿叫我在这里等他。"

夜愿尾随多恩一路来到了外海，这里台风刚刚过境，海面湛蓝，泛着微微的波纹，数万吨的烈日洋洋洒洒，是这个世界上最无私的能源。

夜愿不敢凑得太近，只能远远跟着，他一边用望远镜张望，一边问："你确定多恩少爷上了这艘船？这不是他平时出门用的那艘。"

"确定，属下看着多恩少爷从日蚀号上的这艘船。"侍从休耶答道。

为免节外生枝，此次夜愿只带了这一个人——他还在怀疑身边的人是否曾泄露过他的行踪，船也换成了外观普通并配置了隐形皮肤的接驳船。

再者而言，如果一大群人浩浩荡荡地去给多恩施压，很容易会适得其反——他从小就是吃软不吃硬的个性，这点夜愿很清楚。

茫茫无垠的海面上，小船一直朝外海开去，世界大得像没有尽头。

在暴晒之下，即使有制冷的室内也变得闷热不堪，休耶不得不提醒他："先生，再这么下去我们恐怕燃料不够。"

确实，两艘船已经开出了距虚摩提六十多公里，接驳船体积本就小，燃料舱空间也很有限。

夜愿咬着嘴唇，正在思考要如何是好，却忽然眼尖地看到了："来了！"

几公里外的弧形海面上赫然出现了一艘中型反重力艇，多恩的船果然减速停靠了过去。应该没错了，夜愿想，只不过没想到多恩这么谨慎，居然把安息藏在这么远的地方。

不出所料，多恩从船舱中走出，踏过连接板上了那艘反重力艇。

夜愿迅速靠拢过去，正要解除掉皮肤隐形和对方当面对质，却忽见多恩身后的船舱里又走出一个人。

那和多恩相似的一头红发叫夜愿连忙吩咐："停下！休耶停下！"

罗特・范修连恩也跟着上了船——船上的一干侍卫看见她毫无吃惊的神色，夜愿心里纳闷——自己的判断失误了？抓走安息并不是多恩一时兴起的游戏，而是夫人的指示？

没道理啊，安息不可能有任何值得引起她注意的地方啊。

夜愿举棋不定地遥遥观察着，就在此时，望远镜彼端的多恩脸上也出现了惊讶且茫然的神色——夜愿顺着他的目光移动镜头，只见反重力艇里走出一个男人。

夜愿的困惑不亚于多恩，因为按照身高体型来看，那人显然不是安息。

他趴在船沿上努力去看，但海面反光太厉害，蒸腾的水雾让能见度变得相当扭曲，但他还是看见了——身材高大的黑发男人背影既熟悉又陌生，就好像……就像是……

就在这时，那人转过身来，即使隔着数千米的距离，夜愿莫名就觉得他用肉眼看见了自己。

只一眼他便移开了目光，罗特和多恩都没有察觉。

但夜愿却被这一眼死死地定住了，烈日下的他一头冷汗——如果他没有认错那双和主人相似的黑眼，这艘孤零零漂浮在外海的反重力艇上站着的，是李奥尼斯真正的家主神苍。

"先生，先生？"休耶叫了两声没有得到回音，自己也举起望远镜查看，这一看不要紧，他手一松，望远镜直直落入海中，激起了不大不小的一朵水花。

落水声惊醒了夜愿，他连声道："快走！回虚摩提，快点！"

仍一脸震惊的休耶手忙脚乱地爬回驾驶舱，他一边手抖着重新起航，一边不确定地问："先……先生，那个是……"

"别乱说话！"夜愿斥责道，但心下也是惶然无措。

神苍为什么会在这里？他是主动还是被迫待在这里的？从什么时候开始？那日蚀号上的人又是谁？

还是说……

夜愿忽然想到，除了罗特的亲信外，其实已经很久没有人亲眼见过神苍了。也许日蚀号上的一切根本就是个幌子，好像那个空空如也的探月基地一般，神苍根本早就不在那里了，而是被软禁在大海中央，任由罗特和曼德一步步进驻。

但是看多恩惊讶的样子，似乎他也毫不知情？夜愿心想，罗特为什么要选择这个时间告诉多恩呢，是因为他新到手的百分之十家产吗？

如果真是如此，难道自己原本的猜测完全错误——罗特手中握着的并不是她自己的百分之五和多恩手中的百分之十，而是神苍的百分之三十九！

那么这也是否说明，其实多恩原本并不完全在罗特的掌控之中呢？

但是现在他被带到了神苍面前，这情况是否在今天就要产生变化了。

夜愿忽然有些后悔自己毫无准备地冒失前来，没想到撞见了这样的一幕。他又不禁回忆刚才神苍方才锐利的眼神——虽然隔着那么远的距离，接驳船的皮肤又模拟反射着环境颜色，按道理不应该能看见他。

但对方望过来的眼神确确实实停留了一瞬——如果发现他了，神苍会告诉罗特吗？

夜愿以最快速度冲回地心大厦,一边朝楼上跑,一心盼望着主人已经回来了——他已经完全忘记了照片和安娜的事,也忘了安息的踪迹还没有线索。

电梯门一开,他便隐约闻见了熟悉的烟味,夜愿快跑两步冲进门:"主人,您在忙吗我有急事……"

他的声音戛然而止,奇特的一幕出现在眼前——本该在这里的主人变成米奥了!

他硬生生地刹住车,定睛一看,发现棕发赏金猎手穿着主人的一套浅灰色休闲服,正跷着脚坐在沙发里,手里翻来覆去玩着一个拼色方块。比起略显逼仄的侍卫服,与他身高相仿的主人的衣服倒是更加合身。见夜愿进门,米奥迅速站起来越过他肩头打量寻找,发觉回来的只有他一个人后,脸色立马沉了下来。

夜愿结巴地道:"你你你怎么下楼来了!"

昼司的声音自窗边的桌子背后响起,他也站起身走了过来:"怎么,你知道这个人?真是你让他……把他带进你屋里的?"

夜愿这才看见昼司也在屋里,惊吓道:"主!主人!你怎么在这儿!"

昼司被噎了一下——这还是他生平第一次被夜愿给忽视了,立马有些不悦:"难道我是那个不该出现在这里的人吗?"

夜愿才意识到自己说了什么,连声道歉:"不是的,我不是这个意思……"他余光一瞥,决定朝米奥发难,"你怎么能擅自下楼打扰主人!还拿他的衣服来穿?"

米奥扯了扯大腿的裤子说:"你以为我想穿?这裤子也太紧了吧。"

主要功能是美观的服装自然和耐磨抗热的战斗服完全不同,米奥相当不适应。

夜愿还没开口,昼司已经说:"是我拿给他的,他在你屋里,没适合的衣服,我就……"他直觉自己不该花时间解释这件事,又难得地感到思维相当混乱,同时注意到夜愿下巴喉咙上的紫色淤青,问:"你的脸又是怎么回事?"

夜愿下意识地遮了遮，对方又问："还有，这男的到底是谁？"

夜愿表情可谓一片空白——他没想过米奥会在这里停留多久，也没想到会这么快被主人发现，甚至还没来得及开始想借口。

米奥对昼司毫无兴趣，像赶虫子一般挥了挥手，问："这不重要，安息呢？"

"怎么不重要了，这是我的住所，安息又是什么？"昼司皱着眉提高音量，"夜愿？"

他误解了夜愿为难的神色，不可置信道："难道……"

"什么？"夜愿闻言十分困惑不解。

昼司指着米奥，却被米奥一把拦开："你能不能别打岔，我再问你一遍，安息在哪儿？"

他他他……他竟然叫主人别插嘴！夜愿快要昏厥了。

米奥失去耐性，两步跨到夜愿面前揪住他的衣领："别让我问第三次！"

被粗暴打断的昼司从没遭遇过这么不礼貌的对待，见米奥竟还敢威胁夜愿，当下便掏出手枪大声喝道："放开他！"

米奥几乎是有些不屑地斜眼看了看他。

"夜愿，告诉你家主人拿枪对着我是多么不明智的选择。"米奥说。

昼司拉开保险栓："你下巴上的伤是这个男人弄的吗？他到底是什么人，他用什么威胁你？"

米奥一把将夜愿拽过来挡在枪口前，说："这样也好，你不是挺有权有势的吗？那你亲自去找你的废物弟弟叫他把安息交出来，我再把这个金毛还给你。"

"我弟弟，多恩？"昼司也疑惑道，"还有这个安息到底是什么？"

"你怎么这么多问题？"米奥也掏出黑色短刀，架在夜愿喉咙前，"跟你说把枪放下！"

"你先放开夜愿！"昼司怒道。

屋内的气氛瞬间剑拔弩张、紧张异常，夜愿闭上眼，深吸了一口气，用足力气大声吼道:"都不要吵了!"

屋子安静了。

他转过身,捏着米奥手中的刀子——对方本不肯放手,被他怒眼瞪了一眼后莫名松开了手指。夜愿把刀丢进桌上的水杯里,然后走向昼司,握着他的手腕向上抬,接过他手里的枪,取出子弹丢进抽屉里。

"喝什么?"夜愿叹了口气,问。

两人面面相觑,拿不准该说什么。

"喝水吧。"夜愿自言自语道,给二人分别都倒了一杯,递到他们手中:"请坐,主人坐。"

两个男人听话地坐下了。

"这是我的主人,昼司·李奥尼斯,我相信你已经知道了,"夜愿介绍道,"主人,这位是米奥·莱特,是废土雇佣工会注册的赏金猎人,他的朋友不是我,是一位名叫安息的少年。"

"安息是个人的名字?"昼司纳闷道。

"呵呵,"米奥冷笑,"你怎么好意思嘲笑安息的名字。"

眼看着两人又要开吵,夜愿快速叫道:"都坐着别动!"

米奥一脸不耐地坐回沙发上,喝了一口水,昼司竟然也配合地坐了回去——但他完全是因为没有反应过来。

这还是他家顺从又贴心的小侍从吗?昼司捏着鼻梁——觉得自己一定是睡眠不足,不然头为什么这么痛。

"安息是我的朋友,"面对昼司瞬间又疑惑起来的眼神,夜愿连忙说,"具体的内情之后再和您报告,因为最近和我交往过密,而被跟踪我的多恩少爷误会。多恩少爷绑架了安息到虚摩提来,所以我答应米奥帮助他救出安息。"

"交往过密?"米奥冷笑着小声抱怨,"分明就是你缠着安息。"

昼司皱着眉:"他为什么……你确定?"

夜愿点点头,拿出那个带血的方巾:"多恩少爷亲口承认的。"

米奥箭步冲过来夺走了方巾,看见上面的血迹后表情变得十分可怕。

他拿着方巾凑在鼻子下闻了闻，表情松动一点，说："不是安息的血。"

夜愿："你怎么知道……算了。总之，今早我跟踪外出的多恩少爷，想要摸查出安息的踪迹。因为我猜测多恩少爷大概率只是单纯讨厌我而想要找我麻烦，只要让他消气就能救回安息，并不是什么太过棘手的事。"

昼司听出画外音，问："但是？"

夜愿看了他一眼，低头道："但是……多恩少爷并没有去找安息。"

米奥用鼻子"哼"了一声，说："你以为人家那么傻？头天威胁了你，第二天就不打自招地带着你去找他？"

"不是的，"夜愿深深地看了昼司一眼，说，"多恩少爷应该是真不知道我在跟踪他，因为他去见了另外一个人。"

他吞咽了一下口水，艰难地说："外海七十公里的一艘反重力艇上，我好像见到了……不，我确信自己见到的那个人是老爷。"

屋里安静得只能听见制冷机的声音。

米奥一头雾水，昼司缓慢地眨了一下眼睛，问："谁？"

"我不知道具体的情况，没敢凑得太近，也不知道老爷是不是……自愿待在那里的。"夜愿小声却清晰地说。

"你什么意思，你是说……"昼司皱眉道，"不可能，我每个季度都会收到他的签字回函，是必须他本人盖章签署的，如果他真的被有违自由意志地软禁着，为什么不趁机通知我？"

夜愿迟疑道："但您仔细想想，您上次面对面见到老爷是什么时候？不是通过视频会议，也不是通过邮件回执的那种。"

"那当然是……"昼司正要回答，却忽然顿住了——自从母亲去世，罗特·范修连恩搬进日蚀号之后，昼司和父亲的接触就已经很少了。冷漠父亲的迅速二度迎娶叫他难免有些心凉，加上成年在即，他毫无障碍地习惯了两人早已日渐疏远的父子关系——甚至在他仍住在日蚀号上时，父子俩一个月也不一定能见一面。

至于搬到地心大厦后更是……昼司向后仰靠在椅背上，沉声道："我不记得了，是搬到这边来的第三年吗？"

夜愿向前走了一步，蓝眼睛里带着真诚的担忧："是五年前，您接手代理家主一职开始参加十大家族例会后，就没有再面对面地见过老爷了。"

"怎么可能……"昼司下意识反驳，随后他细细回想着——无论外部有多少谣言，他心中其实从未相信过父亲会被范修连恩如何摆布。那个男人是他见过最杀伐决断、强硬冷酷的人，这么多年来，虽然那个高大的形象慢慢模糊了，但却从未倒塌。他一直按照父亲的高度要求着自己，即使是到了一种近乎工作狂的地步，更从未想过能有人能凌驾于那个男人的意志之上。

"如果您觉得老爷并不是被迫的，那么就只有另一个可能……"夜愿看出来他心中所想，却迟迟不敢说出自己的猜测。

"你觉得父亲老糊涂了，想要用多恩换掉我吗？"昼司冷冷地道，"但凡是有一丝智力的人，都不可能做这种选择。"

昼司挥手挡开他，咬牙切齿地道："范修连恩，真是不知天高地厚！我平时容忍他们是看在多恩的分上，毕竟这孩子是半个李奥尼斯，虽然愚蠢，但也没什么坏心。不过现在，既然他们要做到这个份上，我也不用再做什么虚情假意的表面文章。"

"您要去哪儿？"夜愿急问。

昼司站起身来就要往外走："回日蚀号！"

夜愿连忙追上去："等等主人，整件事情有太多奇怪的地方了！还有那个探月基地，完全是一座空壳，您想想，搞不好日蚀号也是一个陷阱呢！"

昼司停下脚步，不甘地沉默了三秒，呼出一口气。他已经迅速地平静了下来，点头道："你的意思是，搞不好那个安息什么的只是一个引子，是故意引你去跟踪他的？"

"不是没有可能，"夜愿说，"这件事还得从长计议。"

米奥一直没有吭声，完全不明白他们在说什么，却听懂了"从长计议"这几个字，立刻不干了："等会儿，要从长计议什么？安息怎么办？"

夜愿十分纠结，坦白道："我本来很确定抓走安息是多恩少爷自己的意思，但现在看来……说不定他是故意引诱我去跟踪他，并让我发现老爷的行踪的。"他习惯性咬着下唇,一边思考一边说,"如果是,他们的目的是什么呢?他们先前暗自招兵买马,该不会就是布置在了日蚀号上……为了刺激我们先行动手,从而引诱主人到日蚀号上,再兵变控制住您强力夺权吧?"

昼司冷冷地看过来:"夜愿,注意你的言辞。"

夜愿意识到自己说得太过了,连忙闭紧了嘴——他已经很久没有看过主人真正动怒了。

"所以这些又关我什么事?"米奥的心情也非常不好,"我改主意了,"他说,"我不想和你们玩虚摩提的游戏了,给我一艘船,两把枪,我自己去救安息。"

"哼,"昼司转过头来冷笑一声,"你一个人?不提对方是否有增援,你知道日蚀号上原本的侍卫就有多少人吗?"

米奥面无表情地看着他。

忽然,他动了。他原地跃起,只留下一道残影,昼司本能地感到了威胁,身体却跟不上大脑的反应。

下一刻,他被狠狠掼在全景玻璃上,夜愿的尖叫声响起。

一阵目眩之后,昼司顺着余光缓缓转动眼珠,看见耳边的落地玻璃里插着一支黑色的匕首,刀尖穿过厚实的双层玻璃,匕首周围呈蛛网裂开。

他再下意识去看米奥身后桌上——杯子里插着的刀已经不见了。

米奥松开刀柄,轻轻推了一把玻璃窗,蛛网骤然扩大四散,遍布整面全景视窗墙。

一块碎片剥落了,紧接着,无数大大小小的晶莹碎片宛如溃坝一般,一部分掉在屋里的地毯上,大部分坠入了一百七十层外的深渊。

这可是高级抗震的防弹玻璃!

夜愿目瞪口呆地看着这一切,甚至来不及反应,但他此刻已经确定了——这人绝不是什么普通的Ａ级猎人!

米奥松开手后,昼司惯性向后仰了一下,半个身体探出窗外,高空的风吹散了他的额发。

夜愿又叫了一声:"小心!"

米奥揪住他的衣领往前带了一点,使他免于摔成肉泥。

他拍了拍昼司的领口将之理顺,说:"没错,我一个人去,你有什么问题吗?"

Chapter 9 百分之三十

昼司从悬崖边缘走下来,刚向前迈了一步就被夜愿一把抱住,拖到屋子中间远离窗户的地方。昼司拉开他的手腕,拍了拍他头发,示意他安静。

夜愿严重地后悔了——这个被他引入室的猎人很危险!

"好,"昼司说,"一艘小型航空艇,就按照出厂价格算吧,两把最新满载能量枪,哦对了,再加上赔偿整面玻璃的价钱,撇去零头是九千笔芯,这把刀就当送给你了,你想通过什么方式付款?"

米奥笑了一声:"我想通过杀了你然后自己拿走这些东西的方式付款。"

"别说蠢话了,"昼司说,"即使我对你和那个安息的命运毫不关心,但也绝不可能纵容你冒冒失失地冲到日蚀号上去送死,然后打草惊蛇、破坏现行秩序和平衡。"

"什么现行秩……"

米奥还没说完又被他打断:"再说了,就算你很能打,但面对一整个超级舰艇上全副武装的守卫又能有胜算?你走得再快,能有架在他脖子上的刀快吗?"

米奥眯着眼睛看着他,似乎在思考他的话。

昼司接着说:"单纯看绑架的这件事,搞不好原本的确是多恩的一个恶作剧,只是就连他自己也没料到,事情很快超出了他的掌控范畴。现在你荷枪实弹地冲到日蚀号上,事态只会进一步扩大。到时候你再说你和我、和李奥尼斯家没有关系,只是为了救出一个无名少年,你觉得有谁会信?"

"你的意思是,我现在无论如何就是被和你们绑定了对吧?"米奥阴沉地说。

"很抱歉,历史的偶然性有时就是这样,虽然没有任何人主观推动,但到最后,有些最初看起来毫无关系的人就这样坐到了同一个客厅里。"昼司说。

夜愿低头坐在一边——他知道,他就是那个把另一个世界的米奥和安息带进这个世界的人,可笑的是,他的初衷本是从这个世界短暂地逃离到那边去。

他被纯真活泼的可爱少年吸引,他被一种镜像世界的假象吸引,他甚至一度催眠自己——要是自己的陪伴对象是安息就好了,毕竟跟他相处将会是多么美好又轻松的事。但是到头来,这种愚蠢的念头不但没有将自己从现实的苦楚中拯救,反而还拖累了无辜的人。

昼司没有察觉到他的低落,接着说:"所以现在,我们既然确定了彼此的合作关系,那么在开始之前我有一些注意事项。"

有意思,米奥心想,这个人刚被他压着头经历了逼近死亡的一幕,却好似丝毫没有受到影响,马上就开始分析利弊、把事态往有利自己的方向倾斜了。

"你说。"米奥答。

"第一,如果你再对我或者夜愿进行任何暴力行为,合作立刻终止,到时候你是要游泳还是飞去日蚀号,都随便你。"

米奥摊手耸了耸肩。

"第二,因为我将是在整场计划中提供最多资源的人,所以最终决策权将始终在我手中。"昼司说。

米奥冷笑一声,问:"还有吗?"

"暂时就是这样。"昼司答。

米奥说："我明白了，你的意思是，你最有钱，所以要做什么都是你说了算。虽然整件事情是由你自家起火引起，我们只是莫名被卷入，但却没有任何话语权。只能期待你在处理家事的同时，能够大发慈悲地顺便救安息出来，并且放我们一条生路？"

"虽然这样说十分情绪化，但也没有什么不对。"昼司平静地看着他，"请问你有什么别的选择吗？你可以带给我什么，除了你自己，我的雇佣名单上有两百多号 A 级以上的赏金猎人，你不过就是他们其中的一个罢了。"

米奥并没有被他的说法激怒，想了想，问："那你倒是说说看，你伟大的计划是什么？"他看看二人的表情，问："怎么了，我连知情权都没有吗？你们总不会怕我这个什么'资源'都提供不出来的人，带着这些情报去和对方做交易吧。"

他轻易便把昼司的疑虑说了出来，反而叫昼司笑了一下。他好整以暇地喝了一口水，说："好吧，可以。"

"首先你要知道，在这片大陆上，包括李奥尼斯在内的十大家族掌握着绝对的权力，这不只是现有的地产、商贸、养殖园、能源开采和运输，也代表着世界未来发展的方向——把这些有限的资源和钱投入到哪些产业里，人类可以更长远持久地发展。"

米奥"哦"了一声："不知道，不在乎，不关心，你继续。"

昼司点头道："这的确是一种常人无法理解甚至想象的巨大责任。"

"你已经知道了，李奥尼斯是十大家族之首，这是建立于其在支撑虚摩提各产各业的关键作用上的，也是由其雄厚资金和不动产所给予的话语权，它不止涵盖这三座浮岛，也承载着人类文明的火种，和有一天也许能够重返地表的未来。"

"吹够了没有？"米奥不耐烦道，"我就从地表过来，那上面人可多了，还有很多可爱的变异怪物，热闹得很，不需要你们来凑数。"

昼司饶是心理素质极其稳定，也有一种和这人说不通的无力感，夜愿连忙接过话头顺着说："总之！如果把李奥尼斯家比作一块巨大的蛋糕，按照建立起这片大陆的先祖——也就是人们俗称'新时代的创世神'所设计的绝对系统判断，拥有这块蛋糕百分之五十一的人就自动拥有了整个家族、甚至整片虚摩提的绝对话语权，这个人可以任命家主，调动家族的资金和资源，几乎可以说是为所欲为。"

米奥皱起眉，指着昼司："然后……这个人是你？"

昼司摇了摇头："我手中只有百分之三十，你说的'废物弟弟'手中有百分之十，'邪恶继母'有百分之五。我父亲手中有百分之三十九，不过他已经退隐多年，直到今天我们才发现他真正的行踪。"

米奥动了动手指："这加起来不到百分之百啊？"

怎么主人也跟着米奥开始叫废物弟弟了，夜愿暗自冒汗，解释道："还有百分之十在主人下落不明的叔叔手中，目前应该算作冻结资金，其余的百分之六分散在几位投资李奥尼斯产业的其他家主手中，不过你还需要清楚的一点是——这个蛋糕大小并不是一成不变的，它会根据经营发展的趋势进行升值和贬值。"

米奥一头雾水地摆摆手："等等，我来总结一下，现在你爹、你继母和你弟弟组团了，这不就已经超过百分之五十一了吗？那你还在这儿干什么？那我还在这儿干什么？"

昼司笑了一下："问得好，我为什么还在这儿，我为什么还没有被撤换掉家主一职呢，夜愿？"

夜愿点头道："我认为罗特夫人，也就是邪……邪恶继母在过去的几年里，趁着自己逐渐掌握日蚀号的过程软禁了老爷，并且胁迫他配合交权。想要等到多恩少爷成年后再得到自动化归的百分之十，只是现在看来计划并没有如她愿地展开，我猜……可能是多恩少爷不配合？"

"多恩从小自己就没主意，他有什么好不配合的。"昼司说。

夜愿思考了片刻，答道："因为多恩少爷知道，交出自己的百分之十后意味着主人您会被换掉，小少爷……多恩从小就很喜欢作为哥哥的您，所以我猜他还在犹豫。"

"假设夫人手中只有自己与老爷加起来的百分之四十四，那么就很好

115

理解她和曼德家族的联合了。"夜愿忽然明白了,"先是大张旗鼓地宣传探月基地的建设,鼓吹氦-3是人类发展的未来新能源,吸引其他家族的资金注入,从而迅猛地膨胀她手中掌握的资源价值。如果其他几大家族都参与到这个项目中的话,要在短时间内把这百分之四十四通胀到五十一以上,不是没有可能。只要这个情况发生,哪怕只有短短的一分钟,她就可以撤掉您重新任命家主人选。"

昼司点了点头,说:"是了,如果是这样的话,那么你的猜测可能顺序反了。是罗特本来就想在即使没有多恩配合的情况下通过这种方式获得李奥尼斯家的控制权,只不过现在探月基地被你入侵,消息已经传到她耳朵里。探月基地是空壳的消息一旦走漏,所有家族必定会迅速撤资。只是……她为什么非得选择这个时候,带多恩去见父亲呢?"

夜愿也一筹莫展,摇了摇头:"也许她想把多恩和老爷软禁在一起,通过同样的方式胁迫他配合?"

米奥听了半天,不耐烦地用指节敲击桌面:"就跟你说昨天晚上废物来的时候应该把他抓起来,这样既找回了安息,也稳住了那百分之十的蛋糕。"

昼司站起身来走到窗边,说:"是啊,人类的社会有时真是讽刺,不管科技文明进步到了何种地步,有时候最直接有效的方法竟然还是暴力与武装。"

米奥扬起眉毛:"在认识你的这几个小时里,你终于说了句人话。"

昼司背着手看着脚下的虚摩提:"只是,你觉得你能这么想,对方就不会这么想吗?"

米奥无所谓地耸了耸肩,但夜愿却听出不对劲来:"什么意思?"

"我们不用在这继续瞎猜了,看来多恩最终也没有配合。"昼司说。

夜愿愣了几秒才觉出不对劲来,他跳起来冲到窗边,向下一看——数艘航空舰艇围在地心大厦周围,全都熄着灯开着滑行模式,怪不得都到了脚边才使人察觉。

要不是米奥打碎了玻璃破坏了隔音,说不定他们等到人都进到楼里了还反应不过来。

米奥也走到窗边，撑着只剩玻璃碴的窗沿吹了一声口哨。

"两位少爷，"他说，"之前说的两把能量枪和一艘船，要不要提前赊给我？"

天色暗了。

地心大厦的顶层黑漆漆的，只亮着一盏暖黄色的落地灯，就像平时没人在家时那样。

数队手持消音枪、身穿黑色战斗服的高大身影自地心大厦一百六十二层依次落地，脚步无声地进入了大楼。

夜愿、昼司和米奥三人一共只有两把武器——昼司的左轮手枪，仿古设计，一共六枚子弹，以及米奥的黑钢短刀。夜愿左看右看，抱了一个酒瓶在手中，想了想又放下了。

昼司用眼神问他在干吗，夜愿用气音回答："地毯会弄脏。"

米奥翻了半个白眼，说："血溅在地毯上就没关系吗？"

夜愿想了想也对，复又把瓶子抱起来。

米奥将之从他怀里抽出，说："动静太大了，还有少爷你也是，不到万不得已别开枪，尽量交给我来处理。"他打开瓶盖直接灌了一口，问，"喝吗？"

昼司接过瓶子也喝了一口，夜愿正要伸手，昼司说："你不能喝，你容易醉。"

夜愿只好收回了手。

昼司看着他不高兴的表情，正要说什么，米奥"嘘"了一声道："来了。"

三人瞬间各自后退，躲进了走廊两侧壁龛的阴影里。

果然，不出五秒，电梯轻响了一声，门里窸窸窣窣地走出四个身影。夜愿屏住呼吸，尽力后靠和墙壁贴合在一起，昼司双手握着枪压在身前，轻轻旋转身体，躲在来人视觉的死角里。

四个人陆续经过他们躲藏的走廊。

第一个人踏入黑影幢幢、夜风穿堂呼啸的客厅时，米奥便猫着腰，悄无声息地来到队伍尾端的人身后。他一把捂住那人嘴朝左边掰，右手在他露出的喉咙前轻轻一划——短暂而剧烈的挣扎之后，那人的身体慢慢软掉，滑落在地上。

昼司一惊，瞪大眼睛上下看，似乎没料到他会直接下手杀人。

米奥被他瞪得莫名其妙，但立马又栖身到倒数第二个人身后——这次他死死盖住那人的嘴后，一掌切在他后颈大动脉上，将人打晕了过去，然后轻轻摆在地毯上。他冲昼司扬眉毛，意思是："这样行了吧？"

前面打头阵的人进屋快速搜了一圈，说："没人。"

另个人问："卧室呢？还有阁楼。"

先前那人端着枪对准书架，他的同伙上前将其推开——米奥一闪身，移动到了滑开的书架后面。

"这里面也没有人……"他刚转过来，就看见米奥正在将他的同伴放倒，瞳孔骤然放大，左手就要去摸腰间的传呼警报器。

但下一刻，他的胸口便绽开一个血窟窿，整个人被子弹的作用力朝后一推，仰倒在双人大床上，血液顺着灰色的床单流淌下来。

米奥回头，发现昼司站在自己身后，枪口前捂了一个抱枕当作消音器。

他丢掉枕头，里面飞出几片羽毛，抬手接住米奥丢过来的东西，拿在手里看了眼便说："是多恩进出这里的门卡。"

"你不是说废物弟弟没有叛变吗？怎么又把门卡给别人用了。"米奥一边说，一边蹲下身开始手脚麻利地收缴战利品——他的装备瞬间从冷兵器升级到两把消音枪和一个电击器。他把弹药皮带取下来围在自己腰间，里面放了四排普通弹和两柄贯穿弹，昼司看了眼皮带和西装的搭配，露出了不敢苟同的表情。

就在这时，电梯又响了一声，三人顿时暗叫不好——走廊上还躺着尸体！

第二队只有两个人，出了电梯便直接拐上了阁楼，想必此前接收到了类似"除掉夜愿"的指令。趁此机会米奥蹲到了楼梯下面,微弱的光线在他脸上投下一道一道的阴影。

五分钟以后,第二队人马也被轻松解决了。

等了一会儿还没有新的入侵者,米奥问:"有别的渠道能下去吗?"

"没有,电梯是唯一的方式。"夜愿说。

"那停电怎么办?"米奥诧异道。

夜愿不可思议地看着他:"停电……是什么意思?"

米奥懂了——要是停电的话整个虚摩提估计就掉海里了,他迅速看了一眼,说:"换衣服,外套就行,你戴上帽子,你那一头金毛太显眼了。"

昼司却没有理会,他走回客厅里凑在窗边向下看——自己和夜愿的航空艇前都围了不少看守,无论怎么乔装也很难绕得过去。

他回过头来说:"我有一个想法。"

端着冲锋枪站在一百六十二层泳池边的队长腰间通信器响了一声,他拿起来问:"情况?"

米奥在这头说:"上面没人,阁楼也是空的,但像是刚走。"

与此同时,昼司远程遥控启动了自己航空艇的发动机预热,一时间船内灯光亮起,涡轮扇叶开始徐徐转动。

这动静在此般寂静的夜里无疑是平地惊雷,平台上的众人顷刻间全部朝那艘银白色的船跑去,队长在楼上猛叫:"不要射杀!"他又注意到停泊在隔壁的复古帆船,喊道,"注意另一艘船!"

像是为了印证他的话,夜愿的船也顷刻间灯火通明,发动机外圈亮起红光,红光又继续升温变成蓝色。

数人又跑向夜愿的船,警惕而迅速地贴近了船舱的入口。而在众人身后,在那空荡泳池宴会厅边平时用作表演的舞台上,一艘极不起眼的小船电流一闪,隐去了自己的踪迹。但其实仔细一看还是能瞧出端倪——它只是模拟了周围环境的色彩作为自己的外观皮肤。

这正是夜愿白天用于跟踪多恩的那艘接驳船,早先回到地心大厦的时候,他因为急着和昼司报告看见神苍的事就随手停在这儿了。

接驳船无声起航后缓缓下坠,贴合在一百六十二层停机台的正下方,被完完全全地隐藏住了。

"现在怎么办?"夜愿问,"船的燃料只有百分之三十了,要小心选择目的地。"

米奥问:"到日蚀号够不够?"

夜愿是唯一一个会驾驶航空艇的人——米奥一向把这种活儿丢给安息研究,昼司更是从来没操心过。夜愿查看了一番仪表盘上的数值,说:"应该能行,保险的做法是不开灯,不开制冷,用驱动滑行的方式过去,这样最省燃料,万一有什么变故需要绕路也能支持。"

米奥点了点头,说:"我看挺好,去那个日蚀号,你们去和邪恶继母吵架,我去把弟弟揍一顿,然后带上安息……走的时候就不和你们打招呼了。"

昼司皱了皱眉:"你就那么确定安息在日蚀号上?况且现在上面是什么情况谁也说不清,既然对方都已经大胆到派人到这里来绑架我,我还要蠢到自投罗网?现在最聪明的做法是……"

他话还没讲完,就被米奥塞了一柄电击器在手里,米奥说:"大少爷,您就少啰唆两句吧,你没发现在这条船上,此刻最没用的就是你了吗?"

昼司睁大了眼,被噎得说不出话。他左右看了看——夜愿正熟练地设计航线,把接驳船调整到自动驾驶模式,而米奥身上挂满了各式武器,一副要武力碾压进日蚀号的样子。

反观自己,还穿着昨夜赴宴的礼服,虽然有些皱了,头发也被风吹得散落额前,手上戴着昂贵的古着机械表——连通信功能都没有。

夜愿凑到他身边小声说:"主人,你在我心中是最棒的。"

不说还好,他这么一安慰,昼司顿时觉得更憋屈了。

接驳船按照夜愿规划的线路顺滑地自动前行着,米奥坐在副驾驶上,怀里抱着枪,面无表情看着面前无垠的大海不知在想些什么。夜愿从驾驶座爬到后座的昼司身边,问:"主人,你饿不饿,困不困?你是不是昨晚一宿没睡?"

昼司点了点头——他三十个小时没合眼，早已经困过劲了，夜愿头一次见他这么没精打采的样子，情不自禁弯了弯嘴角。

昼司余光瞥到他，问："笑什么？"

夜愿有点不好意思："主人累了，看着好像一个人类，有点……"

"什么话，"昼司说，"我本来就是人类。"

夜愿又不说话了，只是抿着嘴一副笑眯眯的样子，昼司看他这个表情，眼神也跟着柔和了下来，问："有点什么？"

夜愿顿了一下，小声说："有点可爱。"

"胆大包天。"昼司很不认真地责怪道。

前座的米奥耳朵动了动，但没有回头，两人也没有注意到。

夜愿被他的态度逗得胆子又大了点，问："到日蚀号还有四十五分钟，您要不要……睡一会儿？"

昼司看了看他——他紧张得手指都搅在一起，好像什么期待别人亲近的小动物。昼司忽然说："你记不记得你小的时候有阵子，一直躲着我。"

夜愿愣了一下，问："什么时候？"

"就你十八九岁的时候，"昼司说，"忽然有一段时间你就怪怪的，碰你一下就一蹦老高。"

夜愿一下子就想起来了——那时候他们已经搬到了地心大厦，夜愿那时候才迟钝地觉察到了自己对主人的崇拜。

他像是一个贫穷的小孩，某日摸到了一个珍贵的玩具，就再也无法说服自己松手。他再也不想听话、不想懂事，只想要哭闹。

不久之后，等到这种强烈的情绪渐渐平息，他很快重新亲近起了主人，还以为对方一直不曾发现他的反常。

"那……主人当时怎么不说？"夜愿哽着嗓子问。

昼司扬了扬眉毛："我当时哪知道你发什么疯，还以为你青春叛逆期来得迟。"

夜愿不得不吞咽了好多次不存在的口水，才能把胸中涌起的情绪也一并吞咽下去。他低着头说："对不起主人，以后不会了。"

昼司没说什么，已经闭上了眼，他头轻轻歪着，很快便睡着了。

小船漂浮在寂静的夜海。

"醒醒你俩！"米奥回头用枪托戳了戳昼司的膝盖，"你看，是不是到了？"

昼司觉得自己明明才刚闭上眼没多久，睡了半个小时反而比没睡前还更累了，他不情不愿地睁开眼，朝窗外一瞥，果然看到了熟悉的景色。

饶是米奥从没见过日蚀号，也不妨碍他一眼认出这座空中巨人。

别说他们乘坐的这艘接驳船了，跟眼前的宏伟巨轮比起来，反重力艇都像是什么模型玩具。

放眼望去，日蚀号如同一座功能齐全的小岛，承载着一个独立的王国。建筑前后的广阔甲板上，堪称奢侈地铺设着大规模的草皮和灌木丛，喷泉的水雾飘散在无数暖色的射灯光晕中，米奥觉得自己这辈子加起来也没见过这么多绿色。而坐落在花园、庭院、球场、喷泉和泳池中央的，就是日蚀号的船体主建筑——一座高近六十米、占地面积七万六千平方米的巨大宫殿。

整座建筑分为三大主体，左右翼的侧楼通过长廊和正中的主殿连接在一起，包围着中央的广场花园。

接驳船慢慢靠近后，夜愿忽然注意到甲板上有什么人在跑。

他一头雾水地趴在昼司膝盖上以凑近窗户，歪着脑袋观察了半天，迟疑道："呃……米奥，那个是不是……"

米奥视力很好，他早看见了，满脸黑线地"嗯"了一声。

昼司还没完全睡醒，被扫在脸上的金发挠得鼻子痒，他按着夜愿的肩膀也凑上去看："怎么了？那是什么？"

平整精致的花园广场上，多恩身后跟着一队仆从，正在绕着喷泉跑圈——他追在一名黑发的少年身后，而后者身手矫健地穿梭于各个雕塑与园景之间。多恩被他带得绕来绕去，猛地一回头和后面追上来的仆从迎面撞上，痛苦地蹲在地上。

一大群仆从即刻蜂拥而上，多恩恼火地挥开他们，捂着流血的鼻子，然后满眼惊恐地迅速再次蹲下，堪堪躲过了飞过来的一个花盆。

他身后的侍从被砸了个正着，扑通一声向后仰倒了。

多恩深吸了一口气，指着撒丫子满场狂奔的安息怒吼："给我抓住他！"

Chapter10 五根信号塔

安息跑到一半,回头见多恩满嘴鼻血的样子,"哈哈哈哈"大笑起来。结果立马乐极生悲——他脚下被一个探灯挂了一跤,整个人飞扑出去,脸着地。

这次轮到多恩"哈哈哈"了,他笑了两声却不小心吸进了一点鼻血,登时被呛到,恶心得咳嗽起来。

米奥和昼司满脸无语地看着这一幕,一时间竟不知道谁比较蠢。

侍从们乱作一团,给多恩拍背的、倒水的、擦鼻血的,地上还躺了一个被砸晕了的……多恩推开围在他身边的人,决心自己亲自去抓。

"你们这些废物,给我躲开!"多恩怒吼道。

安息已经爬起来——满手泥和草屑,下巴上带着红印,抱在一个战车天使的青铜雕塑后头挑衅他:"你过来啊!过来啊!"

多恩随手蹭了一把鼻血,弯着腰像螃蟹一般向前靠近,一头红色的卷发乱蓬蓬的,形象全无。他忽然眼神一飘朝左边冲了一下,但那只是个假动作,瞬间他又朝雕塑的右边绕去。安息正要逃跑,却见侧面又围上来两个侍从,哇哇乱叫起来。

他猛地一回身,多恩已经到了眼前——安息果断抓住他伸过来的手腕往前一带再向后一撇,同时抽出他腰间的装饰配枪抵在脸上。

一时间形势颠倒，所有侍从全都紧急刹车，然后齐声大喊起来。

"别动！""放开小少爷！""别开枪！千万别开枪！"

本来已经悄悄靠岸准备登陆的米奥看到这一幕后又停下了，饶有兴趣地看戏。

"嘿嘿！"安息得意道，"都给我站在原地不要动！"

侍从们全都停下了。

安息又说："每个人，倒退三步……不，五步，预备起！"

所有侍从都小小地退了五步。

安息想了想又说："现在马上给我准备一艘船，要加满燃料的那种，让我离开。"

一名管家模样的中年侍从站出来了，他说："没有问题，但请您还先放开小少爷。"

安息还没说话，多恩已经大吼出来："不行！别放他走！"

管家为难道："多恩少爷……"

多恩怒道："怎么了！现在我才是这里的主人！你们敢不听我的！"

"噢？"本来正要推开米奥自己走出去的昼司闻言也停下脚步，"罗特不在？"

"别吵，"安息用枪头戳了戳多恩的脸颊，"再多嘴就轰掉你的脑袋。"

多恩惊悚地睁大眼，不明白这个白白净净的少年怎么能随口说出这种话。

这边船里的米奥却一副与有荣焉的表情。

昼司忽然说："我有一个想法。"

米奥回头看他一眼："哦，你又有想法。"

但夜愿已经充满期待地看着他，一副他下令就会飞奔出去执行的样子。

"日蚀号当年修建的时候是比对军舰的配置做的，"昼司飞快地看了一眼上面浮夸的喷泉和宫殿，说，"当然了，很快就依照私人民用的要求改了设计，但上面依旧配备了一整套电磁装甲系统。"

"啊！"夜愿明白过来，"如果夫人现在不在的话，老爷又被软禁在遥远的外海，现在的日蚀号是个空巢，我们只要进去，从主控制室打开力场护盾，并且开启通信屏蔽，那么所有的消息都传不出去，外面的人也进不来。"

"哦，"米奥也听懂了，"我倒是想换搜大点儿的船没错，没想到要换个这么大的。"

"那这个主控制室在哪儿？"他又问。

夜愿指着左翼塔楼的顶端说："还有百分之五的燃料，我们可以开着隐形皮肤直接把接驳船停上去，正巧所有人的注意力都被安息吸引了。"

米奥皱着眉回头看了看抓着多恩跟二十来号人对峙的安息，他身材清瘦，个头也不算高，脏兮兮的脸上却有一双熠熠发光的眼睛。

米奥果断坐回到副驾坐上，说："动作快！"

夜愿闻言立刻跳进驾驶舱，开启了手动驾驶——他手稳稳地操控着摇杆，不起眼的小船围着日蚀号甲板下方的船体绕到左翼塔楼背后，随即缓缓上升。

塔楼上没有停机坪，米奥打开舱门，躬起身子准备起跳，昼司忙说："别杀人。"

他回头看了一眼，没答应也没拒绝，直接猛力一蹬，整个人飞出船舱向前跃了五六米，小船都被他蹬得向后退了一下。落地后，米奥轻盈地滚了一圈，然后贴着墙壁顺着旋转的石阶上行几步，放倒了塔楼外的两个哨兵。

他又绕着塔楼检查了一番，确定没有别的守卫才回过头来。昼司从船里扔出一截绳梯抛给他接住，米奥拉着绳梯把整艘船拽近了一些，固定在护栏上。

昼司和夜愿先后落地。

昼司来到主控制室的门外，把左手掌放到门口的触摸板上，随即又依次进行了声纹和瞳孔的比对，轻轻一声响，门开了。

楼下广场上的安息已经退到了甲板的边缘——管家答应他的接驳船正在来的路上，但多恩仍不死心地想要挣脱，被安息单手用一根绑电缆的塑料线拴住了手腕。

塔楼的顶层，昼司正进行着烦琐的安全识别和执行确认，五分钟后，他终于启动了力场护盾———张巨大而无形的电磁网徐徐张开，包覆住了整个日蚀号，巨大的能源消耗使得整艘巨船的灯光一时间变暗到几乎熄灭，喷泉的流水也停止了。

甲板上的人全都因这变故而愣住了，尖叫声四起，连多恩都茫然地站直身体四处张望。

昼司又开始着手关闭日蚀号上的五根信号源发射塔，看着控制屏上的五盏灯依次熄灭，整座船的灯光复又亮了起来。

夜愿拿起自己的通信器一看，已经没有信号了，变成了一个老式的对讲机——只能通过蓝牙进行近距离的传输，此外收发信息都不再可能。

最后，昼司展开了一扇磁力镜，阻隔了所有卫星视角的视野和任何来自外部的电子通信。

"行了，不过电子可以屏蔽，但光子不能，"昼司说，"我保留了一个量子通信器，其他的都关掉了。"

夜愿眨了眨眼，疑惑道："留一个量子通信器干什么？"

昼司说："钓鱼。"

最先意识到事情不对劲的是安息，他左右四望，问："我的船呢？"

管家先生满头冒汗，说："通信器不知怎么的不起作用了，请您稍等，千万不要伤害小少爷。"

甲板上的人越来越多，几乎整个宅子的侍从都跑了出来。怎么停电了？为什么忽然没信号了？广场上密密麻麻站满了从日蚀号各处围过来的仆人。眼看人越来越多，安息手心冒汗，心里紧张极了。

这边塔楼顶的三人又上了接驳船——还剩百分之二的燃料，夜愿吩咐道："把船停到甲板上去，用这个定位，按这个键自动下落。"

米奥把枪甩到身后，接过控制杆，问："那你干吗？"

夜愿没有理他，走到昼司身前帮他整理衣服和头发。

米奥："……"

昼司低着头把衬衣的袖子放下来理顺并重新系上袖口，夜愿帮他把头发顺到脑后，整理立领，看了一会儿他说："您坐一下。"

　　还剩百分之一的燃料，接驳船因为能量过低自动解除了皮肤隐形，突然出现在甲板上空，整个日蚀号一片哗然，侍卫们齐齐将枪口对准了天空。

　　昼司配合地坐下，微微仰起下巴——空间十分逼仄，夜愿站在他张开的膝盖中间，用电动剃须刀给他刮胡子。

　　"你这样刮不干净，"米奥从后视镜看了眼，亮出黑钢短刀，"我来帮他。"

　　夜愿瞪了他一眼，回头细细地把青色的胡茬们依次消灭了。

　　他收起剃须刀的时候，接驳船重重地落在了地上——不算是非常平稳的降落，但对于一个新手而言也够意思了。夜愿打开舱门，整座日蚀号上百十双戒备的眼睛在看到他的那一刹那化为错愕，又在看到他身后那个人时变为震惊。

　　"什么？"多恩呆滞地挥开安息，朝前迈了一步，安息也忘记要拦住他。

　　经过短暂的一番拾掇，两天一夜的疲态一扫而空，昼司身着前天赴宴的黑色修身礼服站在了众人之前。他先是环顾了一圈这场景荒谬的广场花园，再一步一步踏着梯子走下接驳船，好像是什么天神从宇宙飞船中降临——还是那个完美、英俊、冷酷如机器般的李奥尼斯家主。

　　他目光冷冷扫过离他最近的一个侍卫，对方一个激灵，赶忙收起枪口，众人这才反应过来，收枪并低头致歉。

　　夜愿走到呆愣的管家身边，微笑道："我来就好。"

　　管家机械地把代表日蚀号首席管家的徽章从胸口前襟上取下来，交还到他手中。

　　时隔八年，夜愿又一次戴上这枚小小的金章。

　　所有人都仍待在原地，完全不明白发生了什么，抑或是将要发生什么。

　　这时，小小的接驳船里走出了第三个人——是一个生面孔，他虽然肩宽腿长身材挺拔，还穿着高级的定制服装，身上却极不和谐挂满了各式各样的枪械武器。

这人又是谁？多恩瞪着他，脑子里的疑惑都快要冲出他的眼眶掉到地上。

但下一刻，他又被重重地推开，双手被绑在身后叫他险些失衡跪在地上。他只感觉到一阵风刮过，安息已经消失在他身后，狂奔到了对方身前。

米奥被飞扑过来的安息撞得后退半步，安息扒拉在他身上，脸埋在他怀里不清不楚地号：“呜呜呜你终于来了，他们好可怕……”

米奥刚才围观了遛羊的全过程，根本不吃他这套，语气嫌弃道：“不要假哭！”但手臂仍紧紧搂着他的肩膀。

昼司抬起头巡视了一圈——所有人都惊疑不定满头雾水，夜愿提高音量替他道：“都该干吗干吗去，记住，不该说的废话，不要多说。”

众人低头应声退下去了，夜愿暗自记住了几个快速交换眼神的人，没有吭声。他转过身来看着安息——对方一直在米奥肩膀上蹭脸，把他的衬衣都蹭皱了。道歉的话滚到夜愿嘴边，他却不知道怎么启齿。

安息注意到他，撒开米奥之后转而张开双臂熊抱住了他。

夜愿：“啊！”

昼司：“嗯？”

“夜愿你也没事啊，太好啦！”安息像哄小孩子一样拍了拍他的背，叽叽喳喳地道，“这就是你以前住的那个船吗？真的好大啊！太厉害了吧，不过难不成虚摩提比这里还要更大吗？”

在米奥和昼司的双重注视下，夜愿有点不自在地挣开一点，问：“你还没去虚摩提吗？”

安息摇了摇头，指着东摇西晃地往这边走的多恩说：“直接就被他抓到这里来了！”

多恩双手仍被绑在身后——这下倒是没有人围着他打转了，所有侍从退了个干干净净，偌大的花园广场只剩下这五个人。他跟跟跄跄地快步走到昼司面前，问：“你怎么回来了？”

“怎么说话呢？”昼司摊开一只手，夜愿瞬间抽走米奥的短刀递到他

129

手中，昼司说，"转过去。"

米奥："喂！"

多恩不情不愿地转过身去，昼司刀尖一挑，割断了绳子。

夜愿接过刀还给米奥，被米奥瞪了一眼后塞回小腿边收好了。

"你……您怎么回来了？"多恩揉着手腕又问了一遍，同时狐疑地打量着另外几人。

昼司比他高出将近一个头，瞥了他一眼问："就你一个人在家？"

多恩点点头"嗯"了一声——他还没有发现信号屏蔽的事，一时也拿不准他什么意思。

昼司点头道："你先道个歉吧。"

其余四人彼此互看了一眼，没人说话。

"多恩，"昼司道，"说你呢。"

多恩眼睛睁得溜圆，一副不可置信的样子："什么？我道歉！为什么是我道歉？"

昼司只轻飘飘地看着他，问："你觉得呢？"

多恩恶狠狠地瞪着他，脸涨得通红："我为什么要听你的，你凭什么管我？"

"快点，"昼司催促道，"你现在连绑架人的事情都做出来了，范修连恩家就是这么教你的？还问我凭什么管你？"

多恩咬着后牙槽，双手握拳垂在身边微微颤抖，一副又羞又气的样子。安息忙小声劝道："算啦算啦。"

不料这却换来多恩更加凶狠的瞪视，他大声吼道："你闭嘴！"

安息被他吓了一跳，米奥当下就要冲上去揍他，多恩连退两步，差点摔一跤。安息抱着米奥的手臂探出脑袋，哄劝道："你跟我道歉的话，我就原谅你哦。"

多恩的回答是重重地"哼"了一声，并且别开了头，昼司皱起了眉。

"好吧，"安息说，"在我以前的住的地方，像你这种不听话的小孩子是要关禁闭的，你……"他看了一眼昼司，夜愿小声提示道："哥哥。"

"你哥哥会把你关在地下室里,每天跟变异蟑螂玩。"安息大声说。

多恩哼笑了一声:"神经病,做梦。"

昼司却点了点头道:"虽然没有变异蟑螂,但是禁闭还是要关的。"

多恩不可置信地转过头来:"什么?你凭什么……"

"平时没人管你,但你也都十八岁了,还成天这么胡作非为,一点脑子都不长,"他竖起手指示意多恩不要说话,"你自己一个人好好想想,想通了再开口说话。"

有他这句话,米奥不需要多做提醒,即刻主动上前一把抓住多恩的胳膊,轻松把他抓起来夹在腋下,兴致勃勃地问:"关在哪儿?"

安息也兴致勃勃地道:"我知道我知道!之前我就被关在那儿,我带你去!"

在昼司和夜愿无语的凝视中,两人挟持了一个拼命大叫着挣扎的多恩高兴地走了。

夜愿和自家主人无奈地互相对视一眼,也跟着回到主宅里。

不久前夜愿才来过一趟,但昼司确实已经很久没回到日蚀号上过了——他顺着正厅中央的楼梯快步上行,走了一半忽然回过头来,环顾整座大厅。

"怎么了主人?"夜愿问。

昼司皱着眉看了一会儿,问:"这儿原来就这么黑的吗?"

夜愿笑说:"好像是。"

他不疾不徐地跟在昼司身后,鞋子在大理石的地砖上发出不重不轻的回响,墙壁上无数的李奥尼斯先祖家庭成员的照片和绘像漠然地俯视着他们——夜愿不曾、也永远不会出现在里面任何一幅上。

昼司进了书房——他仍然拥有最高级别的权限,不过在断网的情况下只能登入日蚀号的内网。他轻轻敲击了几下,桌子上方接连打开数十个窗口,从公共区域的监控录像到最近半年府上的所有大小日程应有尽有。昼司输入了几个筛查指令,关掉了其中三分之二的内容,然后拉过凳子坐下开始依次查阅。

夜愿看他忙起来了，便轻声退出屋子关上门。他顺着走廊来到昼司原本的卧室——这里应该是有人定时打扫，几乎见不到什么灰尘，大件的家具也都摆在原位。他先是把床尾的脚凳收了起来——主人老嫌这东西摆在通道上十分碍事，然后把扶手椅挪到了窗边的书柜前，再支了一个落地的阅读灯在旁边。随后，夜愿撤掉床上的所有用品，从衣柜里重新抱出新的被罩和床单铺好，再定时了十五分钟的紫外线灯，随即关上门退了出去。

在走廊上站了一会儿，他又来到尽头拐角处自己原先的卧室——由储物间改造的小房间显然已经多日来没人查看，一股阴冷的霉味，屋顶的角落大概是有些漏雨，黑了一片。他原来最喜欢的窗户蒙上了厚厚的灰尘，夜愿清了三次抹布才把窗户擦干净。

擦净窗户后，他对屋里其他破落的部件失去了兴趣，只是呆滞地盯着墙角那个似乎在不断扩大的黑色霉斑。

十五分钟过去，室内杀菌结束了，夜愿回到昼司的卧室里。他打开空气对流，插上放松精神的蒸汽熏香，又调整了一下枕头的位置，才满意地叉腰环视了一圈整间屋子。

"主人，怎么样了？"回到书房里时，昼司已靠在椅子里捏着自己鼻梁。

昼司应道："嗯，之前分析得没错，范修连恩那百分之五全部投进了目前泡沫最大的新能源技术产业，账面价值膨胀了百分之七百，"他一边说，一边打了一个哈欠，"多恩的那百分之十没有任何变动，仍然套在养殖场里。"

夜愿看他一脸困倦的样子，干脆帮他关掉了一众屏幕，问："主人要不要睡一会儿，卧室我给您整理好了，多恩少爷的话……等下我亲自去见他，问问他……"

昼司却站起身来伸了个懒腰，摆手道："多恩先别管他，关几个小时，晚饭的时候再叫他。"

说罢他便从桌子后方绕了出来，抬腿走回了自己卧室——厚重的遮光天鹅绒窗帘已经拉上了，床头的小灯暖黄黄地亮着，空气中飘散着和其他房间都不同的清淡香气，昼司又打了个哈欠，夜愿自觉地上来帮他解开领结和衣扣。

夜愿把衬衣和外套依次挂好，一转过来，昼司已经把鞋子踹到了地上。他坐在床沿，看着夜愿满地捡衣服鞋子，心头微微一动，似乎回忆起了一些往事。

"你担心吗？"昼司忽然问，"万一我爸妥协，范修连恩做了家主……"

夜愿丢下手中的东西，凑到他腿边问："主人担心吗？"

昼司摇了摇头，又有些犹豫："我本来是以为按照我爸的个性和能力而言，是决计不可能做出这么重大失误的判断，更不可能被罗特·范修连恩这种货色软禁威胁，但现在看来……我大概已经不了解他了。他也许是真的老了，又也许……我从来没有真正地了解过他，我甚至想不起来上次见他是什么时候。"

夜愿把他往被子里塞，嘴上说："暂时别想这些了，等您睡醒了我们再讨论。"

昼司看着他，没多说什么，老实地被塞进被窝里。

夜愿想了想，又轻声说："我的主人是您，不是什么李奥尼斯的家主，所以我既替您担心，又毫不担心。"

昼司轻笑了一声，闭着眼弯了弯嘴角。

夜愿出门去倒了一杯水的工夫里，昼司已经睡着了。

他轻手轻脚地替他关上了灯。

夜愿下楼后找寻了一圈，才在底楼的小会客厅里发现米奥和安息，两人正并排站在一面墙前，仰头盯着满墙的画像发呆。

夜愿左右看了看，问："你们把多恩少爷关在哪儿了？"

米奥立刻回答："不告诉你，他关了安息三天，至少要关他三个月才行。"

安息听罢立刻笑起来，一边戳他的胳膊一边闹他："我不在了你是不是很担心啊？哈哈哈？有没有哭啊？"

米奥满脸烦躁地躲了一下，冷笑道："哭？你以为都像你？"

安息"啧"了一声，随即拉过夜愿问："这是谁啊？"

夜愿抬头看去——墙上正中挂着许多年前的一张照片，意气风发的神苍和年纪稍长一点的冯老站在最中间，左右两边是两位当时的夫人——如今都已经换人了，前头站着两位青年和一个小孩子。

夜愿指着那个黑发黑眼的小不点儿说："这是主人。"

米奥"喊"了一声道："谁管他，而且这人怎么从小就一副别人欠他笔芯的表情。"

安息大笑起来："你怎么好意思这么说别人！"他又问，"旁边的那个呢？"

夜愿看了一眼——少年时期的五官冯德维恩和现在也没太大变化，但看起来奶里奶气的，像个故作成熟的小大人。

夜愿解释道："这是冯老的两个儿子，冯家也是虚摩提十大家族之一的成员，不过……这位长子在很多年前就消失不见了，现在的继承人是旁边的冯德维恩。"

安息和米奥交换了一个眼神，问："消失了？"

夜愿点点头："冯家是虚摩提上重工业产业的头号玩家，百分之八十的造船厂都是他家旗下的，只是……似乎冯老的长子从小就对这些东西不感兴趣，反而特别喜欢研究化学……还是制药什么的。听说他家以前有个很大的化学实验室，还因为实验事故发生过好几次爆炸。"

米奥挑起眉毛看安息："这不就是你？"

"才不是呢！"安息挥舞拳头，"我可是很有安全意识的！"

夜愿接着说："冯老本以为儿子的兴趣爱好并无大碍，直到后来才发现他是真的根本没有意思要继承冯家，于是勃然大怒，不仅把长子关了禁闭，连实验室也给全部毁掉了。"

"然后呢？"安息紧张地问。

"你别这么兴奋，这都是我道听途说的……"看见安息的眼神，夜愿只好继续道，"后来，这位长子好像在自己侍卫的帮助下逃了出来，两人直接坐船离开了虚摩提。下落不明，冯老没有派人去找，大概是以为这位少爷根本在外面活不久，很快就会回家道歉吧。"

"只是这么多年过去了，那位长子至今也没有回来。"他想了想，笑道，"之前不是有人传言你和米奥也是小少爷和侍卫出逃的吗？看来这是虚摩提喜爱的戏码，也不用太过当真。"

说完这段话后，夜愿才注意到面前二人的表情不太对劲，根本不像是觉得八卦有趣的样子，狐疑道："怎么了？"

米奥忽然问："有照片吗？那个和长子出逃的侍卫，这里有他的照片吗？"

夜愿下意识摇了摇头，又被米奥瞪大的眼睛吓得连声改口："也许吧，这得去翻翻相册……以前两家人好像关系相当不错，冯老经常带着儿子们到日蚀号上来玩。只不过……那时候的我还不是主人的侍从，也根本没参与过这些事。"

安息和米奥又同时抬头去看墙上的照片——青年时代的冯伊安五官其实也没有什么太大的变化，只是照片上的他和安息认识的医生看起来很不一样。

记忆中总是温和笑着的灰色双眼毫无表情，年少的他站在家人中间，穿着精致烦琐的礼服，像一个没有灵魂的漂亮娃娃。

夜色将至，夜愿算好时间下到主宅左翼的工具室去放多恩少爷出来吃晚饭，想着顺便套套话。他一路走过偌大的宅子，竟然没有遇见一个人，好像一时间日蚀号上的所有员工都躲了起来，不愿意掺和在这种纠纷之中。

夜愿忙了一下午——他虽然在这艘巨轮上长大，但也不能说完全了解每一处监控下的每一个角落，也无法保证他们蛮力切断通信线路的方式是否绝对有效。

毕竟在过去的几年里，夫人安排了不少范修连恩家的人进来，而现在的日蚀号上，几乎有一半的人对于夜愿而言都是生面孔。

昼司展开的巨大力场十分耗电，导致日蚀号上有三分之二的房间都处于低能耗状态，不过与之相对的是——方圆十公里内但凡有人造飞行物出现，警报触发的同时，反导弹系统就会全面启动。

夜愿不禁想——神苍看着自己亲手培养的长子和本该共度晚年的妻子兵戎相见，不知道是什么感觉。

他真的老了吗？他真的老到失去判断力了吗？夜愿想起那个自己隔着数公里看见的男人——他身形挺拔，眼神锐利，根本不像什么色令智昏的老头子。

又或者……莫非这一切都是他的计划，竞争筛选出来的那个人才是李奥尼斯家真正的继承者——难道这才是他的本意。夜愿打了个寒战——废土上优胜劣汰、胜者存活的野蛮一幕，难道要在这样一个家庭中上演吗？

昼司是被饿醒的。

他睁开眼的一瞬间还没能反应过来自己在哪儿，屋子里很暗，窗帘缝隙没有一丝光透进来，仿佛日夜颠倒。他快速洗了个澡，换上夜愿准备好挂在衣柜门边的干净衣服，脚步踏在厚实无声的地毯上。

日蚀号上很静，静到没有虫鸣鸟叫，静到没有海浪喧哗，也没有一百六十二层隐隐传上来的派对狂欢声。比起饥饿感而言，叫他觉得更加久违的是这种没人打扰、不用工作的清闲感——原来生活也可以不必是百分之一百二十的饱和，他已经完全忘了。

事实上他从没真正体验过这种清闲，即使是在他还很小的时候，所有人出现在身边的人都具有独特的功能性——教他文学的、领他培养艺术鉴赏的、教他礼仪的、教他宏观经济和财务的……从小到大，他的生活就是这样被填得满满，自己可以支配的时间少得可以忽略不计。

在这些少之又少的空闲时间里，他只有一个可以任他差遣、任他打扮、任他随自己心意塑造的金发娃娃。

夜愿去哪了？昼司在每一个拐角张望——不是说好了晚饭时间叫自己起床的吗？

他连找了三层都不见人，干脆直接到了底楼的厨房自己寻吃的。原本人声嗡嗡的厨房里，昼司一出现后便瞬间鸦雀无声，他在众人刻意避开的视线中，端走了一份起司三明治。

然而在吃掉了一份三明治之后夜愿仍没出现，他渐渐不高兴起来。

忽然，他耳尖地听见疑似夜愿说话的声音，下意识地板出不悦的脸——虽然众人常说他不苟言笑，但是夜愿总能分辨出他真实的情绪。

他开心的时候对方也会跟着笑，他不开心的时候对方会露出真诚的担忧与关切，并迅速准确猜中他当下想要的东西，并递到他眼前。

微微扬着下巴、垂着眼睑，昼司拐过走廊后却看见两个鬼鬼祟祟的家伙蹲在门边，脑袋凑在一起窸窸窣窣地说着什么。

昼司纳闷道："你们在干吗？"

不料夜愿和多恩两人被他吓了一大跳，多恩更是夸张，直接原地弹飞起来，反射性想要大叫出声，被夜愿一把捂住了嘴巴。

昼司满腹疑窦，他顺着两人刚才凑堆的方向看去，只见茶室的门楔着一条缝。他刚握上门把手准备推开，却被迅速丢开多恩的夜愿一把拖住了。

昼司双臂被抱住，回过头来瞪道："干什么？"

夜愿有些窘迫地微低着头，露出一个毛茸茸的头顶，嘴上支支吾吾的。重获自由的多恩也满脸惊讶，他欲盖弥彰地用气音问："他不是你的朋友吗！怎么看上去跟那个人更熟……"

谁？

昼司稍想了一下就明白了，目前这艘船上除了他们三个之外，那必然就是……

他回忆起不久前第一次见到某赏金猎人时的场景，心里难免有些嘀咕——虽然夜愿连番否认了，但既然连多恩也以为两人是朋友关系，想必还是有些微妙的联系吧。

夜愿却松开了胳膊，扭脸问道："您真是以为安息是我朋友才抓他的？"

安息？昼司愣了一下，多恩不是在说那个暴力狂吗？

多恩被当面质问反而结巴起来："怎，怎么了？我……我又没把他怎么样，只是给你个教训罢了！谁让……谁叫你平时那么嚣张！"

夜愿哭笑不得道："多恩少爷，您……"

"谁知道你竟然！"多恩噎了一下，飞快地瞥了一眼昼司，咬牙切齿地说，"你这个喜欢告状的小人！"

"什么？"夜愿诧异道，"您该不会以为……主人回来并且全线封闭了日蚀号，是因为这件事吧？"

这边的昼司已经没在听他们说话了，他觉得眼前的场景荒谬极了——整个日蚀号上地位最高的三个人，竟然蹲在一条阴暗的走廊里说悄悄话，而且看样子在他来之前，这两人还在十分不入流地听墙角。

趁着夜愿不注意，昼司凑到门缝边朝里看。

米奥早就听见门边有动静了，但实在没有心情去管，他扬手抄起一个杯子飞砸了过来，以示警告。莲花汝瓷茶碗炸裂在门边的墙上，安息尖叫了一声。

昼司瞪大眼睛，简直不可置信："这家伙！胆子也太大了！"说着就要推门进去。

夜愿连忙抱住他胳膊，左手拽着多恩的袖子，一左一右把两兄弟抓走了。

走了两步，多恩从震惊中回魂，忽然想起来那张惹出事端的照片——照片虽然是不知谁塞进他邮箱中的，但却不妨碍他想象照片发生时的前因后果。

"等等，"他刹住脚步——此前没深入思考过这件事，但刚才的一幕瞬间点亮了一部分他尚未踏足过的思维禁区。

"图书馆……的照片……"多恩的手指在昼司和夜愿之间来回摇摆，颠三倒四地结巴着。

多恩大叫了一声，头也不回地跑掉了。

多恩走后，空荡走廊里剩下的主仆二人沉默了。

过了半晌，夜愿才开口道："对……对哦，那个照片，不知道是谁拍的。"

昼司"嗯"了一声，思考道："那个角度拍进图书馆的话……"

夜愿了然地问："现在去看看吗？"

"别开灯。"昼司这样说着,已经径自推开图书馆厚重的双开雕花大木门走了进去。日蚀号飘浮在云层之上,皎洁的月光透过大窗倾泻了一室,排排书架中间游荡着细微的尘埃。

昼司来到泛旧的大书桌边,手指在上面轻轻划过,沾了一层薄灰,大概已经很久没人到这里来了。他拉开抽屉,里面还放着一个撕了一半的笔记本以及一支铅笔——现在已经没有人为了实用功能而造纸了,至多作为装饰文具而存在,甚至连昼司自己现在也只会用电子的方式记录或传送工作文档。

他拿起自己旧日的本子,就着月光摩挲上面的印子,想着最后一张撕去的纸张上涂写了些什么内容。

好像是很久远的回忆了。

他放下本子,又想到了那张纸印的照片——这就更奇怪了,连文具纸都不太常见,能够接触到相片纸的人更是少之又少。

其实就算不如何仔细探查一番,这些可疑事件的幕后主使总和罗特·范修连恩脱不了干系,只是照片拍摄的时候对方分明还没有入驻日蚀号,又是怎么做到的呢?

夜愿已经来到了窗边,"吱呀"一声推开了双层玻璃,他低头望下去,几乎能看见整条左前甲板,那里过去不像现在是浅草皮和低矮的灌木,而是种了不少乔木,只是后来因为树木的根系破坏甲板层,又有些渗水,才全部铲掉重做了。

昼司也挨了过来,脑中大概是转过了同样的一番想法,说:"谁都有可能。"

"嗯,"夜愿说,"可能是哪位打扫卫生或是修剪树木的仆从偶然看到的,就顺手拍了。搞不好……"

"嗯?"昼司随口应了一声,手撑在窗棂上,依旧扫视着窗外的景色。

夜愿抿了抿嘴接着说:"搞不好……罗特夫人早就拿到了这张照片,只是一直不知道怎么用。最近您和安娜小姐走得近,恐怕要和果戈里联姻,才叫她想起了这个小道具。"

昼司面无表情地点了点头。

夜愿咽了咽口水，说道："没想到夫人竟然这么沉不住气，居然直接派人暴力侵入了地心大厦，完全不在乎和您撕破脸了。不过幸好这次走运，刚好有米奥在，才能这么顺利地脱困……"

听到这个名字，昼司"哼"了一声，语焉不详地说："区区一个Ａ级猎人。"

"如果真的只是一个Ａ级猎人的话……"夜愿却自言自语道。

"什么意思？"昼司收回目光看他。

"怎么可能会有人能够一拳打破防弹玻璃，即使是用特殊刀具也不可能。"夜愿显得有些苦恼——超人的身体素质，总觉得这个概念在哪听过，却一时想不起来了。

"咳咳！"见夜愿因为认真思考关于米奥的事而过于投入，昼司轻咳了两声，随即发觉这行为似乎有些幼稚。

夜愿果然思路又转回到他的身上，迟疑了一下，担忧道："只是……主人虽然转移阵地到了日蚀号上，军事防护比地心大厦强了不少，但这里不比以往。您注意到了吗，所有人都避着我们，您就算现在要我说主宅里的哪些人可以相信，我也说不上来了。"

"而且通信切断，废土上的雇佣兵团暂时也联系不上，"夜愿接着说，"不如直接恢复通信，把探月基地的真相尽快扩散出去吧。"

昼司摇了摇头："这消息，我得选择一个好时机宣布。"

"可是按照这个吸引投资的速度，罗特夫人的账面价值的通胀会越来越大的，要是不尽快反应的话……"夜愿着忽然想到了什么，恍然大悟道，"后天的月会！"

昼司表扬道："在此之前料她也不会轻举妄动，毕竟多恩还在我手上。"

夜愿抬起头来看他，心里想：主人真的觉得即使是同父异母的弟弟，也只是一个讲价的筹码而已吗？

那比起多恩来说，作为"狗"的自己又如何呢？

虽然主人对自己一向很好，但那也只是因为他"喜欢聪明人"罢了。

工具的作用如果仅限于"好用顺手",那么换作谁来其实也没差别吧。

昼司也想起了些什么,他透着自嘲的笑意轻哼了一声:"要不是出了这一码事,我都快忘了,小时候做的那些荒唐事。"

夜愿心里一下又紧张起来——"荒唐事"这三个字清晰又刺耳。

那时对方十分果断地终止了把他当朋友的行为,铁定是因为后悔了吧,更何况现在又惹出了这些是非。夜愿手脚冰凉,恨不得马上冲出去逃开。

只是……那段相处的岁月是他所有愿望的根源啊,那些孤单日子的陪伴是他赖以生存的食粮啊。

他又睁开眼睛——昼司毫无意识地微微扬着头,脑子里在想事,眼睛中倒映着星辰大海。

不可能的,夜愿想,一个站在山顶的人,怎么能看见一个跪在山脚的人呢?

放弃吧。

这三个字闯入他脑海中的一刹那,惊起了巨大的波澜,层层叠叠的海浪撞击在支离破碎的山崖上,叫整个海岸线都摇摇欲坠。

他忽然兴起了一个想法,一种想要放弃、想要离开的野蛮想法。他无尽的等待和守候是否也能在某一天画上句号,他是否也能得到一次重生的机会。

当他不再是谁忠诚的狗,当他不再是仆人的遗孤,当他也不再是神子的右手,他是否也能像那时的安息一样,鼓足勇气走出避难站,面对废土的太阳。

离开吧,等主人能稳稳地掌握李奥尼斯家后,就离开吧。去看看废土,看看安息说的番城集市,去做一个普通平凡的人。

那本来就是他的命运不是吗?在父亲去世以后,如果没有主人的突然出现,他人生的轨迹本就该是如此。

他甚至不想要再等待了,他想要逃开这焦灼的苦闷,他想要立刻马上就逃走。

他忽然想通了,最恰当的时机分明已经被命运安排在了他的眼前——

后天的月会上,当空壳谎言被拆穿后,范修连恩和曼德不但将在十大家族中的支持率大幅下跌,跟着探月基地涨起来的泡沫也会迅速破裂。一旦通过戴森球计划后,主人在稳住自己李奥尼斯家主地位的同时,甚至也将和冯老一齐确定其第二代虚摩提的最强战略位置。

那样的话……局势便会清晰明朗、一切可算尘埃落定了吧,那时候的他,就可以放心离开了吧。

要是再等待的话,他的冲动和勇气就又要消失了,他又会心软起来,会舍不得他的主人,想要做一辈子的下属。

他没了我也行,夜愿暗自劝说自己道,主人之前最喜欢的办公控制面板短路坏掉后,他也是不习惯了一阵子,但很快就适应了更新更好的那一支。

"主人,"夜愿轻声开口道,"我也可以许一个愿望吗?"

昼司扬起眉毛,显露出十分惊讶的样子。这相当地罕见——在过去的十几年来,他还从没听到过夜愿朝他要什么。

他想起了地心大厦阁楼里那一池子的古钱币,心中一动,语气也不自觉地温柔了下来:"当然。"

夜愿说:"我从小到大都没有过过生日,我明天想过生日。"

"为什么是明天?"昼司下意识地反问,但很快又说,"当然可以。"

夜愿反问道:"反正明天还全船封锁着,什么也做不了不是吗?"

"那倒也是,那你想怎么过?"昼司露出微微有些苦恼的表情,"像多恩那样吗?时间不太够,要那个规模恐怕有点困难,但是……"

"不需要,"夜愿打断了他,露出一个开心甜蜜的笑容,"我只有一个要求,明天一整天,主人可以陪我过生日吗?"

Chapter11 春暖花开

昼司一大清早地就被闹醒了。

夜愿为了最大限度地利用整个白天,天不亮就睁着眼睛躺在床上,盯着墙角的霉斑发呆。

六点一到,他立刻从床上弹起来冲下楼。

七点整的时候,夜愿端着满满一托盘的食物敲开了昼司的房门,咖啡和培根的香气唤醒了床上的人,昼司迷迷糊糊地问:"几点了?"

夜愿拉开了半扇遮光帘,隔着被子把他推来揉去:"主人主人快起床了,今天要出门玩呢。"

昼司打了个哈欠抱怨道:"玩什么啊,日蚀号就这么大。"但还是架不住自己头天信誓旦旦地许下了承诺,只得配合地站起身去刷牙了。

等他洗完脸回来时,夜愿已经在小桌上摆好了双份早饭——屋里只有一把凳子,夜愿站在一旁眼神亮晶晶的,十分期待地看着他。

昼司拉开凳子坐下——自己的餐盘里摆着全麦面包和培根炒蛋,咖啡散发着浓郁的焦香,反观夜愿的面前,摆着一个裹着金黄色枫糖浆的百吉饼,而且他还在不停地往那杯黄豆磨成的饮品里加白糖。

昼司连忙喝了一口黑咖啡压压惊。

昼司本想如往常一样抽空查查邮件看看报道,忽然意识到没有网,转而观察起了夜愿——他没有穿平日成套的单色制服，而是在衬衣外套了一个线织背心，配着浅色格纹的休闲裤，金发也随性地绑在脑后，掉落的散发反射着朝阳的光晕，整个人看起来年纪小了好几岁。

尤其对方还盘腿坐在地上，心情很好地哼着歌，身体随着摆来摆去。

这相当罕见，昼司回忆了一下夜愿即使是在小的时候，也已经总是成熟懂事的样子——他从不曾像安娜一样撒娇，也不会像多恩一样使性子。

"你怎么今天忽然想起来戴眼镜了？"昼司问。

夜愿敲了敲眼镜框说："这个？"他面露羞怯地抿了抿嘴，"是为了录像。"

昼司噎了一下，隐约间觉得自家温顺小侍从的属性微妙地变化了。

直到他目睹对方毫无难色地吞掉了整块糖浆百吉饼，又用两根手指捻起铺满糖霜的奶油泡芙，才露出了类似惊恐的表情。夜愿嘴边沾了一圈白色的糖粉，傻乎乎地笑道："甜的好好吃。"他顿了一下，又小声自言自语道，"现在不抓紧时间吃的话……"

昼司没有注意到他的第二句话，完全被过量的糖分镇住了。他惊魂未定地点点头："哦……这样吗？以前不知道你这么爱吃甜的。"

"您不知道的事儿多了！"夜愿又笑起来，被昼司警示性地瞪了也不害怕，"今天我过生日，我是大王，您昨天答应了的！"想了想，他又底气不足地补充道，"反正也没别人……"

昼司一下子给逗笑了，"喊"了一声道："还大王呢，你是小鬼吗？"

趁着主人在一口一口地喝着咖啡，夜愿掏出一整张巨大的清单投影在白墙上，顶上几个硕大的标题字——"愿望清单"，前前后后有好几十条，昼司傻眼了。

"你这个狡猾的小孩，"昼司指着他，"你就是那种跟许愿精灵许愿说要一百个愿望的人！"

夜愿不好意思道："其实很简单的，您看，第一项就是'和主人一起吃早饭'，这个已经达成了。"

昼司哭笑不得："这有什么值得列为愿望的。"

在夜愿灼热目光的注视下，昼司只得放弃了索要第二杯咖啡的想法，开始执行清单的第二条——蹦极秋千。

两人纵贯日蚀号的巨大后院一路来到船尾，那里支着一副刻意没有拆除的钢筋脚手架，是昼司小时候经常独自坐着发呆的地方，脚手架顶端外延的平台末端连着一个蹦极绳牵引的秋千，一旦松开就能大幅度地摆荡出去，好像只身飞在空中一样。

昼司老远看见了就头疼："用得着大早上起来就玩这个吗，刚吃了早饭。"

听见他质疑，夜愿条件反射地想要退缩，飞快的脚步骤然慢下来，嗫嚅道："可是……我从没玩过，小时候经常看您在这里坐着……"

昼司瞧他那样子一下就心软了，夜愿还在接着说："要是您不想的话……也可以跳过……"

昼司立刻打断他："不行，大王说了想玩秋千，我们今天就要玩这个秋千。"

夜愿胸口瘪掉一点的小气球瞬间又膨胀起来，蓝眼睛泛着快活的光芒，脚步轻快得快要跑起来。

两人依次爬上看起来十分危险的铁架，朵朵白云飘浮在他们脚下。

他们面向外海的方向，海平面是蔚蓝的弧面，日蚀号也好、虚摩提也好，整个世界都被他们抛在身后。朝阳晨光冉冉升起遍布世界，秋千高高荡起，身前身后澄澈一片。

只是夜愿没有料到一件事——早已习惯了从地心大厦顶层以及航空艇往下看的他，竟然会在没有遮蔽物的情况下畏高——半个小时后，他是手脚发软地被昼司搀下脚手架的。

昼司有些好笑地看夜愿一脸菜色地蹲坐在台阶上，心情相当不错地问："大王，咱们接下来干什么？"

没错！一定要抓紧时间，夜愿强打起精神，说："打，打壁球！"

日蚀号右翼四楼的活动场馆里有一个壁球场，小时候偶尔来访的多恩就是在这和昼司学了几次，夜愿总在一旁羡慕地看着，觉得主人迎着风挥

145

拍的姿势好看极了。

夜愿喝了一些酸味的维生素水，将反胃的不适感按压下去了，他握着拍子左看右看，根本不知道四肢该如何运作。

昼司走过来，帮他调整手臂的角度和身体的平衡，说："膝盖弯一点，重心放低，你在傻笑个什么？"

夜愿实在绷不住嘴角——这种从背景板中走出而得到主人全部注意的情况前所未有，他努力把今天的每一分一秒全部记录下来。

为什么就只有一天呢？他禁不住想。

昼司先教他发球——连番的调整之下，夜愿发球的姿势虽然像样了，但力度仍差得远，准头也很差，把昼司调得左右角反复跑。但做起陪练的昼司毫无抱怨，精准地把球喂回到夜愿顺手的位置，偶尔还出声提醒。

将近一个小时之后，夜愿满头大汗，脱掉背心后的衬衣也汗湿了，昼司在手心里敲了敲拍子，评价道："原来你也有学不会的东西。"

夜愿："哼！"

回房快速冲了个澡之后，两人又拎着一篮子轻食来到了前庭的水池喷泉边——这里做了专门的防水层，除了一个小水景之外，还有不少正在开花的果树。夜愿在地上铺了好几张塑料布，掏出冰镇的果酒和吞拿鱼三明治摆好，昼司正要伸手去拿，却见对方盯着自己，双上放在跪坐的膝上，一副"我有话要说"的样子。

昼司缩回手，问："又怎么了？"

"主人可以……可以拍个照吗？"夜愿问。

"拍照？你不是戴了这个眼镜全程都在录像吗？"昼司纳闷道，"实在搞不懂我有什么好录的，明明天天都在见面。"

可是以后的每一天就……夜愿没有继续想下去，摇了摇头道："不是的，和我一起拍照。"他从篮子里拿出一个对于相机而言过于庞大的立方体设备——竟然有手掌那么大。昼司定睛一看，问："这是里面有相纸的那种？"

"嗯！"夜愿说，"拍好了就立刻能得到相片呢！"

夜愿努力伸长胳膊，费劲地对着两人拍了一张，等了一会儿后，他发现照片上的自己太靠前了，比例有些怪，但还是把照片贴身收好了。

昼司把酒杯递给夜愿，接过拍立得说："我来。"

他身高手长，举好相机后拉过夜愿，午时的阳光穿透过日蚀号巨大的罩顶洒在两人脸上，背后有果树的白花零星飘落。

照片一显出来后他便喜欢得不得了，昼司看了后也噙着笑意道："拍得不错。"

吃过简餐后，一夜兴奋得没睡着、早上四点半就醒来的夜愿开始犯困，他靠着树干，越坐越往下出溜，最后干脆倒在野餐布上睡着了。

昼司又给自己添了一杯梅子酒，回头看见夜愿的睡颜上粘了一片粉白色的花瓣，于是掏出拍立得对着他又拍了一张。

他靠着树干一边喝酒一边漫不经心地甩着照片——上面的成像越来越清晰，他拿在眼前看了一会儿，然后揣进了自己衣兜里。

午后的暖风太过怡人，不久后，昼司也躺在了草坪上——他俩脚冲着不同方向，在婆娑的树影下睡着了。

一个多小时后，昼司先行醒来，撑着手臂看了一会儿夜愿，才戳了戳他流出口水的嘴角。

睁开眼后，夜愿花了半分钟意识到情况，立刻开始抓狂——自己竟然在这种重要的日子里睡着了！浪费了好多时间！

他难过地看着自己的清单，来来回回地比对，艰难地下决心道："中间这三条，都……都跳过吧……"

昼司看他那副心疼得不行的样子，不由得安慰说："下次有时间再做不就行了。"

夜愿抬起头来，眼神复杂地看了他一眼，转瞬又急匆匆地爬起来，甚至连野餐工具都不收拾了——这可是前所未有，拽上主人就往回跑。

跑到一半的时候，他俩在主宅门前迎面遇见米奥和安息，安息骑在米奥脖子上，把一棵珍贵的橘子树枝条都拉弯了，地上还掉了不少米奥用小刀割下来的橘子。

147

见到昼司后，两人迅速欲盖弥彰地把手背到身后，装作没事发生的样子。夜愿大声招呼道："安息！看电影吗？"

本来眼睛东张西望的安息闻言立马竖起耳朵："看电影！"

夜愿笑起来："捡上橘子，我们看电影吃！"

四人来到多媒体放映室，夜愿拿出早已准备好的碟片说："这个这个。"

安息见有这么多没看过的电影，已经激动得要昏过去了，米奥眯着眼睛看了一眼问："这是讲什么的？"

夜愿眼神躲闪地快速说："就是……一个有钱的帅哥无意间认识了一个贫穷的女人，然后……"

昼司皱着眉头看了一眼碟片封面，没说什么，也跟着坐下了。

本想播放浪漫喜剧电影的夜愿，因为闹错了名字，无意间播放了一部讲述中年危机的影片，几人看到中途就满头雾水，片子结束后，全部发蒙地看着彼此。

唯一一个两部电影都看过、全程知道发生了什么事的昼司在一旁闷笑。

安息努力地想了半天，评价道："有点奇怪……"

米奥忽然想起什么，脸色僵硬地抿起紧了嘴。

夜愿也十分茫然——这和他搜到的简介不一样啊？昼司快要憋不住笑，从柜子上拿出另外个盒子，指着名字说："这儿。"

夜愿这才发现自己完全搞错了，苦着脸道："您怎么之前不告诉我！"

昼司扬了扬眉毛："我觉得这部也挺好看的。"

安息不明所以，问："那咱们还看那个吗？"

夜愿捏了捏拳头，一挥手说："你们自己看吧！我们还有事！"

安息连忙问："这些都可以随便看吗？"

得到昼司的首肯之后，安息欢呼了一声，瞬间把其余所有人都抛在了脑后。

太阳快要下山了，两人分别回屋休息片刻，夜愿换上了晚餐的服装，来到日蚀号二楼外展的巨大阳台上。这里昔日是巨大盛大聚会的晚宴厅，阳台上聚满了端酒聊天的宾客，但此刻，这里只有一张铺着白色暗花桌布的典雅方桌，桌上面对面摆着两套银质餐具，一支蜡烛，和一个插着一枝花的花瓶。

他刚刚调整好餐具的位置，昼司就下楼来了。

主人换了一套相当正式的黑色礼服，白色的方巾和衬衣在他胸前和袖口形成一道整齐好看的白边——他甚至还戴了黑色的领结，刮了胡子，头发也整齐地梳在脑后，露出英俊的黑发黑眼。夜愿呆呆地看着他，甚至忘了手边的事，直到对方走到自己面前。

昼司冲他笑了一下，问："大王怎么在这亲自布置，仆人呢？"

夜愿呆滞地道："我，我叫他们都去休息了。"

昼司点点头："两个人也清闲。"他随手抄起一旁挑好的红酒，动作娴熟地旋开木塞，倒进醒酒器里摇晃了起来。

夜愿醒过神来，忙说："主人您坐，我来！"

昼司压了压手掌示意他别管："坐。"

夜愿听话地坐下了，两手老老实实地放在膝盖上，愣愣地看着他。

昼司走到他身边，单手拖着瓶底，倒了一些红色的酒液在夜愿面前的高脚杯里，然后耐心地看着他。

夜愿僵硬地端起杯子，凑到鼻子下面闻了闻，然后抿了一小口，按照昼司教他的样子将酒液用舌头在口腔里充分接触过一遭，才吞了下去。

昼司礼貌地单手背在身后问："大王还满意吗？"

夜愿迟钝地点了点头，伸出杯子，由昼司又给他倒了小半杯。

昼司坐回到对面的位置，举起自己的杯子向前倾，夜愿也连忙举杯，和他轻轻碰了一下。昼司喝了一口酒之后，问："你把仆人都轰走了，谁来上菜？"

夜愿才如梦初醒地站起来，从屋里推出一个餐车说："都准备好了。"

昼司撑着下巴，似笑非笑道："你是怎么在这么短的时间内完成这么多事的？"

夜愿没有说话，他默默地把前菜端上桌——切得极薄的生牛肉片搭配起司片和芝麻草，搭配特调的开胃酱汁，昼司瞧他脸颊泛红，忍不住问：

"怎么不吃甜的啦？"

"来不及准备两份……"夜愿说，"就按主人的喜好准备了。"

昼司看他坐回座位上，仍有些魂不守舍的样子，但用餐礼仪确实标准又规矩，和自己如出一辙，好奇地道："如果你一个人，想吃什么就吃什么，你会吃什么？"

夜愿愣了一下，没料到他会关心这个，想了想说："面条吧。"

昼司也愣了一下，问："什么面条，任何面？"

夜愿点点头："意大利面就行，奶油白酱的那种。"

昼司笑了笑说："下次吃那个。"

夜愿却并不显得很高兴，只是点了点头，他微微颔首，又叉了一块紫薯块放入嘴里。

两人安静用餐的环境沉默却不显得尴尬，日头在昼司身后缓缓落下，直到被他的身影完全挡住。金色的余晖给他镀上了一层金边，叫他的五官完全陷入黑暗，好像一次日蚀。

饭后，昼司看了一眼清单接下来的事程，问："烟花？这个现在去哪儿准备？"

夜愿自然早有打算，领着他一路来到日蚀号主宅的顶楼，这里已经有人摆好一个半米高的烟筒和一堆碳棒一样的东西。他栖身上来，从昼司胸口摸走他平时点雪茄的打火机，走了两步又回头叫道："主人。"

昼司："嗯？"

夜愿说："你来点吧。"

昼司不明所以地接过了打火机，点燃引线后向后退了两步，一些五光十色的焰火从简陋的筒子里喷射出来，在低矮的空中绽放开。

夜愿又点燃了焰火棒，分了几根递到昼司手中，这玩意儿的燃烧周期很短，"噼里啪啦"地闪烁了一会儿后就熄灭了，昼司有点嫌弃："什么呀。"

夜愿轻声说："这样主人也算为我放了烟花啦。"

昼司不明所以地看了他一眼，但正巧焰火熄灭，他没有看到夜愿的脸。

不久之后，最后一支烟花筒冷静了下来，寥寥几根焰火棒也燃尽，两人在黑暗中站了一会儿，昼司问："接下来呢？"

夜愿说："没有了，刚才就是最后一项。"

昼司惊讶道："就这样？"

夜愿说："嗯，谢谢主人，我今天很开心。"

昼司心想明明看起来那么大一张单子，没想到这么快就全部完成了，而且自己分明根本没做什么，倒不如说是夜愿陪自己放松了一天。

沉默了一会儿，夜愿又说："结束了，但我还有最后一个请求，没有写在单子上的。"

"好啊。"昼司随口答应道。

夜愿转过来对着他，说："主人可以闭上眼睛吗？一分钟就好，无论如何都不要睁开。"

昼司思考了短短的片刻，答应了。

夜愿的眼睛适应了黑暗，看见熠熠的星光下，他的主人毫无防备地闭着眼睛。

他想要利用这最后的一分钟，难能可贵地好好享受主人作为同等地位朋友的相处时光。

他双手背在身后，睫毛轻颤，浅浅微笑着。

昼司站在原地，始终一动不动。

几十秒后，昼司缓缓睁开眼，沉默地凝视着他。

夜愿冲他微微一躬身，轻声说："主人再见，晚安。"随即转身离去，消失在了顶楼门背后。

昼司仍站在原地，皱起了眉。他忽然有了一种很荒谬的感觉——夜愿好像要离开了。

他说再见的时候，脸上带着与往日无异的笑容，但那笑容又像是一个即将踏入大海的人，在被浪花淹没头顶时回头看着海岸，并真心地向往着春暖花开。

夜愿如游魂般地飘荡回到自己屋子里，和衣躺在床上——他早上睁眼时有多期待、多兴奋，随着时间一点点过去，他现在就有多难过、多不舍。这一天过得如此快速，又如此漫长，每一个瞬间都可以拉长成无数帧格，足够他怀念很久很久。

他的嘴巴在笑，眼睛却在哭，轻轻一闭，滚烫的泪水就止不住地流下来了。

主人说得没错，他的确是想要朝许愿精灵讨要一百个愿望的狡猾人类，以前只是远远看着的时候，他心中满是艳羡，对于从未有过能畅快相处的朋友的他来说，如今尝过友谊的美好后，他一点也没有满足或解脱的感觉，反而瘾症更严重了。

他还想要更多更多，但已经没有时间了。

更多的眼泪顺着太阳穴一路消失在枕头里，夜愿的身体蜷缩了起来，心脏揪作一团，好似病入膏肓。

他本来可以不用走的，他本来可以就这样平复自己的情绪——就像过去的每一次那样，收拾心情留在主人身边。可这次他下定决心了，就再也回不去了。

忽然，一声巨响撞破了黑暗，伴随着突然闯入室内的灯光，房门被猛力推开。夜愿倏然睁开双眼坐起来，看着门前的光影框出主人的身型。

昼司的房间明明就在数米之外，但他胸口一起一伏，好像从什么遥远的地方急速奔跑而来。

夜愿惊讶极了，大脑一片空白，耳朵嗡嗡作响，甚至忘记去擦脸上的泪水。他机械地从床上站起来，茫然地微张着嘴，不明白发生了什么。

怎么了？他想问。

可他的喉咙好像被蜡封住了，一句话也说不出来。

他眨了眨眼，终于在微弱的灯光下看清了主人的脸。一瞬间，夜愿感到自己的四肢百骸都被一张细密的渔网笼罩着、收紧着，迫使他迈开腿朝前走了一步。

昼司也朝他走了一步。

这一步其实是在一瞬间发生的，但却被慢镜头无限拉长，好像播放了一生那么长。

第二秒,昼司反手一挥,大力地摔上了门,惯性甩出的风伴随着又一声巨响,叫夜愿下意识地抖了一下。

关上门后,昼司又向前走了一步。

难道他的午夜还没有结束?难道他的美梦还没有醒来?

夜愿睫毛又抖动了一下,一大批晶莹的泪珠滚落山崖。

下一秒,昼司迈出了第三步,接住了夜愿,安抚地拍了拍他的脑袋,任由他温热的眼泪浸湿了自己的前襟。

他拽起自己的衣摆来擦夜愿的脸颊,夜愿被这十分不和谐的邋遢行为逗笑了,自己也用手背抹了抹脸。

"怎么来了?"夜愿茫然地问。

"一天是从早上六点开始的,"昼司说,"现在才十二点,一天还不算结束。"

夜愿傻乎乎地笑起来:"是哦。"

"现在要干吗?"昼司环视了一圈这个小小的屋子,"该睡觉了是吗?你上床,我看着你睡。"

夜愿稀里糊涂地回到被窝里,两个成年人挤在这间小屋里十分憋屈,但昼司似乎一点儿也不介意,坐在小床旁边守着。

夜愿趴在枕头上左瞧右瞧,一会儿觉得开心,一会儿又觉得伤心,在熟悉的气息中没一会儿就睡着了。

半夜间,夜愿忽然在混乱中大叫了一声——他翻身摔下了床,屁股蛋发疼,手脚并用地爬上床来,说:"主人,您回屋去吧,这里太小了。"

昼司带着鼻音说:"没事,我就在这儿看你睡。"

夜愿暗自捏了捏手指,说:"而且霉斑什么的还没有打扫,主人会生病的。"

昼司不为所动,瓮声瓮气道:"你都不会生病,我怎么会生病。"

夜愿说:"嗯,窗户关不太严,到了晚上有点漏风……所以您还是回屋去吧,要是感冒怎么办,明天还要准备月会。"

昼司看着他，问：“你老赶我干什么？”

夜愿抬起头愣道：“没有……”

昼司定定地看了他一会儿，忽然又问：“你想去哪儿？”

夜愿眨了眨眼，又不太明白他什么意思，一时答不出话来。

昼司说：“好吧。”

然后他便长腿一迈，翻身下地并推门离去了。

眼看着主人如来时般一阵风地刮走了，夜愿忐忑地坐起身来，于黑夜中睁大了眼睛，睡意一扫而空，喜悦和甜蜜的气氛也很快就从关不严的窗缝中漏走了。

冷静下来他才想到——怎么会？

主人知道了什么，他看出了我想要离开的心思？不然他为什么会那么说？

不对，更大的问题难道不该是——主人到底是怎么会突然来到我房里，并且……并且……

这时候他忽然想起来了——整件事所携带的诡异，正是来自这别样熟悉的感觉。这分明是旧日重现——他们再次回到了日蚀号上，回到了这层楼上的这间房，回到了记忆重重的图书馆，于是好像也回到了年少时的青春岁月。

当初不就是这样吗，在这个隔绝的天地里，两人莫名打破了身份界限，如亲兄弟般同进同出，后来这份亲近又突兀地结束了。

夜愿看了一眼时间，已经临近清晨，一下就明白了——这偷来的一天结束了。

这都怪他自己，怪这如梦境般美好过头的二十四小时，这都怪这艘安静的空中楼阁，这都怪在主人身边的是他——这么便利。

只可惜一切真实的毁灭常伴着一声巨响，然而所有虚伪的破碎只能发出一声呜咽——今天甚至不是他真的生日。

废土上的世界肯定不会是这样，他不着边际地想，那里一定充满了骇人的血腥和诗意的碰撞，那里一定是快意恩仇、敢爱敢恨的硝烟热土，那里一定不会有卑微的无疾而终。

不过……也没关系了。

夜愿背靠着墙,潮冷的湿气从背心渗透进来——主人刚才离开的时候是不是生气了?明明大发慈悲地愿意造访他的小房间,好歹能在离开前留下一点珍贵的回忆,他竟然还不知道好歹。

可是这里太过破旧,就好像他那自私而阴暗的内心,无论表面如何伪装,其本质宛如这个小小的储藏室一样,连外面的冷风都挡不住。

夜愿把被单缠裹在身上,蜷成一团,玩了一天他腰酸腿软,这提醒他一切是多么荒诞。

不知过了多久,房门忽又被打开了,主人撑着门问:"你在干吗?"

夜愿从膝盖中愕然抬头:"啊?"

昼司不高兴地抱起手臂,问:"你怎么还不过来,不是要回我屋里吗?"

什……么?

夜愿茫然地直起背,怀里还抱着被子,一副搞不清状况的样子。昼司见他还没动静,扬起一边眉毛,语气中带上威胁:"要我来扶你吗?"

夜愿连忙急匆匆地爬下床来,不料他左脚缠在被子里、右脚又被绊住而飞扑出去,昼司跨了一大步伸手接住了他,肩膀撞在他鼻梁上。

"嗷!"夜愿再次哀号起来,昼司失去耐性,干脆把他连人带被子一把扛了起来,一路拖拖拉拉地沿经走廊。

夜愿还没反应过来,惊愕地用被角捂住嘴。

昼司笑出声来,问:"你这算什么反应,不会是酒醒了吧。"

"我,我没喝醉!"夜愿蒙着被子申明。

昼司又笑了一声。

"等,等下。"夜愿迷迷糊糊地说。

"怎么了?"昼司问。

"不,不是要睡觉吗?"夜愿立场十分不坚定地说,"现在还不洗澡睡觉的话,天亮了之后会很累……"

昼司几不可闻地叹了一口气,才拽着他的胳膊将他拎到了浴室里。

夜愿并没有变，他心想，虽然白天的时候好像一度叫他洞察到了什么如电流般微弱的怪异，但反复确定下来——这还是他从小到大的熟悉男孩儿。依旧是这样内敛又坦诚，全身心信赖着自己。

　　这双湛蓝眼睛背后的灵魂，他不可能会认错。

　　明天还有无比重要的月会，关系到整个李奥尼斯家族的走向，但是……管他呢，这是他十年一度的假日。

　　今天到底是谁的生日也未可知。

　　夜愿洗完澡躺在大床上，偷偷睁开一条缝来偷瞄。

　　昼司看见那双蓝色的眸子不知怎的黯淡了下去，被睫毛的阴影所掩盖，连带着藏起了那些他越来越分辨不出的心事。

　　他真实的愿望到底是什么呢？

　　"我是不是对你太不好了？"昼司忽然开口问道。

　　白金色的睫毛"唰"地张开，夜愿问："什么？"

　　昼司思考着说："我好像是个不太称职的主人，我既不知道你喜欢吃甜的，也不知道你卧室窗子漏风，甚至不知道你生日究竟是哪一天。与之相对的，你却熟知我的一切。"

　　"这本来就是我的工作，不……"夜愿着急地解释，"不只是因为工作，我本来就是为主人服务而存在的！"

　　什么啊，昼司抿了抿嘴。

　　"您愿意收留我，教导我，就是我人生中最幸运的事了，"夜愿急着想要表明忠心，还虚张声势地鼓起胸膛，又强调了一遍，"我很开心，真的！"

　　可这次昼司并没有像以前一样容许他糊弄过去，沉下脸来："又来了，你总说自己开心开心，根本就是报喜不报忧，从小就这样，受伤了也不说，就知道隐瞒我。"他手指头点了点夜愿被米奥掐青的脖子。

　　夜愿喃喃道："我没有……"

　　昼司接着说："其实昨天本来听你找我提要求、要东西，我还挺高兴。但是到头来，也根本没有给你什么。"

　　"已经很够了……"夜愿快哭了，"今天就是我最开心的一天了，您根本不了解……"

"你为什么就不能老老实实地坦白呢？"昼司终于理清了他焦躁的来源——这一天一夜的很多细节都太过反常了，"你想要什么，你在想什么，有什么不能告诉我的吗？"

安全感这东西从来都不在他的雷达上，以至于第一次失去它的感觉是如此微妙，他完全没能分辨出来。

他刚才发现自己似乎完全不了解自己的父亲，又发现自己竟也完全不了解自己身边的人。

"你到底想要什么？"他迫切地想要知道这个问题的答案，知道了才能心安。

"您不需要用这种方式……"夜愿的表情好像十分受伤，他难过地说，"您不需要许诺我任何东西……"

"还是说……"他胸口浅浅地起伏着，好像很费力才说出这句话，"对于您来说，只有用筹码交换来的东西才值得相信。可我陪在主人身边不是为了换取什么交易，我是……我是……"

"是什么？"昼司问，"看吧，你总还是有想要的东西吧。"

夜愿抬眼直视着他，半晌后，伸出手来将他推开一点。

他竟然推开了自己，昼司太过错愕，以至于没有完全反应过来，就真的被推开了。

夜愿深吸一口气，梗着脖子，虽然表情一副要哭的样子，但他仍皱着眉头，十分严肃认真地说："我想要的东西您给不了。"

Chapter12 祭坛

清晨，夜愿醒来在自己的小卧室里，他先是睁着眼发了半分钟的呆，才起身洗漱，镜子里的自己眼下有青色，脸色也显得比往日还要苍白了。

他摇了摇头，拿出昨天和主人在树下拍的合照——自己笑得有点傻，但主人微微勾起的嘴角很好看，他姿态放松，目光柔和，一些放肆的树枝在他脸上投下阴影，美丽极了。

夜愿仔细收好照片，整理了一下情绪才走出门。

他没有料到的是，当他来到主人卧室的时候，对方已经穿戴整齐地坐在窗边喝咖啡了。

夜愿见状愣了一下，身后又传来声音说："请您稍让一下。"

夜愿一回头，看见一位端着托盘的侍从，立马侧身让他。盘子里摆着培根吐司和煎蛋——蛋稍微有点过熟了，但食物放下后主人一句话也没说，默默地拿起刀叉。

夜愿不作声地看着他，有些手足无措——昨夜在他说完"我想要的东西您给不了"后，主人就没再搭理过他。虽然没有主动赶自己走，但夜愿还是识相地回到了自己屋里，心中难免懊悔搞砸了原本是完美的一天。

可夜愿当时实在太生气了——比起被当作工具也好，原来他最受不了的是自己的心愿被放上一个筹码衡量，并试图用来交换。

说到底都怪主人什么也不懂！夜愿这样想着，也不自觉地赌起了气，逼迫自己紧紧地抿住嘴唇，不主动和他搭话示好。

更别提主人竟然越过他直接找别人索要了咖啡和早餐！

直到快要出发的时候，两人都只字未提，昼司放下半小时内只翻过一页的文件，自己披上外套迈开腿出门了。

楼下，多恩十分毛躁地等在大门口，米奥和安息也在，坦然地被多恩瞪着。

"你们在这里干吗？"昼司打量了一圈这奇怪的阵容。

米奥刚张开嘴巴，安息已经兴冲冲地答道："观光！"

米奥一把摁住安息的脑袋叫他闭嘴，说："你可是答应了给我们一艘航空艇，放你一个人跑了，把我们留在这儿，之后你要是反悔怎么办？你该干什么干什么去，事后我们直接开船走人……"他瞥了多恩一眼，恶狠狠地道，"然后躲得远远的，不要再遇到神经病。"

多恩："喂！"

他扭过头道："我也要去，别想再把我关在家里！"

昼司颇有些意味深长地看了多恩一眼，没多说什么，默许了三人跟上船。

航空艇自日蚀号前院的巨大停机坪起飞，刚出发不久，安息便撅着屁股趴在窗边往外看，身后的昼司跷腿坐在沙发上——他时隔几日重新连上网络，地心大厦完全炸了锅。调成静音后等了一会儿，他再一挥手忽视了所有未读信件，熟练地连上日蚀号的反侦察系统——雷达网的方圆五公里内空无一物，但外围密密麻麻全是飞行器。

昼司就近放大了几个扫描成像看了看，隐约能见一个紫色的羚羊头喷涂，是曼德家的家徽。

"多恩，"他忽然开口道，"你站那儿干吗，来坐。"

多恩皱着眉看了他一眼，问："你到底要带我去哪儿？"

昼司看着他，反问道："你不知道？"

多恩喉结动了动，没好气地道："我怎么会知道。"

昼司说:"当然是去参加月会,你也十八岁了,作为旁听也可以见识见识了。"

"胡说!"多恩一把拍掉昼司手里的屏幕,"你别把我当白痴,我都知道!"

"哦?"昼司抬眼看他,也不去管掉地上的平板,双手交握在膝盖上,"你都知道些什么,说来听听。"

见多恩一副抗拒的表情,他几乎是有些轻蔑地眯了眯眼,"说出来,我可以帮验证你的猜测是否准确,范修连恩家可是不会有人像我这么好心。"

"就是这样……"多恩咬牙切齿地指着他道,"就是这样!"

"你也好,整个日蚀号上的人也好,没有一天把我当作李奥尼斯的一员,你们觉得我和妈妈一样都是来路不明的外来者,都是需要警惕的投机分子!"

昼司皱起眉:"我什么时候说过……"

他还没有说完,多恩已经又情绪激动地喊道:"你不用说!也不需要你来说……"

"我知道的,我都知道,我和妈妈刚搬过来的时候,宅子里的人都是怎么说我的!说我们狡猾功利,说我是……是杂种。"他倒退了半步,露出了一个十分难看的微笑,"你知道吗,我小时候其实很崇拜你,因为我每次来日蚀号上的时候,你是唯一……唯一一个搭理我的人。太可笑了,我小时候竟然因为我的哥哥是你而感到骄傲……"

"但是?"昼司平静地问。

多恩痛苦地看了他一眼,说:"但是后来……我和妈妈搬进来之后,你就……你就没有再正眼看过我一次了。我明明那么期待能够和你住在一个屋檐下相处,结果竟然……甚至没多久就搬走去了地心大厦!"

"不然怎么样?"昼司反问,"我还要留在那陪你玩什么过家家吗?不像你,我可不能过这么轻松快乐的日子。况且……"他停顿了片刻,似乎有些犹豫要不要说出口,然而他还是说了,"我母亲去世了才不到一周,葬礼还没举行，罗特·范修连恩就已经登堂入室，我难不成还要铺设红地毯欢迎你们？"

多恩猛地抬头："那和我有什么关系！我做错了什么？我是你弟弟，但你对我却还不如……还不如对一个下贱的仆人！"

昼司眯起眼，声音毫无起伏："注意你的言辞，你这些粗鲁的词都是从哪儿学来的。"

"怎么了？我说得不对吗？"多恩也不退缩。

昼司沉声道："你姓什么？比起自己动脑子思考，你总是更加倾向全盘相信那个疯狂的女人。"

"什么疯狂的女人，那是我妈妈！"多恩吼道，"她是有很多缺点，但是从小到大只有她陪在我身边，你和爸爸又为我做过什么？"

"就因为这个？"昼司皱起眉头，声音也严厉了不少，"懦弱，小气！连一点寂寞都耐不住，你能有什么出息？"

在背景板被两兄弟吵架的场景吓到的安息开始悄悄地往屋外缩，夜愿也第一次见两人这样说话——应该说，多恩少爷从前绝不会这么大声和主人顶嘴，不知道是不是被关了禁闭而累积了不少怒火。

"我需要什么出息？"多恩冷笑一声，"反正是比不过万能的神子，神坛的继承人，我算什么，不过是个不成器的废物罢了。"

"你到底在不满意什么？"昼司几乎是有些匪夷所思地看着他，"就因为你小时候我和父亲没陪你玩？你以为我是怎么长大的，开宴会和交朋友吗？"

"你不是有他吗！"多恩指着夜愿，手指微微颤抖，"我呢？没有任何人和我说话，竟然连仆人都孤立我，就连其他家族的小孩，也会在我们之间选择和你站队，好像跟我染上一点联系就是有什么不可告人的动机一样。"他说到激动得流下眼泪，"你别以为我不知道，你也根本没有信任过我！"

面对他的质问，昼司反而显得平静异常，半晌他问："你值得我信任吗？"

161

夜愿也忍不住开口:"主人……"

昼司抬起手示意他闭嘴,并弯腰捡起地上的平板划开。

"你知道这是什么吗?"他问。

多恩和夜愿同时看过去,上面有一大串数字和表格,像是什么损益表,但信息杂乱,一时间看不出什么所以然。

昼司说:"每个月月会的头一天,月度的损益表总概会更新到我的终端上,但是日蚀号上所有的通信设备都切断了,只除了一个量子通信接收器。"

"在日蚀号反侦察屏蔽全线打开的情况下,这个量子通信器开着的事情没有任何人知道,只除了本来就在日蚀号上的人,毕竟那间屋子的灯我可是刻意开着的。"昼司说,"你既然会使用量子解码器,也就应该知道BB48协议。"

此话一出,多恩的脸色立马变得惨白。

量子同电子不同,它是无法复制的。被窃听过后的消息会在被随机解码器处理过后发生变化,从而导致最后破译的信息结果正确率下降。

"就算没有这份报表,每月的财政概况我也一清二楚,"昼司冷笑了一下,"毕竟我可是'万能的神子',而这份报表翻译结果的正确率,从理应的75%,变成如今的62.5%,正好是被解码器截取窃听过一次的结果。"

多恩哑口无言,昼司接着说:"你们想截取什么消息?想看我有没有公布探月基地的内幕,还是想看我打算怎么对付你?范修连恩是怎么对你说的,让你做他们的内应,监听我的一举一动?"

多恩脸色从惨白变为赤红:"没有!"

"怎么样,需要我调出监控来看吗?"昼司冷笑道,"应该也不用了吧,你看,你的好妈妈来接你了。"

航空艇前方围上了密密麻麻的船,全部打着范修连恩和曼德的标志。昼司的船只身滑行入无数战舰之中,好像游进了闪烁着百十双红眼的鲨鱼群。

多恩终于冷静了下来,他反问:"你莫名其妙冲回日蚀号上来,切断所有信号，展开军事壁垒，一句解释没有地就把作为原主人的我软禁在船上，还真的指望我什么都不做？你以为我就真的那么好摆布？"

他不甘示弱地瞪着昼司，对方平静地回望着他。

"大前天，你出海去了，见了父亲，为什么？你都知道些什么？"昼司放弃绕圈子，一针见血地问。

多恩愣住了："你怎么……"他换上了不可置信的面孔，"你竟然……你难不成还跟踪我！"

"别废话，你现在不说，等会儿我也会知道，"昼司冷酷地道，"你可以选择现在相信我，或者日后后悔自己现在所做的选择。"

多恩难以相信地凝视着他良久，忽然后退半步，露出了一个讽刺的笑容："呵呵……看来你真的什么都不知道。"

昼司眯起眼："什么意思？"

"你想知道父亲对我说了什么？"多恩又笑了一下，但眼里尽是悲伤落寞，"好啊，我可以告诉你。"

"或许……你从头到尾都没把我当兄弟，也不算太错，"他伸出手指，点了点自己的胸口，又对准昼司，一字一句地说，"我和你，根本不是亲兄弟。"

"什么？"昼司霍然站起身来，夜愿也惊了："多恩少爷，请您不要为了置气而说这种话。"

多恩自嘲地冷哼一声："你们马上就会知道了。"

航程的尾端，巨大的"新世界号"矗立在一个巨型帆布气球的顶端，在云层中若隐若现。

这一头，船舱内的气氛依旧凝固在顶点，三人立于船舱内的三个角落，如同一个三角铁般冰冷地对峙着。

昼司一字一句道："多恩，你在说什么胡话？"

多恩却已经颓丧地坐回到沙发里，低着头不再搭理他。

"多恩！"昼司大声呵斥道。

夜愿已经完全忘记了自己和主人之间的小插曲，视线反复在兄弟两人之间打转——扎眼一看，红色卷发的多恩少爷和黑发黑眼的主人确实毫无相似之处，但细看之后就能发现两人眉眼仍是挂相的。尤其多恩鼻子和嘴巴的比例，和青少年时期的主人几乎是一模一样。

但现在……他又有些不确定了。

难不成从头到尾罗特夫人最近的所有反常举动，并非完全出于激进的野心，而是考虑到多恩少爷的真实身份一旦被发现，本属于他的继承权就会化为乌有。在老爷逐渐退居幕后的这些年里她还能对外隐瞒，而多恩少爷既然年满十八，这个秘密就瞒不下去了，逼得她不得不尽快采取行动。

这样说来——多恩少爷的真正生父是……

夜愿看了看周围无数标志着曼德家徽的船，心中惊疑不定。

怪不得比起主人而言，多恩少爷从来没有被当作李奥尼斯家族的继承人培养过，也难怪曼德会这么不遗余力地帮助范修连恩。

可神苍老爷是什么时候知道的，他也是最近才知道的吗？不然他怎么会默默容许这一切发生呢？

一切都对上号了，但似乎又太过荒谬。

"新世界号"头顶的烟囱冒出滚滚浓烟，引擎轰轰作响，齿轮咬合的金属声震耳欲聋。它船体侧面徐徐裂开，展开了巨大的飞行通道，将昼司等人的飞行器缓缓吞入口中。

夜愿作为贴身侍从，曾经陪昼司来过"新世界号"上无数次，但还是第一次，他们被以这种阵仗迎接。

外头围绕着不少虎视眈眈的侦察舰也就算了，身后的飞行通道关闭后，巨轮的腹中幽深又冰凉，只有引擎燃烧的声音遥遥传来。一排应急灯下面，两个持枪的侍卫站在门边的阴影中，其余别无他人。

夜愿下船之前，回头交代道："安息，你和米奥就在这等我们一下。"

安息乖巧地点了点头，缩回船舱里坐好了。米奥却仍撑着门边，阴鸷地打量着四周。

夜愿问："怎么了？"

他想了片刻，摇了摇头，说："给你们四十五分钟时间，不出来我们就自己走了。"

夜愿飞快地看了一眼驾驶舱的两名侍从，不作声地点了点头。

"人呢？"夜愿轻声狐疑地环顾了一圈——往日里"新世界号"作为主办场地，服务人员都会列队迎上来并主动带他们去会议厅，如今却好像没人知道他们到了一样。但昼司已经率先迈开腿走上铁质楼梯，夜愿跟在后面，旁边走着低头默不作声的多恩，三人来到通道门口。

"李奥尼斯。"昼司开口对守门的侍卫说。

侍卫在传呼设备里嘀咕了两句后，抬起头来说："你们家已经有代表到了。"

"什么？"昼司皱着眉头，"我就是李奥尼斯现行家主，你说谁到了？"

对方又请示了两句，不知对方说了什么，随即他让开半步旋开门，说："上头请你进去。"

昼司皱着眉多看了看守一眼，决定不与他多说什么，直接掠过了他。幽深的扶梯顶端透着一丝亮光，周围都是阴影重重的管道设备，昼司行到顶端后，利落地朝会议厅门前走去，却再度被守卫拦下了。

"会议人员已经到齐，您不具备参会资格。"守卫发出机械的声音。

十大家族的月会从数十年前就定下规矩，一个家族有且仅应有一人代表出席，这样才可以保证参会意见的均衡。昼司厉声问："到底是谁越过我代表了李奥尼斯家出席？"

守卫面面相觑，一时间也不敢答话。

昼司正要直接无视他们，会议厅的大门发出"咔嗒"一声，徐徐打开了——十米长桌的两头已经坐满了各位家主，罗特·范修连恩和曼德也在，会议桌彼端主持座上，灯光自上而下打在神苍的脸上，眉骨的阴影将他的黑眼隐藏。

"父亲？！"昼司震惊不已，"你怎么……"

"你父亲是想联系你来着，可惜过去四十八小时都联络不上你。"罗特率先插话，"身为一家之主竟然失联这么久，像什么样子。"

昼司完全不睬她，继续对神苍说："即使是您本人，也不能这样随随便便出现在十大家族的月会之上，代表李奥尼斯家主的金钥匙还在我这儿，一票否决权和最高决定权仍在我手中。"

"既然你提到这把钥匙……"神苍终于开口了，他从座位后面缓缓走出来，"我正是来收回它的。"

他带着天生傲慢的姿态，看世界的样子宛如看蝼蚁，掷地有声道："从今天开始，我将重新回归李奥尼斯家主的位置。"

"什么！"不但昼司不可置信，在场所有人闻言都惊了。

神苍面无表情地看着他："怎么？有什么不合理的地方吗？我仍是李奥尼斯最大的股东，之前让你做代理家主，不过也是给你一个锻炼的机会。"

"不……"昼司下意识地说，"只是为什么这么突然……"

神苍从桌上捡起一份月会日程，丢在他面前："再不干涉，还要等到你真的把这种疯狂的计划推上实践吗？"

昼司飞快地看了一眼，便认出附件一的标题《关于建造戴森球、可持续性清洁能源项目的初步意见》。

"这计划需要动用虚摩提多少人力物力你知道吗？整个虚摩提的生活水平都会被你拉退十年、甚至五十年，就为了这么一个天方夜谭的项目？"神苍说，"现在人类的科技水平，根本不具备建造任何戴森球甚至变种的能力。"

"这是为了更长线宏伟的……"昼司正想要反驳，幸而及时止住了，他清了清嗓子，朝会议室里心思各异的数人说，"我之所以提议讨论这项计划，正是为了提供给在座各位一个表达疑问和提出想法的机会，如果你愿意把时间留到我发言完毕之后，我很乐意解答您的质疑。"

桌对面的冯老也点了点头："这报告我看过，虽然设想还很初步，但不乏亮点。"

神苍却不为所动："胡闹，从今天起，月会上有没有你发言的机会，我说了算。"

昼司虚起眼看了神苍一会儿，又缓缓环视了一圈桌上各人，清晰坚定地说:"我拒绝。"

神苍也皱起了眉,反问:"你说什么?"

"您听得很清楚,"昼司说,"很抱歉,李奥尼斯家主的归属权不是由产权比例大小决定的,毕竟我相信即使是您,也没有达到超过百分之五十的绝对任命权。"他环顾一圈,终于施舍了一个眼神给罗特,说,"而夫人今天代表范修连恩,为避免立场冲突,也不能加入仲裁。金钥匙在我的手中,在没有重大过错的前提下,我没有理由将他交给包括您在内的任何人。"

"所以,如果您没有其他事的话,还请现在离开会议现场,"昼司说,"一个家族只能由一名成员代表出席,而时间有限,今天的讨论项目很多,包括……在座二位合作开发的探月基地完全是一场骗局的事!"

此话一出,在场再次人声嗡鸣,交头接耳,夜愿趁机溜到主讲台背后链接上自己的终端——屏幕上很快出现数张探月基地内空无一物的景象,现场一时间炸了锅。

"等等!等一下!"罗特站起身,说,"这都是谎言!"

昼司冷笑着看着她,问:"请问你们靠探月基地诈骗了多少资金了?您保证大家的投入产比又是多少?"

果戈里皱眉厉声问:"这是真的吗?"

罗特还要说什么,曼德已经站起身来,他缓缓走到夜愿身边,直接拔掉了屏幕的电源。

他缓缓环视现场,第一次开口了:"请各位别误会,我做这件事并不是为了帮自己掩饰什么,而是想让各位别被更重要的事分散了注意力。"

他拿着一块芯片,说:"我这里有一份十分重要,不但关系到在座所有人、也关系到虚摩提上下的信息。既然昼司少爷提到了'重大过错'这几个字,我想我不得不把它分享出来。"

昼司冷哼一声:"欲盖弥彰。"

曼德摊手耸了耸肩,按了一下芯片上面的绿键,里面的信息瞬间同步到了现在所有人终端上。

报告只有两页，是一份 DNA 检验报告——昼司刚看了一眼，瞳孔就剧烈地收缩——很明显，这就是刚才在船上多恩提到的事！

短短几行字昭示了一个过于惊悚的结论，会议厅内安静得诡异，所有人都惊疑不定地左右环顾。

"很遗憾，这份报告是我亲自提供 DNA 样本进行化验，也是在我亲自监督下完成的测验。"神苍说。

DNA 显示着神苍·李奥尼斯与昼司·李奥尼斯的父子近亲关系检验结果，而检验结果只有短短的一个词：不符合。

"什么……"昼司抬起头来，"这不可能。"他指着罗特问，"你做了什么？"

罗特难掩嘴角的得意："我并没有做什么，前两天我派人到地心大厦想请昼司少爷提供 DNA 样本供我们化验，可惜您走得飞快，害得我们只得自己在您屋里采集了一些 DNA 样本。"

"所以说，很抱歉，别说家主一职了，您根本不具有李奥尼斯家族任何的继承权，您母亲的那百分之五还需要进一步测试才能决定。"曼德收起了芯片，说，"而李奥尼斯家有且仅有的一位合法合理的继承人，正是站在您身后的多恩少爷。"

昼司猛地回头去看——多恩头低得死死的，脸颊通红，不肯抬眼与他对视。他又转过脸来——所有人都面容模糊起来，周围似乎沦为空白，只有神苍面无表情的冰冷注视清晰异常。

他们全都想错了？他们都以为多恩才是什么曼德家的私生子，殊不知指向的竟然是他自己？

比起这份怪异报表所带来的冲击，昼司觉得有什么事情从根本上就不对劲，但是他此刻无法好好思考，思绪纷杂难缠。

神苍再次向前迈步，走到离昼司只有一步之遥的地方——两人从身型长相和发色上看来有如出一辙，很难相信他们彼此毫无血缘，但他无情地伸出手道："钥匙，结束这场闹剧之后，你可以先回日蚀号上去，也可以回地心大厦上去，事后我会来处理你的事。"

处理我？昼司难以置信地看着他。

对方和自己印象中的样子相差无几，只是稍微老了一些，但记忆中的父亲虽然严肃，也绝没有像此刻这般气质冰冷的时候。他摊着手，耐心地等待着，昼司拿出那枚小小的金钥匙——其实它是一个能够进入李奥尼斯主程序端的最高指令密钥，控制着虚摩提大地上千千万万的地产、商铺、工厂，遍布整座海上大陆神经系统的细枝末节，拥有摧垮经济甚至引发战争的能力。

昼司难得感觉自己思维如此混乱，眼看钥匙快要落入神苍手心了，夜愿忽然大叫一声："主人！"

他吃了一惊回过神来，忽然收回手，被神苍一把拽出钥匙的挂绳。

夜愿的叫声一下将他唤回地球，他死死捏住手中的小金属，盯着神苍说："等等，你不是我父亲！"

曼德却哈哈大笑起来："这不正是我们想要告诉你的吗！"

"不对，你不是神苍，你是谁？"昼司猛力拽回钥匙，连连后退，但对方已经阴云压城地举起手来，满屋子持枪的守卫一时间全部动作起来，朝他逼近。

"神苍"下令道："抓住他。"

Chapter 13 美丽新世界

眼看着满屋子荷枪实弹的守卫步步紧逼，昼司危险地眯起眼："谁敢！"

他皱眉瞪了近处守卫一眼，对方就不自觉地停住了脚步。

僵持之下，屋内众人左右四顾，林科正想从座位上站起来说句什么，"神苍"已更大声地下令了："抓住他，现在！"

一干守卫再次动作起来，昼司指着男人质问："你到底是谁？"他又转向罗特，"这是你从哪找来的冒牌货？"

罗特还没来得及说话，曼德已经开口了："胡言乱语！在座各位谁不认识李奥尼斯先生，你还是好好听你父亲的话，不要把事情闹得太难看。"

众人也狐疑地又打量了一番神苍——其实所有人都已经很久没见过他了，那份DNA检验报告也着实是意料之外。但也许长相可以复制，气势却骗不了人。比对记忆中的那个雷厉风行的传奇人物，眼前挺拔冷峻的男人即使隔着数十米也不会有人认错，近看更是瞧不出什么端倪，不知道昼司为何如此笃定。

难道昼司早已知道自己的身世，此刻是在故弄玄虚？

"主人……"看着黑洞洞的一排枪口，夜愿不动声色地贴到他身边，被昼司反手一捞挡在身后。双方的对峙僵持不下，包围圈却越缩越小，身后的大门也被堵上了。

"放肆!"冯老拍桌站起来,朝神苍发难,"你们把这里当作什么地方!"

气氛紧绷到一触即发之时,离昼司最近的一个守卫忽然向前迈出半步,其他人还没反应过来发生了什么事,昼司已经飞快地侧身一闪,并伸手捏住他的枪口朝上一抬。幸亏如此,因为手指粗细的激光瞬间经由墙壁贯穿舱顶,切割出一条火花四溅的裂缝。

场内霎时间尖叫四起,数位家主被随身侍从扑倒在桌下,椅子翻了一地,场面万分混乱。昼司一脚踹在那守卫肚子上,并夺过激光枪丢给夜愿,自己快速抓过多恩挡在胸前,掏出左轮手枪对准他的太阳穴。

"住手!"罗特尖叫道。

神苍勃然大怒:"你在干什么!放开你弟弟!"

昼司笑了一下:"我弟弟?"然后他稍错了错位置,贴在多恩耳后悄声说,"多恩,配合我。"

多恩身体僵硬了一下,但没有多说,也没有反抗。

神苍怒道:"不要犯蠢了!交出钥匙来!"

昼司回嘴道:"不要犯蠢了,你做梦!"

数位家主正在自家侍从的掩护下仓皇出逃,生怕又遇上走火,昼司架着多恩,背后是夜愿端着枪替他开路——他面上沉着,但其实手心冒汗、心跳如雷鼓,三人缓慢退出大门。

大厅里的情况更加混乱,数名荷枪实弹的侍卫将枪口对准多恩,罗特大声呵斥道:"谁都不要开枪!"

昼司勒着多恩的脖子,带着他缓缓后退,一路顺着铁梯下行,来到飞行船降落的底舱连接板——当然了,此时这里只有一个巨大空旷的停机坪和无数武装到牙齿的守卫——他们手中的不再是杀伤力巨大的激光枪,而是电网和麻醉枪,这很明显是一场有预谋的抓捕。

"你别做梦了,你想跑到哪儿去?"神苍走下楼梯,"你自己最清楚,虚摩提的每一寸土地都有李奥尼斯的眼睛。"

昼司眼看已经要退到悬崖边，面前一百八十度都是枪口，背后是万丈深渊，但仍扬着下巴转移他的注意力："那可不一定，你多少年没有管过家里的事了？说不定一切早变了。"

就在此时，夜愿忽然大叫一声："安息！快走！"

神苍和曼德都愣了一下，左右四顾，不明白这是什么意思。而在他们所站的平台脚下，正巧停放着待机的飞行器。安息本来在晒日光灯，闻言原地蹦起，而原本正百无聊赖鼓捣船里各种设备的米奥迅速蹿来，一把将候命的飞行员推了下去，安息瞬间坐到了驾驶舱。

十秒之后，飞行船直升起来，出现在昼司和夜愿的身后，舱门打开，里面站着一个端着立式机关枪的米奥。

夜愿第一次见他露出笑容，他按住蓄力按钮，勾起嘴角道："这玩意儿还从没用过，好像很带劲。"

安息大喊道："低头！"

于是昼司一把按着多恩的头，三人瞬间趴伏在地上，他们面前三米处的地板顷刻间被炸烂成无数残片，机关枪震耳欲聋的声音完全盖过了人声，不停歇的子弹来来回回疯狂扫射，弹壳喷射出来掉了一地。

前排侍从手臂和小腿悉数中弹，惨叫着倒下了，其中一名飞扑着推开曼德，惨被击毙。神苍狼狈地后退，他刚躲进一面墙壁背后，脸边的铁皮就被"突突"地击出一排尖锐的凹槽，门框的木质包边被尽数炸裂，碎片满天乱飞。

猛烈炮火逼退了包围圈，昼司对夜愿说："上！"

夜愿伸出手，米奥一把拉住他把他抓了上来，然后是多恩，最后是昼司。

他打开飞船的扬声器，低沉的声音冲破枪林弹雨："打开飞行通道！"

"不要再抵抗了！你们跑不远的！"曼德自隔板后面喊道。

昼司的声音再次传出："那我就把他丢下去了。"

飞船开了一扇窗，多恩的头被按着伸出，一头蓬松的红发在风中飘扬。

数十秒的沉寂之后，新世界号腹部的巨齿缓缓张开，日光从缝隙中透进来，安息摸索着找到推进键，飞船引擎陡然升温，而后原地消失，只留下一道红光。

很快,数十艘追击舰也从新世界号的底舱鱼贯而出,尾随其后拼命追击。

飞船冲出外海后,船内的几人终于松了一口气,多恩被昼司抓着领子拎起来站好,神情复杂。

"我……我不知道会这样,我不是故意不告诉你的,"他艰难地说,"其实我之前都没有真的相信过,我也不知道……"

昼司不耐烦地挥手打断了他,说:"抬手。"

多恩抬起胳膊,昼司给他穿上降落伞背心,问:"知道怎么用吗?"

多恩意识到对方并不是真的要带自己去哪儿,单纯只是为了利用他逃离新世界号罢了,连忙说:"等等,你可以相信我,真的!"

"不是这个问题,"昼司说,"你不能跟着我。"

"为什么?"多恩一路都无比配合,此刻却爆炸了,"我是你弟弟,为什么他能跟着你,我就不能!"

昼司平静地看着他:"你也被做了DNA测试吗?你是我弟弟吗?"

多恩愣住了,但昼司接着说:"这现在并不重要,多恩,多动脑子,理性思考,不要轻易相信任何人,包括你母亲,包括我。"

昼司抓着多恩胳膊把他带到狂风呼啸的舱门边,多恩揪住他的衣袖:"哥!别这样!"

昼司看了他一眼,最后说:"从现在起,你要开始相信你自己。"随即将他一把推了出去,追击的航空艇堪堪收住炮火,分散了一小支去营救多恩。

人质被释放之后,追击舰艇毫无顾忌地开火了。

安息大声喊道:"抓好!"随即带着航空艇猛然加速之后一个急转弯。

昼司后脑勺撞在架子上:"你开稳点!"

安息咧嘴回头笑道:"第一次开,还不熟练。"

昼司连忙又喊:"看前面!"

米奥打出一梭子弹,"啪啪"一排钉在两艘由左路逼近的追击舰侧面并点燃了油箱，烟雾熊熊燃起，夜愿这时候才认清方向，说：“安息！开反了！这个方向是外海！”

"不早说！"米奥在开枪的间歇说，"他是路痴！"

安息原地一个巨大的回转，差点把米奥甩出船舱，然后朝着来时的方向笔直冲过去了。

"你疯了！"昼司瞧着前方整排追击舰，和一艘挡在面前的硕大"新世界号"，难以置信地吼道。

安息不为所动，他大吼一声："抓紧！"

米奥一瞬间都没有犹豫，直接滚了半圈摔进座椅里，并飞速地系上了安全带。夜愿和昼司见状连忙也手脚并用地爬到就近的架子边——这里本来是捆绑行李的地方，并死死抓着束带。

几乎是同时，安息一个倒挂，整艘航空艇翻了个底朝天，所有不固定的东西全部砸在众人脸边。

下一刻，飞艇开始垂直下落，失重的感觉叫人头皮发麻、膝盖发软，安息尖叫起来："哇啊啊——"

本来已经逼到面前的追击艇失手开火击中了身后追来的另外一艘——对方迎面中弹，下意识地想要避让，却又撞上了左前方来的第三艘，爆炸声不绝于耳。

下坠了数秒过后，飞行艇引擎再次亮起一圈红光，继而喷出亮蓝色的火焰，安息一边费力地翻转飞行器，一边再次提速前进——天花板上的东西又砸在众人脚边，米奥差点吐出来，直想飞到安息身边去揍他。飞船直接钻到了新世界号的底下，并"咻"地消失了。

数艘躲闪不及的飞行艇先后追尾新世界号，一时间浓烟四起，船上一片混乱，甚至把几艘还来不及离港的航空艇直接逼停在了跑道上。

"哦呼！"米奥起了声哄，解开安全带指挥道，"弹药！"

夜愿茫然地看了看他指的方向——自己，但昼司已经先一步反应过来，他松开勒在腰间的束带，蹲下身打开舱壁的储物门，拉出一个巨大的银灰色铁皮箱。他飞快地辨认了一下上面的标识，随即手臂紧绷、腰部用力，猛力一推，将它送滑到了米奥旁边，并被对方一脚踩住。

夜愿也醒过神来，冲上去打开箱子，抱住里面沉重的弹链，送到米奥的机枪边。

这边的昱司已经找到了新的玩具——一柄军绿色的手持型火箭炮，和整整一箱八枚推进榴弹。

安息从后视镜看见后嚷嚷道："我也想玩！"

米奥和昱司同时吼回去："好好开船！"

远方新世界号的顶端和侧面又有不少歼击艇绕出来了，并全速朝他们推进，夜愿此刻忽然想到另外一码事——他跌跌撞撞地爬进副驾驶座，把操作板上面的主控盘拉下来查看了一番，又试图强行重置了两次，问："安息，你会拆这个吗？"

安息分神看了他一眼："工具箱？"

夜愿说："你等着！"

他又爬出副驾驶，冲到舱尾的库房里找出机组维修的临时工具箱，抱着回到前头说："把仪表盘里面的定位装置拆掉，你拆掉壳子后我告诉你是哪一个。"

"好的。"安息松开手柄，手动驾驶的飞船瞬间踉跄着朝一边偏去，夜愿一把握紧方向盘，说："我来开，换位置。"

他一条腿伸进安息膝盖中间的座位前，另一只手越过他脑袋撑着飞行椅背，安息偏过头往外让，并试图把腿拔出来。好在两人都身材消瘦，不算太困难地完成了交接。

安息观察了一下看似严丝合缝的仪表盘，低头打开工具箱，迅速挑出两个工具，左右手同时开始动作。不出多时，他便两手撑着头顶的磨砂黑色金属盖子微微用力，将它错了下来。

夜愿一边观察着雷达上显示出来背后敌人的位置，一边小心避让着不要被跟踪导弹锁定，同时指导道："你有没有看到一个瓶盖大小、圆形并且闪绿光的东西？"

安息找了片刻说："有的，是不是这个？"他揪住那个仪器朝下猛力一拽，电流噼啪炸了一圈，随后熄灭在断掉的金属电线尾端。

夜愿："……"

安息疑惑道："不是这个吗？"

夜愿："不，你做得很好。"

安息"哦"了一声，扬手把追踪器丢出窗外，又问："那要我来继续开船吗？"

不料船内所有人都惊慌失措道："不要了吧！"

安息正要不高兴，米奥先一步说："安息，狙击枪。"

安息环顾了一圈，眼神锁定在一个美丽修长的家伙上。他轻盈地跃过满地的破烂和空弹壳，冲到船尾仓库，拿下挂在柜子里的狙击枪。

米奥接着说："找好位置。"

安息四下看了看，把茶几翻成侧面卡在大开的舱门口，端着枪趴好了。

夜愿说："雷达显示只剩七艘，其余都被甩掉了，摆脱这七艘之后我们就可以绕行去虚摩提。"

米奥说："两位听见了？"

安息开心道："听见了！"

昼司也莫名笑了下："知道了。"

话音刚落，不小的爆炸声自耳边响起，一枚榴弹呼啸着脱膛飞出，昼司跪在地上被后坐力反弹地退了十公分，其余两人目光都不自觉地追着那枚红尾榴弹，直到它击中其中一艘歼击舰的左翼涡轮。下一刻，那艘飞船整个失去平衡，打着圈儿地像风筝一般拖着燃烧的尾巴直直下坠，两颗降落伞从舱顶弹出来，摇摇摆摆地漂浮在海面之上。

"哟。"米奥哼了一声，昼司已经低头去换下一枚榴弹了。

安息手中的狙击枪有效射程为 1800 到 2200 米，并配有 16 倍瞄准镜，比他以前用过的任何武器射程都远，他从瞄准镜里望出去，调整呼吸间想到自己已经很久没有开过枪了。

他轻轻地呼出一口气，扣下扳机——两公里开外的一艘追击艇正面前挡玻璃上穿透了一个小孔，同时飞行员的左肩绽开一朵血花。

安息惊喜地"哇啊"起来，米奥伸出一只手捞道："过来。"揉了揉他的脑袋。

安息兴致勃勃地趴回到狙击枪后面，昼司看在眼里——这两人果然都是如假包换的废土人，他从没见过有人在生死存亡的边缘如此游刃有余，又如此举重若轻。

几人一路还击一路全速前进，越来越多的追击舰坠入海中，而天空之城的巨大阴影已经出现在了视野里。

"甩掉六艘了！"夜愿说，一边调整着前进方向避开磁力干扰严重的几个引力作用点。米奥视力最好，他忽然出声："先别高兴得太早。"

最后一艘全速追击的舰艇已经打开了侧舱门，里面赫然推出了一台跟踪导弹发射器，昼司不可置信地道："不可能！这人疯了！不活捉我的话还有什么意义？"

"估计您的命也没有您想象的那么值钱。"米奥叹了口气道，"我早知道'会议'不是什么好东西，没想到居然这么激烈。"

昼司没心情和他斗嘴，因为他遥遥看见飞行操作板上全部亮成了红色——他们被锁定了！

下一秒，两枚追踪导弹脱离发射筒，以极快的速度朝他们逼近。

夜愿把马力开到最大，压低船头直朝着海面下坠，堪堪避开了第一枚追击弹，却又被第二枚追踪弹抄了近道。

天空中爆发出猩红的火花，飞船整条左翼都被轰飞，引擎爆炸着脱离了机体，船舱内所有人都被弹飞，又重重摔回地面。

整个舱内灯光全部亮成红色，警报器尖叫起来，夜愿咬紧牙关，仍没有放开方向盘，努力在单边引擎的推进下持续靠近虚摩提。

与此同时，米奥也爬了起来，捡起滚落一边的狙击榴弹，稳稳托在肩膀上，并快速瞄准并发射了出去。

最后一艘歼击舰被击穿腹部，于半空中炸裂成燃烧的碎片散落海面。

"快没有燃料了！"夜愿大吼道，"油箱漏了！"

昼司攀着椅背凑到窗边："高度太低了，根本没可能在虚摩提上着陆!"

虚摩提大陆的地平线已经渐渐消失在头顶,他们直朝着榕树大陆的根系一头栽了下去。机体大幅损坏之下,夜愿手中的方向盘也被锁死了,飞船眼看着就要撞上其中一扇巨大的生活废水瀑布。不需多说,几人都已牢牢抓紧了身边的固定物。

下一刻,飞船仅存的侧翼也被飞溅的水流拍飞,整艘船体头尾毫不受控地飞速旋转,最终一头栽进了空中大陆底部的钢铁森林,唯一完好的尾翼也被输油管道打着旋儿挂飞。

除了驾驶舱上的夜愿之外,另外三人都被甩飞到天花板上又跌落下来,安息险些摔出了舱门,及时被米奥一把抓住胳膊带了回来。

"乒乒乒乒"数声金属刮擦碰撞的巨响之后,飞船仅剩的部件——船舱被夹在了一条废弃天然气管道和支架的中间,摇摇欲坠地挂靠在上面。

一阵风吹过,舱体又朝右偏移下滑了两米,在众人的惊叫中好险稳稳地卡住了。

舱内一时间安静极了,四人似乎都还无法相信发生了什么。

夜愿第一个解开安全带——他刚站起身就腿软地跪在地上,但还是急匆匆地冲到昼司身边扶着他胳膊问:"主人,你哪里受伤了?哪里疼?"

"没受伤。"昼司被他扶着站起身来,走到已经丢掉舱门的船舱边朝外看去——数千条林立的钢铁藤蔓纵立在面前,由无数起伏蔓延的扶梯和帐篷连接在一起,并挂靠着无数千奇百怪的小型飞行器,形成了一道几乎是奇幻的景象。这是虚摩提大陆的脚下——传说中只有输能管和工业废料的地方。他曾经想象这里是暗淡无光并阴郁压抑的,然而数百公里灯光照亮的这座千城之城,赫然是一个美丽新世界。

几人灰头土脸地从坠毁的机舱中爬出,磕碰得浑身青紫——除了米奥,他好似完全没有遭受任何影响,宛如刚从什么武器超级市场购物完毕,浑身上下挂满了从仓库里搜刮出来的枪械弹药,当他试图将那柄狙击榴弹筒也一并带上的时候,昼司终于忍不住开口了:"带不下的。"

安息无所谓地摆摆手，顺便从米奥腰间抽出一把格洛克手枪揣进自己兜里，说："带得下，你不用管他，他喜欢这些东西，都带着他开心。"

怎么看出开心的？昼司疑惑地瞅了眼给自己身上挂满几十公斤武器的人，脚下狂风呼啸，他们踩着的铁栏摇摇欲坠。

"我们先到一个安全的地方，"夜愿说，"这么大的动静，估计过一会儿警察就要来了。"

安息抬头问："警察是什么？"

昼司也抬起头，说："是那个。"

估计是附近巡逻的警察听到了飞船坠毁引起的骚动，便绕道过来看了看。两人都穿着漆黑的警员制服，肩膀和前胸后背都捆绑着黑色甲片，戴着几乎遮掉全脸的面具，腰间别着电击棒和枪。瞧见他们这群可疑人物后，其中一人喝道："站住别动！居民证拿出来！"

他俩手中握着扣环，一边跃过毗邻的数层钢板，一边将银环快速扣在铁管上保持平衡。很快，两名警员便来到了几人面前。

虽然看不见对方的眼睛，但面具后面的视线明显先是扭头看了一眼坠毁的船舱，又打量了一番眼前的四人。夜愿忽然意识到他们此刻的样子，活生生就是不知从哪儿弄了一艘飞船想要偷渡虚摩提的非法居民。

他赶紧回头看了看主人，赫然发现相较起来主人此刻显得尤为狼狈——他西装的袖子和膝盖都被刮破了，还渗出了不少血迹，颧骨也被磕青了一块，头发散落额前，透露出一种不同往日的气质。

"居民证拿出来。"那人又说了一次。

四人面面相觑，另名警员即刻掏出了电击棒打开，电棒尾端闪烁着细小的蓝白色光流，发出不祥的"噼啪"声响。

他戴着黑皮手套的手指扶着面具的连接处向上推了一下，露出阴鸷冷漠的眼睛，他多看了一眼夜愿，以陈述的语气问："从上面逃下来的？"

昼司开口回答："不，我们只是飞船出了事故，请问你知道怎么回到上层吗？"

男人忽然冲旁边的人大笑起来——至少声音听上去是在笑："回到上

面去？你听见了吗？他问怎么回到上面去。"

另个警员也掏出电击棒，语焉不详地说："从上面下来的人，我就没听说过还有成功'回去'过的。"

他用电击棒大力敲击手边的铁栏，发出吓人一跳的巨响，吼道："转过去！手放在栏杆上我能看见的地方！"

昼司皱着眉上前一步，试图解释道："听我说，你们不知道我是谁，我需要尽快回到虚摩提上，如果你帮现在帮助我……啊——！"

离他最近的警员不由分说地用电击棒前端捅在了他腹部，电袭的剧痛叫他大叫出声，痉挛地倒在地上。

"主人！"夜愿飞快地冲过去抓住他，以免他失去平衡摔下深渊。

"主人？"那警员听到这两个字疑惑了一下，又用一种毛骨悚然的眼神流连了一番夜愿金色的头发。

昼司竭力忍住剧痛，单腿跪起来，他抬眼直视那名警员的眼睛，收起礼貌表象的他整个人毫无保留地透出一股陌生的压迫感，透着一种某种与生俱来的、来自食物链上层的气势。警员二人狐疑地对看一眼，再次将焦点放在他破损的昂贵衣物上，似乎在盘算着什么。

"你说你是'上头'的人？"警员一号说，"你住在哪一个岛？"

昼司已经站了起来："我不住在岛上，我住在地心大厦。"

那两人再次爆发出了令人不悦的笑声："你要是住在地心大厦，我就是李奥尼斯！"

昼司瞳孔放大："你知道李奥尼斯？"

那人哼笑道："谁不知道李奥尼斯，怎么，你不会又要跟李奥尼斯攀什么关系吧？"

"我就是……"昼司话说到一半，米奥已经以极快的速度冲上去一脚踹飞了一个——所幸他那人腰间绑着环扣，飞出几米后被狠狠拉住，摔回来撞在脚下的柱子上，吊在了半空中。

几乎是同时，米奥又抓住另一个人的脑袋朝钢管上狠狠一撞，面具和金属的剧烈撞击把那人直接震晕了过去。

昼司吃惊道:"你干什么!"

米奥斜眼看他:"你有居民证?"

昼司说:"当然不,那是普通居民才会有的东西!"

"那不就行了,这样才能叫他少问问题。"米奥说,"你看不出来吗,不管你现在讲什么他们都不会相信,也不会合作,你越是显出有钱的样子,他们越是要想办法从你身上搜刮些便宜。"

夜愿也不可置信地道:"可他们是警员,是治安人员!"

米奥拍了拍手,又添置了一柄电棒作为新收获,说:"你们上面是什么样我不知道,但这两个……我很确定,比起警察来说,应该更像普通意义上的黑帮。"

安息再次发问:"警察到底是什么?"

依旧没有人理他,昼司又问:"那你把他们搁在这儿,怎么保证他们之后不会报复你,不会乱说话?"

米奥扬了扬眉毛:"哦?正有此意。"说着就要抓起晕掉的那个人丢进海里去,昼司头疼不已:"不是这个意思!"

脚下绳子彼端正拼命往回爬的人大叫道:"别!我们不会乱说!别杀我们!"

米奥如同举麻袋般地举着那人问:"你信吗?"

昼司连忙说:"不管我信不信,你也不能随手就杀人吧,而且他们还是警察!"

米奥只得烦躁地又将昏迷的警员随手扔下了,抱怨道:"你们怎么这么在乎杀不杀人的,废土上每天、每秒有无数人在死去,老人、小孩、女性渴死在沙漠里的时候,也不见你们分享上头的淡水和食物,怎么现在忽然在意起人命来了。"

昼司严肃地道:"你别偷换概念,而且这里不是废土。"

夜愿出声提醒道:"咱们得尽快离开这里,更多的人应该在来的路上。"

虚摩提巨岛投下的阴影中,显然还存在着一个这样的世界。万千运行或废弃的生命线上通空中之城的底部,下面扎根海底,作为框架,以头顶

181

的大陆为基石，整座城市以倒置的方向朝海面发展，并透过无数绵延起伏的连接板衔接在一起。无数小型飞行器挂靠在城市边缘，宛如支离破碎的风帆一般。外头每一步都是万丈深渊，但这里的人们显然已经习惯了。

米奥走在最前面，昼司殿后，全身肌肉紧绷地小心选择踩踏地点，生怕一步走错便万劫不复。他的随身通信器不知何时已经掉出船舱去了，此刻身上竟然连一支笔芯都没有。没有钱，没有飞行器，也没有任何一块落脚之地，这对他来说是前所未有的体验——李奥尼斯家的脚印遍布整块虚摩提大陆，他从未想过自己需要购置私人地产，也从未想过有一天会徒步走在下层的污水排管上。

小心规避着人声的方向，一个小时后，几人终于找到一个废弃的旧居民楼，楼里空空荡荡败絮一片，地板和墙壁上长着一些青色的苔藓，周围散落着流民遗留的垃圾，但没人嫌脏，都靠墙坐下了。

喘了口气后，昼司率先打破平静："虽然事情极大地脱离了控制，但既然我们现在同时身处这里，就只能接受眼前的状况，先正式认识一下吧。"

米奥没好气地道："有必要吗？"

安息说："你好，我叫安息，谢谢你之前请我们看电影。"

昼司问："你也是赏金猎人？"

安息睁大眼："你觉得我像？"

昼司对此其实没什么概念——虽然对方肌肉并不健壮，但确实也很熟悉各种武器的用法，反问道："不是吗？"

安息露出一丝害羞的表情，说："米奥，他觉得我像赏金猎人呢。"

米奥面无表情地道："那是因为他傻。"

昼司闻言倏地站起身，米奥也跟着站起来，安息和夜愿一人拉住一个，安息把米奥往回推："好了好了。"

米奥又问："这是哪里？"

夜愿解释说："虚摩提的正下方，规划初期这里单纯只是各类能源输送管道，建造时在周围架设的钢架之所以没有拆卸，一部分是方便事后维修，保护这些管道，也为了帮助支撑虚摩提大陆的平衡。"

"这里早期临时搭建了一些临时居民区,是方便建造维修的工人住宿的,比如这栋楼,估计原本就是工人的住所。后来这片区的管道老旧被废弃,工人们也就搬离了。"夜愿边想边说,"因为进入下层的门槛比虚摩提要低很多,又仍处于引力场的作用范围之内,很多海岸居民抑或者没有自己航空艇的人就选择了扩建这里。"

昼司感叹:"只是我没想到,这里已经变得这么繁华、规模这么大了。"

夜愿接着说:"再后来,这里又出现了新一类居民。"

昼司偏过头看他,显然他也不知道。

夜愿顿了顿,说:"是从虚摩提被赶出来又无处可去的人。"

"赶出来?"安息问。

夜愿点了点头,解释道:"年老无用的仆人,失去生育能力的女性,抑或只是无意间得罪主人家的侍从……"

安息理解地点点头,他记得夜愿曾经给他讲过自己的事——夜愿本来很有可能也会来到这里的,如果他运气够好的话。

昼司沉默了,不知是想到了什么。

米奥打断道:"现在的重点不是接下来要去哪儿,而是我们没有任何补给,食物就算了,人不喝水可是很快就会死。"

夜愿:"什么叫食物就算了……"

米奥说:"这里补给的市场应该并不难找,现在,所有人把身上的笔芯都拿出来。"

安息听话地站起身,全身上下的东西都掏出来丢到地上——全是他在日蚀号里东捡西捡的零碎,没有任何值钱的东西。昼司摸出了一只磨旧的打火机和半盒雪茄。夜愿情况最好,掏出了三十来支笔芯,是平时用于打赏侍从的零钱。

米奥也摸出兜里的东西:"我还有十一笔芯,不知道这里物价怎么样。"

夜愿摇了摇头:"这样不是办法,得尽快找到回去虚摩提的方法。"

"不是那么简单的事,"米奥指着头顶说,"你听见刚才那俩说的话了,你们没有任何能够证明自己身份的方法，只能被当成无数做白日梦想要上去的人之一。就算能证明，也不见得是好事，之前在追你们的人估计正满城搜索呢，躲在这说不定还更安全。"

夜愿想起来之前在"新世界号"上发生的事——那一纸蹊跷的DNA鉴定书，和曼德与神苍的忽然发难。

昼司显然也想到了同样的事情，他开口道："那不是我父亲……"

夜愿一下子心疼得不行，大着胆子想要过来安慰他，却被昼司一把推开："你听见我说的了吗？那个不是我父亲，那个不是神苍。"

"什么意思？"夜愿诧异地道，"那就是老爷啊，我之前在外海看到的也是他。"

昼司摇了摇头："你分不出来正常，毕竟你也没怎么见过他，其他人也是——我父亲在公共视野前消失了这么久，每个人都老了，他留在大家心中的只是一个模糊的印象。"

"但关键是，我父亲这里有一条疤，那是我小时候打翻东西他帮我挡了一下时弄伤的。因为那碎片上面当时有未干的化学漆料，所以伤口愈合得不是很平整。"他比画着手腕外侧的地方，"他刚才伸手过来抢我钥匙的时候，我看得很清楚，没有疤痕。"

夜愿也一下子静了："那到底是怎么回事，罗特去哪儿找了这么一个替身？不但身型样貌神似，连气场也能骗过十大家族的所有人？"

安息兴奋道："哦哦哦！我知道！"众人扭头看着他，安息说，"是人皮面具的故事！"

三人纷纷无视了他，又转回脸来。

安息："喂喂！"

"我知道是谁，"昼司说，"那是一个比我父亲消失得更久的人，久到竟然花费了我这么多时间才想起来——兰伯特·李奥尼斯，父亲的亲哥哥，我的亲叔叔。"

Chapter 14 金枪鱼罐头

由于头顶虚摩提的笼罩，整个下层只有边缘才能见到日照，而中心区域几乎是永夜的状态，这一点倒是和辐射避难站差不多。四人背对飞行器坠毁的外海方向，兵分两路朝城中进发，各带了一半笔芯，以天黑时回程为约，目的是探明路况并试图寻找食物和水源的补给处。

米奥和安息前脚离开，昼司和夜愿也出发朝西走了。

稍微离开荒废区一点后，路就变得好走了不少。显然越往中心使用频率越高，不用时刻担心手中扶着的栏杆已经锈毁，也不用害怕脚下的连接板因潮气腐坏，慢慢地，渐渐有人声传入他们耳朵。

前方先映入眼帘的是一些造型杂糅的建筑，好似一大堆风格、时期各异的建筑模块被硬生生地粘在了一起，上下错落地拥挤堆叠着。墙壁间连着粗大的管道、铁皮楼梯和滑梯，表面布满了红色的铁锈和青色的铜锈，没有屋檐——这里从不下雨，顶上的气管冒着烟。

走近一看，才发现这果然并不是一栋建筑，而是分别固定在不同的枝干框架上，但共享廊桥和连接板无数小房子。连接板和廊桥顶上挂着紫外线灯，底下晾晒着一些干物和不少看不出形状的衣料。

两人饶过侧边后，才发现这栋粘在一起的怪物建筑比他们想象中的规模还要大上许多——夜愿一边歪着脑袋一边朝旁走，试图弄清建筑的边界在哪里,却一眼望不到头。

那一刻,他忽然明白了——他们所在的地方才是边界,而自此开始,整层片区都是由这一座拼凑粘贴的建筑无尽蔓延、生长的结果。

整个虚摩提的岛下世界,一层就是一个整体。

昼司也震惊了,他睁大眼睛看了一会儿,忽然说:"我小时候看书,看到了一种蘑菇。"

夜愿一时没反应过来,下意识地"啊"了一声。

"是一种名为奥氏蜜环菌的巨型真菌,"昼司说,"在全面辐射前的北美洲的蓝岭上,有这么一个巨型真菌。当时的人们在山的各地采样了不少真菌,化验后才发现全部来自一个母体,而其年龄已经两千多岁了。但其实,它的孢子在不断更新替换,所以这个蘑菇的真正生长年龄其实近九千岁。"

夜愿张大嘴巴:"什么……"

昼司点头道:"它的菌丝网络占地将近一千公顷——整座山岭的菌类,其实都是一个蘑菇。"

夜愿半张着嘴,脑中浮现出一颗遮天蔽日的红色大蘑菇,老半天才点了点头,明白了:"就像这里,每间屋子都是这巨大真菌城市的一部分。"

"但真菌只有一个纬度,是平面的,最多能顺着树根生长。"昼司抬起头来,夜愿也跟着他一起向上看——真菌像藤蔓一样顺着无数钢架管道向上攀爬,密密麻麻、层层叠叠地覆盖在他们头顶,而建筑缝隙透出的天空,正是虚摩提大陆的基石。

"生命总能找到出处。"夜愿感叹道。

两人顺着菌丝网络般纵横铺设的小路向前走着,开始有除了居民主宅之外的小型便利店出现,夜愿惊讶地发现这里竟然有"香烟"卖,但凑近一看才发现只是一些原始的次等烟叶,是用来咀嚼的。

"主人……"夜愿小声凑到昼司身边问,"我们俩是不是看起来很怪,大家都看我们。"

昼司环顾一圈,少数人避开了视线,但大部分人仍不加掩饰地直视着他们,甚至还探究地上下打量。他低头看了看自己——虽然是脏乱了一点,也没什么太过奇特的地方。

"不知道,"昼司回答,"他们穿得才更奇怪吧。"

的确,以虚摩提的角度来看,这里简直毫无品位,乌烟瘴气。稍微热闹一点的片区便开始出现了颜色艳俗的霓虹灯,上面满是错字或各种语言拼贴的消息,告示板上一层覆盖着一层各类交易信息,内容应有尽有:收购转卖虚摩提走私货物,有偿的药物试验……不计其数。还有人把自己的技能信息做成应征广告附在告示板外围,旁边贴着详情十分模糊但看描述相当不妙的私人招聘启事。

"有食物,主人。"夜愿指着街边一溜牌子说,"好多家,我们记一下价格吧。"

昼司皱起眉:"记一下?不现在买,难道等会还要再过来?"

"万一安息他们也买了呢?钱不就不够了。"夜愿说,"而且,万一其他地方更便宜呢?"

昼司从未因为区区几十笔芯动过脑子,有些不耐——他有点饿了,说:"反正食物和水都是消耗品,多买点也无所谓吧。"

"可是万一还有别的需要,我们还要回虚摩提去呀,"注意到昼司的表情,夜愿松口道,"不如先买一点吃的垫肚子吧。"

两人于是就近来到其中一家店,头顶绿色字体红色边框的牌匾闪着几个落漆的大字——林堡第一百货超市。"第一百货超市"只有两排半空的货架和一个橱窗,头顶悬着一盏电压不稳的节能灯。

昼司看见橱窗里摆着的一排压缩干粮就喉咙发干,指着店主背后架子上的金枪鱼罐头问:"这个多少钱?"

对方坐在原地不动,甚至没有回头去看他指的是什么,眼珠上下打量了他一圈,说:"十二笔芯。"

昼司皱了皱眉——虽然不算什么钱,但他们手上一共只有二十来支笔芯,他没有回应,扭头想要去看看下一家。

他刚转身,对方就说:"十笔芯。"

这下他断定店家是在坐地起价了，果断头也不回地朝前走，不料连续问了几家都是同个状况——这里的卖家似乎完全看人下菜，甚至还喊出了一小块黑面包五十笔芯的荒谬价格，完全无法找出一个物价的基点。

昼司有些挫败地靠在墙边——这还是他人生第一次体会没钱的感觉，十分憋屈，他烦躁地摸出雪茄夹在手中，发现甚至连剪雪茄的刀都没有。

这时，夜愿注意到角落里传来一道视线，他刚一扭头，那人就飞快地从墙后消失了。

夜愿狐疑地转回头来，不出多时，那道视线果然又爬上了他的背脊。夜愿不动声色地稍稍移动了一下站的位置，通过旁边一块铝板的反光看过去，和一个瘦弱的小男孩对上了眼。

那小孩儿吓了一跳，下意识"咻"地再次消失了，隔了几秒才重新探出头来。夜愿冲他笑了笑，对方似乎没有料到他会笑，脏兮兮的小脸空白了一下，眼神乱飘了起来。

夜愿刻意不去看他后，对方才偷偷打量起夜愿的头发，好像很感兴趣的样子。

过了一会儿，墙根又出现了几个半大的孩子，看样子都和第一个男孩儿认识，里面最大的看起来不过也才十二三岁，遥遥围在不远处观察他们。

"这个能卖吗？"昼司把还剩半盒的雪茄翻转过来，"反正也抽不了。"

"可以问问。"夜愿回过神来，说，"那边又有一个烟叶店。"

两人一走动，一群小孩子也跟在后面，只是遥遥尾随着并不搭话，夜愿也就不再管他们。

昼司率先走到烟店前，问："你们收烟吗？"

那人抱着一个收音机，用沾满黑油的手指摆弄着信号转扭，收音机不断传出沙沙的噪音。他头也没抬，摆手道："不收，只卖。"

"这个也不收？"昼司抽出一支雪茄摆在柜上，用指节敲了敲台面。

那人不耐烦地转头看了一眼，瞥见昼司的脸后挑起半边眉毛，又更加狐疑地看了看他身后的夜愿，终于把目光落在眼前的雪茄烟上，吃惊地瞳孔放大，即刻丢下手里的收音机，小心翼翼地捏住雪茄烟的中段拿了起来。

这下就算他不收，自己也不会抽这支烟了，昼司看着他指甲里的黑垢想。

烟店老板明显来了兴趣，问："这是从来弄来的？"

"这你别管，报个数吧，不合适我就去下家了。"昼司说。

夜愿在心里暗暗惊讶，短短的数分钟里，主人已经学会了这里讨价还价的一套，并且意识到在自己不了解物价的情况下还是等对方先开口比较保险。那人手指在烟管上滚了一圈，露出黑黄的牙齿，说："五支笔芯。"

昼司摊开手说："还我。"

对方立刻说："等等，你还有多的吗？"

昼司冷漠地看着他，反问："关你什么事？"

烟店老板哼笑了一声，说："看你的样子就知道你不是这里人，要是你有稳定的货源，愿意长期合作，叫我出七笔芯一支……也不是不可以。"

昼司露出了几乎算是轻蔑的笑容，只有短短的一瞬。夜愿注意到，每次牌桌上的上家畏首畏尾不敢下注的时候，他就会短暂地露出这个表情。后来夜愿才意识到，这其实也是演技的一环——这笑容和他手里的牌好坏无关。

"还我。"昼司又说了一次。

店家有点恼了："又怎么了？"

昼司从他手中抽走烟，用食指和拇指举着："我没法和不识货的人做生意。"

烟店老板看了他一会儿，妥协道："好吧好吧，你说多少一支？"

"你知道虚摩提上的人会花多少钱买吗？"昼司问。

对方扁着嘴耸了耸肩。

"五十笔芯。"昼司说："一盒二十支，一共一千，而且还是有固定合作的烟叶供应商的情况下。如果像这样单卖散烟，一支一百是常有的事。"

对方下意识地大声嗤笑出来，但昼司仍然满脸严肃——对方渐渐收起了笑容，并吃惊地睁大了眼。

昼司接着说："当然了，我现在没有这么多支，但你可以花三十笔芯

189

买一支试试，要是之后遇到识货的人，你大可以翻倍卖给他，到那个时候，你再问我说今后怎么做生意。"

对方明显动心了，不多时，他掏出一把笔芯，数了数说："两打，二十四支，不能再多了。"

昼司没再说什么，接过笔芯后放下了雪茄，并嫌脏地偷偷蹭了蹭手指头，一点头说："祝你生意兴隆，回头见。"

走出两步后，夜愿蹭到昼司身边小声说："主人好厉害！"

昼司无奈地叹了口气："没有为这么点钱费这么大劲过。"他摸出其中一打笔芯，说，"拿多出来的这些买吃的，这下你总该没有意见了吧？"

夜愿笑了笑，忽然觉得和主人一起沦落困境的场景似乎并不叫他讨厌——他们就像一对普通人一样，为了食物和水发愁，为了几根笔芯斤斤计较。

两人又回到了之前的"林堡第一百货超市"，奢侈地买下了两瓶净水，一罐金枪鱼和一大袋黑面包。夜愿正等着拎东西，衣角忽然被拽了拽。

他低头一看，先前遥遥跟着他的那个小孩儿竟然出现在了脚边——凑近一看，夜愿忽然发现他手上扎着一个粉丝的皮筋，再看他鼻子小小的，眼睛却又大又圆，骨骼轮廓柔和，赫然是一个小女孩儿。只是他头发太短，身上又脏，导致夜愿之前完全没看出来。

"你找我？"夜愿问。

那小女孩儿只是拽着他的衣角，仓皇地左右看，却紧抿着嘴唇不说话。

"怎么了？"夜愿微微弯下腰，此时超市店主看见了，立马喝道："滚开！滚一边儿去！"

那小女孩被吼得吓了一跳，顷刻撒开手转身跑了。

夜愿错愕极了，回头质问道："你这是干吗？"

店家不以为意道："这些野孩子讨厌得很，每天就知道要钱。"

夜愿摸了摸身上——忽然想起所有笔芯都在主人身上，不悦地说："她也没有找我要钱。"

店家说："那就是要偷东西，跟这些小东西走太近会被弄上传染病。"

夜愿十分不喜欢店家说话的口气，但为了不惹麻烦，还是强忍着没再回嘴。他忽然也体会到了这种迟来的落差感——在虚摩提上的他固然是服务于人的侍从，但也仅限于神坛顶点的李奥尼斯家族之内，就连他都已经很多年没感受到这种愤怒、鄙夷又不甘的情感了，不知道主人更是做何感想。

昼司丢过来一大袋相当沉的黑面包在他怀里，说："走了。"夜愿才回过神来。

两人沿来时的方向回程，走不出两步就听见不知是谁的肚子在叫，夜愿问："主人，要不要先吃点面包？"

昼司嫌弃地张开修长的手指，说："没洗手。"

夜愿哭笑不得，示意怀里的两瓶说："这就是唯一的净水了。"

他抬头张望了一下，说，"那边好像有个非饮用水站，您在这坐着等一下，我去看看。"

昼司勉为其难地坐在了一个门户紧闭屋子前的台阶上——他的鞋轮造型无懈可击，但却不适合长途走路，此时小腿和脚趾已经很痛了。他看着夜愿消失在拐角，百无聊赖地拿起金枪鱼罐头研究上面的包装。

"纯天然，无污染，无变异，无寄生虫"，上面有这样几个大字。

他放下罐头，又转头研究起了面包——又硬又沉，昼司怀疑它其实并不太新鲜。

算了，现在也没什么好挑的，昼司想。

他等了一会儿，又等了一会儿，夜愿却一直没有回来。

夜愿顺着十分简陋的告示牌拐过两条巷子，来到一个被建筑包围的小平台上。广场中央伸着一根自来水龙头，底下摆着一口大缸，周围被铁栏围着，后头接着一条高压水箱。夜愿观察了一下，好像是某家人的后院正巧有虚摩提的输水管穿过，于是他们在上面接了一条作弊的副管偷引出淡水，并安装了一个压力泵，免得水管内的水高压喷出。

栏杆外挂着的牌子上写着：每公斤水六笔芯。

夜愿心算了一下，根据刚才问价的情况来看，既然是非饮用淡水，对比价钱来看似乎并不便宜，而且他也并不需要一公斤这么多水。

"你想买水？"旁边忽然有人说话。

夜愿吓了一跳，吃惊地转过头去——他完全没有听到脚步声。只见一个十二三岁模样的男孩靠墙站着，夜愿认出他是之前跟了自己一段路的孩子之一。

"这里贵，都是坑外来人的。"那男孩儿说。

夜愿"哦"了一声，问："那你是本地人？你怎么看出我是外来人的？"

男孩儿笑了一下："当然，我们这没有你这样的人。"

夜愿没有追究"这样"是哪样，想了想，问："你知道哪里有便宜的水？我只要一点就好。"

男孩儿点了点头："我带你去，只要一笔芯。"说罢就转身朝前走了。

夜愿瞧着他消瘦的背影犹豫了一下，还是选择跟了上去，边走边问："在哪儿？"

男孩儿说："前面不远，看见那个灰色的圆房子没？"他手遥遥指着左前方，"就在那背后。"

夜愿在后头跟着，不自禁打量了一下男孩——他的胳膊和腿都细极了，但却能在这上下错落的建筑群间高矮起伏的连接板上如履平地，他在管道和楼梯间钻来跳去，走得非常平稳轻松。

夜愿得要加快脚步才能跟上他，又问道："你叫什么名字？"

男孩儿说："天狗，你呢？"

"天狗？怎么会有人叫这个名字。"夜愿略有一些诧异，随即意识到自己似乎有点没礼貌。

天狗似乎不以为意，反问道："怎么了，不好吗？听说是什么传说中的大妖怪。"

"哦。"夜愿不吭声了，心里想着自己是不是走掉时间太长了一点，主人还在等他。

夜愿忍不住又问了一次："你说的地方到底在哪儿？已经走了这么

久了。"

"快了。"天狗轻松一跃,跳过两块衔接板的缝隙,消失在了灰色的房子背后。

夜愿连忙也快步跟上,一拐弯,却赫然发现天狗竟然凭空不见了。

"什么……天狗?"夜愿茫然地回头,只见天狗站在拐弯处的阴影死角里,手中抡着一柄铁锹,直朝着他后脑勺而来。

千钧一发之际,夜愿下意识侧身弯腰并抬起胳膊——铁锹重重地砸在他小臂上,缓了两秒钟,剧痛才传到他脑子里。

"啊!"夜愿惨叫出声,重重地摔在地上——他心里知道应该要睁开眼避开对方的下一次攻击,但是巨大的疼痛短暂接管了他的理智,过载地刺激着他的神经。

夜愿抱着手臂跪在地上,左手悄悄伸到衣服下面去摸电击棒,被天狗眼尖地看见,一脚踹过来给他踢飞了。

夜愿满头是汗,他粗喘地抬起眼来,看见了天狗居高临下的眼神——不符合年纪的沉着中透露着一丝冷酷,夜愿忽然意识到对方真实年纪可能并没有那么小,也许只是因为营养不良看着年幼。又或许,在月影的暗面,以年纪判断一个人的好恶本身就是毫无意义的。对方力气出奇地大,冲上来扭住他的胳膊试图把他按倒在地,同时,一群小孩子也从各个角落冲了出来,联手制服了他。

"别弄坏头发和脸,"天狗说,"这可是稀有的金发!"

所以他们才跟着他!夜愿终于明白了,他连忙说:"等等!你们要什么,我身上只有这些钱,都给你们。"

天狗蹲下身来,抓着他的头发逼他抬起头来仔细观察了下,自言自语地评价:"应该能卖个不错的价钱。"

夜愿眯起眼睛:"你听见我说的了吗?你想要钱吗?我可以给你,但我现在身上没有……"

天狗似乎对他说的丝毫不感兴趣,他已经站了起来,转身拾起了夜愿丢下的电击棒。

夜愿见状大力挣动起来，但手被反剪背后，身上还压了三四个小孩。不行！主人还在等他回去，夜愿脑子里嗡嗡的，嘴上大叫道："等等！等一下！"

闪着电光的电击棒已经凑到他的脸边，天狗命令道："抓好。"

忽然，脆生生的一声叫喊响起："天狗！"

天狗回头的同时夜愿也抬头看过去——是之前抓着他衣服的那个女孩儿！

天狗只看了她一眼，说："滚开！"

"对！女孩儿滚一边去！"其他男孩也跟着叫喊。

那女孩儿面上虽然害怕，但还是大着胆子向前走了两步，大声道："你们在干什么？别做梦了，驴驹是不会给你们钱的，他都是骗你们的！"

天狗恼怒地瞪了她一眼："你知道什么！再闹的话，就把你也抓起来！"

"你为什么要做这种事，"女孩儿冲上来抓住他的胳膊，"你可以和我一起去南边，那里有很多工作！"

"谁会雇用你！"天狗一把将她挥开，"你懂什么，你知道金发多稀有吗？一定会有人抢着买他的。"

其他的男孩们也对她失去了兴趣，叫骂道："没错，快滚！"

"不然我们要等着饿死吗！"其中一个还挥舞着拳头逼近了她。

女孩儿看了地上的夜愿一眼，咬了咬嘴唇，终于扭头跑掉了。

夜愿绝望地看着天狗手中再次逼近的电击棒，仍做着最后的努力："那人会给你多少钱，我出双倍。"

天狗"哦"了一声，伸出手来："那你给我吧。"

"我说过了，此时此刻我身上没钱，但回去了我就能拿给你。"夜愿心想——等回去找到米奥后还不把你们全部打飞。他面上诚恳地说："我住在靠近外海的方向，你也说了，我看起来就不是这里的人，我们飞行器出了点事故正在维修，所以才暂时来城里买点东西。你看，我有足够的笔芯，你们想要多少我都会付。"

其余几个小孩面面相觑，明显有些动摇了，天狗低头看着他，似乎在判断抉择。

"听起来好像还不错,"他蹲下身来,近距离和夜愿对视。

夜愿还来不及高兴,他又说:"可是,经验告诉我,不要相信任何不能马上变成钱的承诺。感谢你确认了我的猜测,你果然没有这里的居民证。要知道卖掉一个有身份的人确实会麻烦不少,这样正好。"

说罢,他将电击棒前端捅在了夜愿的脖子上。

他第一感觉是完全无法呼吸,像是被一个膨胀的沙袋挤压在中间,全身的肌肉都被压缩了。在难以控制的抽搐之下,夜愿的整半边身子全部麻痹,下一刻,四肢的重量和剧烈的疼痛才延迟地有了实感,爆发出尖锐的刺痛。

"别开太强,会留下伤。"一个男孩说。

更大的骚乱声响起,"你是谁?"夜愿听见另一个男孩叫起来。

夜愿双眼发黑,甚至没有意识到压在自己身上的重量轻了不少,随即晕了过去。

大约一分钟之后,他再度醒了过来,但视野仍十分模糊,好像蒙着一层雾。夜愿努力地睁开眼睛,试图撑起手臂站起来,但浑身肌肉都不听他的使唤。

"你敢开枪?"天旋地转之中,他听见了天狗的声音,"在这里开枪的话,打穿了管道,你会被警察直接送上电椅!"

"我会保证子弹先穿过你的骨头。"他听见一个熟悉的声音回答。

"主人!主人!"夜愿惊喜地叫喊起来,只是他无论如何努力,声音也冲不破他的喉咙——他好像一个被困在梦魇里始终醒不过来的人,无可奈何地奋力挣扎着。

"杀了我们你也跑不掉干系!"天狗答道,"不要开枪,我就把他还给你!"

"你们把他怎么了?"主人的声音听起来非常生气,音调比平时高一些,还带着明显的颤抖。

我从没听过主人这样的声音,夜愿在混沌中想,可惜我睁不开眼看看他。

"没怎么。"天狗不以为意地回答，但昼司显然非常愤怒，再次更大声地质问了一遍："我问你把他怎么了！"

他一字一顿地吼出这些字，向前迈了两步，并拉开枪的保险栓。

"只是电了一下而已！不会死的！"天狗连忙说，"而且这是警察配备的电击棒，你们是怎么拿到的？"

不知道主人做了什么，夜愿忽然听见天狗大叫道："你干什么！住手！你开枪的话会害死所有人的！"

夜愿又听见一阵混乱的叫喊，身边全是纷杂的脚步声，快站起来，快睁开眼！他对自己说。夜愿深吸一口气，努力清醒神志，随即又辨别出铁锹拖拉滑过地面的声音，和来自主人的一声闷哼。

对方虽然都是半大的孩子，但确实人太多了，昼司一脚蹬在其中一人的肩膀上，转瞬又被从身后抱住胳膊——左右手分别被不同的人制住，这些孩子显然不是第一次做这种事，早有默契。与此同时，天狗冲过来一拳砸在他手腕上，枪顿时脱手砸在地上，保险栓弹开，走火开出一枪。

突然的枪响叫几个孩子都惊叫出来，场面一时间凝滞了片刻——走火的子弹不巧擦过一个男孩的大腿上。男孩儿愣了片刻才痛呼出声，场面登时混乱升级。昼司趁机一脚跟踩在他身后其中一人的脚背上，然后趁他吃痛之际反手用胳膊肘朝后大力挥去，重重砸在他颧骨上，面部被重击的窒息感直接让他晕了过去。

左手挣脱钳制的昼司猛地回身，把费力抓着他右手的小孩揪着衣领挡在面前，威胁道："都给我别动！不然我会捏断他的脖子！"

他没有看见被抓住的小孩袖子里藏了一把小刀。

"啊！"昼司吃痛地丢下他，他后退两步，手臂上还扎着刀柄。尖锐的痛苦折磨着他的大脑，昼司下意识地快速拔出了刀，血液不断从手指缝中冒出。

这边的天狗见状迅速按开电击棒，朝他步步逼近："不要再挣扎了！"

忽然，他不动了，他身后的金发不知何时已经爬了起来，捡过昼司的左轮顶着他后脑勺，说："再走动半步，或者多说一个字，我就轰烂你的脑袋。"

天狗吸了口气，正要开口，夜愿重复道："一个字！只要你敢说一个字，我就杀了你。"

"夜愿……"昼司五官痛苦地皱在一起，"你没事？快过来。"

夜愿没有听话——他的半边身子依旧没有任何触觉，站立也全凭毅力，他朝那个扎了昼司一刀的孩子说："你，把手伸出来。"

那孩子惊恐地后退，拼命摇头。

"把手伸出来！"夜愿歇斯底里地大叫。

那孩子恐惧地流出眼泪，把手臂背在身后，还是不住摇头。天狗怒道："你要干什么？"

"你让他把手臂伸出来，"夜愿用枪口用力敲了敲他的太阳穴，肌肉痉挛，手指神经质地发着颤："不然我开枪！"

"你们是神经病！"天狗气急败坏地吼道，"你要杀了我？杀了我吧！杀了我们所有人，你们不就是这样吗！"

"我们？"主人手臂涌出的鲜血好像红色的绸缎，蒙住了他的双眼，"我们！"

夜愿失控地反问："我们什么时候主动伤害过你？"

他猛力推开天狗，枪口对准那个刺伤昼司手臂的孩子大步走过去，厉声道："手臂伸出来！"

那孩子尖叫了起来，高频地震颤着每个人的耳膜。

下一刻，他被拉入一个带着血腥气的怀抱，沾满鲜血的手臂环绕着他："够了够了，"昼司在他耳边说，"没事了。"

夜愿像是哮喘般不断短促地呼吸着，昼司一根一根地掰开他握着枪托的手，说："电击棒拿过来。"

天狗心有余悸地看了看他，还是关上了电击棒，掉转方向把柄递给他。

昼司接过电击棒后本想塞回到夜愿手中，但夜愿没有接，他哆嗦着把手按在昼司伤口的下方，试图给他止血。

昼司没有说话，缓缓抬起眼睛直视天狗，对方似乎有些吓着了，缓缓举起双手，示意自己什么也不会做。

昼司把电击棒收在自己腰后，受伤的那只手举着枪，完好的手臂环着夜愿肩膀，按着他的脑袋叫他在自己怀里转了一个方向面对自己。

"滚。"昼司说。

天狗皱着眉看了他一眼，又环视了一圈自己的伙伴——一个被子弹擦伤了大腿，一个被击晕在地，一个被踢中腹部而痛苦地呻吟，还有一个完全吓掉了魂。他没有再多说什么，做了个手势，示意他们带上那个晕倒的人，自小巷深处消失了。

昼司脱力地叹了一口气，手臂垂在身边，脱力地靠着墙坐下了，他这才发现夜愿哭了——夜愿一边哭，一边试图从自己的衣服上撕下一块布条来，但无奈双手颤抖使不上劲，怎么也撕不开。

"我来。"昼司没受伤的左手和夜愿合力，终于拽掉一截布条，缠绕在他手臂伤口的下面——布料很快被浸出一层粉色，但血渐渐止住了。

他这才注意到夜愿的右手也受伤了——被铁锹重击的地方高高肿起，透着骇人的乌青，还泛着不少血丝，他紧张起来，连忙问："疼不疼？有没有骨折？"

夜愿摇了摇头，更多的眼泪掉下来，在满是尘土的脸上划过数条水痕。

昼司看他的样子，忽然不合时宜地觉得有些怀念，于是摸了摸他的头发哄道："好久没见你哭过了，是不是很疼？"

"不疼。"夜愿终于开口说话了，带着浓浓的鼻音，尾音委屈极了，"主人受伤了。"

"好了好了。"昼司看着他，"没事就好。"

他浑身脏污，鼻青脸肿，手臂扎了一个血洞，还满身是血。他觉得自己此生都没有这么狼狈过，却又带着一丝劫后余生的庆幸和喜悦。天知道当他去找夜愿找不到、迎面撞上那个边跑边大叫着"快去救他"的女孩时，他的心跳都要停止了。

"吓死我了。"昼司说。

夜愿把满是泪痕的脸埋在他肩膀上，无声地哭泣着。

两人歇了一会儿后重新爬起来往回走——现在已经早过了约定返程的天黑时间，不知道米奥和安息怎么样了。两人回到之前接自来水的广场上时，惊讶地发现那个小女孩还在。

她坐在被昼司丢下的面包和水旁边守着，见他俩来了后急忙站起来："你们没事！"

昼司苦笑了一下："这叫没事？"

"你们还活着，太好了。"女孩儿真心实意地感叹道，"我怕你们的东西被捡走，一直在这里等。"

"谢谢，"昼司说，他拿过那个金枪鱼罐头递给她说，"这个送你。"

女孩儿双手接过罐头，小声说："谢谢。"

她欲言又止，想了想还是说："你们别来这里了，很危险，尤其是晚上会更加危险。"

被一个只有自己一半身高的小女孩儿告诫危险，但昼司对此警示的严重程度毫无怀疑，他点了点头，牵起夜愿的手，一步一步缓缓走回来时的方向。

人声渐渐消失在身后，周围的景色再次荒凉了起来——天色黑了，脚下的路很难看清，夜愿半身被电击后的麻痹感渐渐退去，疼痛和疲惫又回到了身体里。

他用手背蹭了蹭脸，用力地回握住主人的手。

昼司微微侧过头来，问："怎么了，疼？"

夜愿摇了摇头，他只是忽然明白了一些事。

他原本以为，自己贪心不足，想要拥有主人的友谊，既可笑又痴心妄想。毕竟连主人自己都不能完全地拥有——他身上嵌套了太多重的身份，每一份责任都瓜分掉了一部分的他，剩下可以自由支配的部分微乎其微。

就好像小时候那个只有在午休后才能偷空躲在图书馆里拥有一点自己时间的主人——他并不完全属于自己，又怎么能完全被另外一个人拥有。

只是此时此刻夜愿才终于明白了，在这自由的缝隙中，对方确实是竭尽自己所存的一切，真心实意地想要保护他、对他好。

他保护自己不用流浪，他提供食物、衣服和住所给自己，他花了很多时间教会自己认字、礼仪、知识和技能。他还拼尽全力、抛洒鲜血、从电击棒下救出了自己，并不是因为施舍，而是因为这就是他能做的所有，这就是他抛弃姓氏之后仅剩的一切了。

主人也是看重自己的，夜愿忽然想。

这种情谊不管是不是自己希冀的那种，是不是和自己一样的都不重要了，它的存在是毋庸置疑的。

这就够了。

Chapter 15 科洛西姆

　　黑暗中的景色总是会发生一些微妙的变化，两人凭记忆朝来时的方向走了快半个小时，愈发觉得身边黑洞洞的每栋空房都无比相似。两人只短暂地休息了十分钟，吃了点干硬发酸的面包后，唯一的两瓶净水也喝得差不多了，昼司忽然耳尖地捕捉到了什么声音。

　　"你听见没？"昼司微微侧过头。

　　夜愿茫然地道："什么？"随即他也听见了。

　　"好像是那边。"夜愿伸长脖子张望道，"是不是有光亮？"

　　"来的时候好像没有路过那里，我们是不是走错了？"昼司皱着眉想了想，"可外海确实应该是这个方向没错。"

　　夜愿抿了抿嘴，还是再次把手送到昼司手心里牵着——自从刚才他不小心踩空差点摔下楼梯后，主人就一直拉着他，虽然身体已经十分疲惫，但夜愿心里抱着希望这条路能永远没有尽头的矛盾想法，紧紧地跟在他后面。

　　"过去看看。"昼司说。

　　顺着愈发响亮的欢呼吵闹声以及灯光，两人来到了人群密集的地方——空气中飘散着廉价化学酒精和油炸物的味道，一大群人围得层层叠叠，踮着脚朝人群中心看，不知在凑什么热闹。一侧有个三重铁栏杆围起的小房间,像个书报亭,外头站着两名抱着手臂的彪形大汉,里面坐着一个面无表情的年长女性。

"这是在干吗?"夜愿不得不大声吼道——周围人太吵了。

"不知道,好像有什么比赛,这里可以买彩头。"昼司也贴在他耳朵边大声回道,他指着铁亭子顶上的告示黑板,上面写着:

20:00 嗜血恶人 v.s. 灰色杀手

21:00 死亡飞车 v.s. 电锯

22:00 疯狂戴维 v.s. ?

亭子的铁皮上喷涂着乱七八糟的字符,其中最大最显眼的"NO REFUND"盖过了所有。"看上去好像是什么时间预告,以及双方对战人员的外号。"昼司说。

亭子前围了不少手握笔芯准备下注的人,人群中有两个熟悉的身影引起了夜愿的注意。

"安息!你们怎么在这里?"夜愿吃惊地叫道。

人声鼎沸中,米奥还是听见了他的声音,边回头边说:"你们也来了……"然后他又定住了——狐疑地打量了一番狼狈不堪、灰头土脸的两人,咋舌道:"怎么一会儿没见,你们就变成这样了?"

安息闻声也转过头来,瞧见昼司渗血的胳膊后,他黑色的眼睛瞪得溜圆:"你们俩怎么回事?你手怎么了?让我看看!"

夜愿和昼司对视一眼,简单交代了事情的前后。

安息对他们的遭遇极为同情,主动说:"这里有很多外伤药卖,等会儿给你处理一下。"

"你们俩就穿成这样去了?"米奥却仍旧觉得难以相信,无语道,"这不是明晃晃地说'来抢我'吗?"

"下次你可以早点说吗?"昼司对他已经没脾气了,疲惫地摆了摆手问,"你们原本在干吗?"

"看戏。"米奥说。

昼司往前凑了凑,他和米奥个子都高,稍努力一下就能看见场中间的情景——他这才发现原来他们是站的地方是一个竞技场般的看台顶端。整个场地大得超乎想象，宛如一个古罗马斗兽场的翻版，漏斗状的观众席利用了上下三层平台的管道和脚手架，此刻尚未完全坐满，但也已经载了近五百人，而看台中心的竞技场地则在数十米之下的沙场上。

"竟然建了这么大一个体育场，承重没问题吗？"昼司愕然地想，距离虽然有些远，但他还是隐约瞥见了空荡竞技场上被染成深浅不一的暗红色沙土，这里举办的是什么活动一目了然。

"我们找到一个快速赚钱的方式。"安息说。

"下注？"昼司问，"对战的都是些什么人？"

安息摇摇头："不认识。"

昼司不赞同："风险太大了吧，这种赌博基本全靠运气，而且很难说不会因为赔率而作假。"

米奥却摇了摇手指："不会有人故意输掉的。"

昼司看了他一眼，对方示意他往下看："在这里，输掉就是死亡。"

场地一边的栏杆已经升起来了，里面走出一个男人，不知道是预告中的"嗜血恶人"还是"灰色杀手"。他穿了很多层并不配套的甲胄，走得迟疑而缓慢，像是一个从平行宇宙调进来的路人。场边上下三层观众看见他后立即爆发出兴奋的吼声，他们用手中的水瓶猛烈敲击身边的钢管，巨大的响声震彻脚下的平台和每个人的耳膜。

昼司和夜愿手臂都有伤不好往前挤，但米奥一手一边，轻松便推开了一众人——虽然被推开的人并不太开心，但被米奥一瞪就不吭声了。四人挤到勉强能看见竞技场地的位置，刚巧对战方的铁栏杆也恰好收起。

突然，里头冲出了一头凶猛的犬类，定睛一看，竟然是一头变异灰狼！它脖子被铁链拽着，已经嵌入皮肉之下，但灰狼毫无知觉——场内数百鲜活人类的血液叫它发了疯，猩红的双眼满是杀意，后退拼命地向前蹬着，指甲深挖掀翻在砂石地里。

"'灰色杀手'是变异生物？"昼司简直不可置信，"怎么会有人把这么危险的东西带到虚摩提上！万一传染出去怎么办？被抓到一下就完了！"

米奥点了点头："所以我才说不可能有人打假比赛的，因为这里没有输赢，只有生死。"

"哐"的一声，身后的小亭子拉下了铁栏——下注结束了，"嗜血恶人"和"灰色杀手"的赔率出来了：1比39。

"你买的谁？"昼司问。

米奥说："灰狼。"

昼司皱眉道："就算赢了也不赚。"

米奥挑眉道："但是买另外一个稳赔，你看他。"

昼司又仔细看了看那个"嗜血恶人"，他肩膀和膝盖都朝内缩，并微微发着颤，手里捏着一个简陋的盾牌，和一把锋利程度很值得怀疑的剑。不知道他是怎么把自己搞到这番田地，但出现在变异狼对面绝非他的本意——他看起来害怕极了，并且明显没有太多相关的对战经验，想必"嗜血恶人"这种名号也是不知谁给他随便取的。

安息解释说："听说这人好像是因为欠了很多钱，打这个比赛一场至少一百笔芯呢，如果赢了又买自己赢的话，就发财啦！"

昼司听后感想却完全不同——这场赌上生命的战斗，竟然才是为了区区一百笔芯！

"各位观众朋友！"

一阵刺耳的电流声后，四面八方的扩音器传出震得人耳膜发颤的人声："欢迎来到林堡最受欢迎的饭后娱乐节目——科洛西姆斗兽场！"

观众兴奋的狂吼和水瓶敲砸钢管的声浪再度席卷而来，夜愿在舌尖回味"林堡"这个名字——Limbo，真实与地狱间的灰色边境，倒是很符合虚摩提脚下的这里。

"今天为大家开场的，是新人选手'嗜血恶人'，他选择的武器是钢化盾与剑，虽然传统，但是经典，让我们为他鼓掌！"

场内响起稀稀拉拉的敷衍掌声，"嗜血恶人"也完全没有抬头跟任何人打招呼，仍紧张地抓着兵器挡在身前，胸口一起一伏地喘着粗气。

"在那儿。"米奥抽空给安息指了指底层场边的一个角落，那里站着一个穿着夸张的勃艮第红西装、戴黑色礼帽的男人，他手里拿着扩音麦克风，想必就是这里的主持人。

"另外一边，站着我们上一届的冠军'灰色杀手'！"他话音刚落，场内就爆发出了比刚才热情非常多的欢呼和口哨。主持人接着说："在过去的几周里，'灰色杀手'为大家带来了很多精彩的赛事，甚至还在上期冠军赛中贡献了令人血脉偾张的三连胜！虽然它为此受伤惨重，但今天的表现仍值得我们期待！"

昼司眯着眼看过去——果然，灰狼头部、肩膀和四爪都冒着血色的骨肉，对于一个愈合能力超强的变异生物而言，这应该算是很重的伤。他冲米奥说："你看，灰狼有伤，不一定谁赢谁输。"

米奥不以为意："受了伤之后的这头狼，估计五分钟之内解决对方。"

昼司吃惊地看他："不受伤的话呢？"

米奥说："秒杀。"

响彻林堡上空的哨音呼啸而过，变异灰狼脖子后面拽着它的铁链瞬间松脱。毫不犹豫地，灰狼奋力向前扑出，动作之快叫人全部忍不住屏住呼吸。

而对战的男人一腿后屈，双手握住盾的握柄，使出全力与之抗衡——灰狼的头部重重撞在盾面上，撞击的巨响清晰地传入了数十米以外他们的耳朵里。灰狼又连续撞击了数次，男人已经快要招架不住这么大强度的攻击，更别说提起手里的剑反击了。

第五次撞击之后，他发力朝旁边一滚，灰狼朝前，扑倒在地上，啃了一嘴沙子，场内响起了一阵低沉的哄笑。

男人重新爬起来站好，这次他终于将膝盖打开、重心压低，摆出了战斗的姿势。灰狼四肢在沙子上打滑，但很快掉转注意的方向，重新朝男人冲了过来。

这次男人没有选择用蛮力去抗衡灰狼的攻击，而是利用盾牌做斗牛的红布，侧着身子顺势一让，同时左手高举长剑，发狠砍向了灰狼的头上——这一下他用了很大力气，但无奈灰狼向前的速度太快，一个又长又深的伤口出现在了狼斑秃的后背。

灰狼嘶叫起来，抽搐着想要逃避背上的痛处，男人趁机又扬手给了它第二剑，虽然力道比先前轻了不少，但仍然刺伤了灰狼的右眼。

"有希望！"夜愿说。

但下一秒，灰狼全身发力朝男人飞奔而来，力道之大，直接将男人单手握住的盾牌撞飞了，场内顿时惊叫一片。下一刻，男人双手紧握剑柄，剑尖直冲着灰狼怒张的血盆大口！男人却还来不及开心——灰狼居然不顾疼痛地仍然把他扑倒在地上。下一刻，殷红的鲜血飞溅在黄沙上，昼司和夜愿下意识地迅速避开了视线。

米奥回头看了一眼下注亭顶上的钟，说："四分二十秒。"

第一场比赛毫无悬念地迅速结束，场内又恢复了哄闹，观众们的注意力很快移开了。更多的酒精饮料被打开，劣质油料被复炸的气味钻进每个人的头发里，兑奖亭的窗口前领取笔芯的人拥堵着长长的队伍。

昼司却没有动，他仍看着砂土飞扬的场内——一群穿着防暴装甲的竞技场工作人员冲进来制伏了灰狼，并把铁链重新套上灰狼的脖子，他们拔掉那柄剑后，在地上甩了甩血迹，看似还要回收给后面的人用。

"就这样？"昼司难以相信地问，"就这样结束了？"

"就跟你说撑不了多久。"米奥说，"我也去兑奖，顺便报名。"

"报名？"昼司一下回过头来，"你要去参加这个？你疯了！"

"不是这个，"米奥误解道，"狼今天没得玩了，剩下没人报名的只有第三场和那个叫'疯狂戴维'的，不知道是什么玩意儿。"

"谁跟你说狼！"昼司又回忆起刚才那短暂得近乎残酷的场景——可比刚才他们的遭遇要血腥残酷一百倍。他完全不能明白米奥的脑回路，不可置信道："为了这么一点钱，也太危险了吧！"

米奥听见"这么一点钱"的时候挑起一边眉毛，反问他："关你什么事？"

正巧安息买了些外伤药回来，昼司立马招手道："你说说他。"

安息茫然道:"说什么?你先把袖子撩起来。"

昼司顺手把夜愿抓过来,说:"先给他上药。"

不料安息看了一眼夜愿原本被袖子遮住的胳膊——已经高高肿起并淤血成了紫色,原地一蹦老高,尖叫道:"你这里又怎么了!"

夜愿心虚道:"挡了一下,就被铁锹打了。"

安息登时怒气冲冲:"这么严重刚才怎么不说!"他叉腰指着昼司的鼻子,质问道,"还有你!你怎么也不说?你这个主人怎么当的!"

昼司和夜愿被吼了一顿,耳朵垂在脑后,不敢回嘴。

"这个是用于外伤的药,不治活血化瘀,而且你四十八小时之内要先冰敷,我现在去重新排队。"安息一边碎念,一边递出瓶子,"你先给用这个给他清洗伤口,涂好药之后再用这个纱布包起来,不要包太紧。"

夜愿连忙点点头,双手接过瓶子。

安息转身大步走掉了,两人躲到一边人少的角落,昼司拆开已经结痂的布料,夜愿倒了一点清水沾湿纱布,米奥叼着一根笔芯蹲在一旁的台子上,幸灾乐祸道:"挨骂了吧?"

昼司撩起眼皮,幽幽地瞥了他一眼,说:"里面还有墨。"

米奥愣了一秒才反应过来,把笔芯拿下来"呸呸"地吐不小心吃进嘴里的墨水。

又过了一会儿,安息抱着药和剩余的笔芯回来了——不剩多少,米奥问:"下注了?买了谁?"

安息说:"电锯。"

米奥问:"哦?买了人类?"

安息点点头:"听说是职业选手,那个'死亡飞车'虽然是个变异人,不过好像才变异几天,应该不厉害。"

昼司闻言匪夷所思地皱起了眉,安息误解了他的表情,好心地给他解释:"变异生物如果不衰变死亡的话,变异的时间越长越厉害呢。这种才变异两三天的,体格只比正常人类强一点,脑子又还不太好使。"

夜愿一脸惊恐地看着他。

"伸手。"安息说。

夜愿老老实实地撸起袖子伸出手臂，白皙细瘦的胳膊肿得很吓人，昼司看了后也不由得皱起眉。安息小心地给他涂上了一层清凉镇定的药膏，拆开一条冰镇带裹上，一边说："四十八小时候之后再热敷，那时候可以换药按摩，之前我崴了脚，一年才彻底好。"

夜愿抬眼看他，忽然觉得这个看似天真单纯的少年可能并不如他想象的那般不谙世事，问："这么久？"

安息点点头："关节扭伤嘛，所以你还有没有哪里痛？老实点。"

夜愿摇摇头："脖子被电击了一下，之前麻麻的，现在已经好了。"

昼司站在几步之遥，看着安息拉开夜愿的衣领、撩开他的头发凑上去看了看，又倒了两颗药喂给他吃，两人的脑袋凑在一起，窸窸窣窣地，不知在说什么，然后双双笑了起来。

什么啊，看起来这么开心，昼司暗自想，他好像已经很久没见过夜愿这样快活地笑了。甚至昨天在日蚀号上，自己还叫他难过得差点哭出来。

夜愿当时说"我要的东西您给不了"时的那个表情，深深刺伤了他神经深处的某块地方，以至于在当下，他连追问都没有勇气。

他阴沉地盯了一会儿两个交头接耳的小家伙，忽然余光感受到另一道目光，他抬眼一看，米奥也在不远处看着他。

"知道就好。"对方意义不明地说。

简直莫名其妙。

在安息的监督下，昼司和夜愿身上的伤口总算都被好好处理过了一番，昼司还吃下了防止感染的消炎药，才重新将注意力放回场地内。

第二场比赛显然比第一场要有看头，原本只坐了五成的看台如今上座率已达到了七成，身边的人群推推搡搡，满嘴酒气，地上尽是垃圾，不小心就会被踹到楼下的一层去。

"怪不得越往上的房子越贵。"米奥看着脚下的满地垃圾，摸着下巴说。

此时场内忽然骚动一片，他站起身一看——"电锯"上场了。

"电锯"这个名号很明显是由他所选择的兵器来的，他戴着一个样貌畸形的怪异面具，上头贯穿着不少缝合线和铁丝，穿着一身软甲，外面套着蓝色的工装背带裤，上面沾满了铁锈色的污渍。男人戴着灰色麻布手套，握着一柄一米来长的电锯，他猛一拉线，尖利的锯齿飞速旋转，发动机的噪音轰然咆哮起来。

这声音显然刺激了场内的观众，起哄声、喧闹声、敲击空瓶的声音和跺脚的震颤吵得昼司太阳穴一阵阵发疼。他趁机抓过夜愿，双手捂着他的耳朵，顺便挂在他肩膀上休息。

"电锯"应该很享受众人的瞩目和欢呼，他又轰轰拉响手中的电锯数次，直到对面的铁栏杆缓缓升起。

一个身材高大的变异人，宛如人猿般手脚并用地缓缓走了出来。

安息说得没错，这的确是变异人中新增的一员。他的皮肤还没有开始腐烂，头发也尚未脱落，除了满身满脸的辐射毒素纹和红眼之外，几乎可以算得上正常。只是他脸颊凹陷，双目失焦，动作扭曲怪异，散发着一股类似死亡的气味。

"他身上穿的什么？"安息问。

"是制服，"夜愿大声回答，"是虚摩提上电车员的制服。"

可周围人声音还是太大了，安息又问了一遍："什么？"

夜愿不得不凑近一点跟他解释道："三岛之间连接着有轨接驳车，这个人……不是废土来的，不知道为什么会变成这样。"

"怪不得叫什么'死亡飞车'"，昼司再度不动声色地把夜愿拉回自己身前，"怎么虚摩提上的人也跑到这来了。"

米奥耸了耸肩："会有人主动把变异生物引上来娱乐，自然就会有不小心被抓伤感染的蠢货。"

夜愿回头和昼司对看一眼——近在虚摩提脚下的世界不但规模已经这么庞大，甚至还经营着如此危险的游戏，他们俩在此前都毫不知情。况且此等规模竞技场的修建和运营，很难没有上层的人插手。

"太危险了，"昼司低声在夜愿耳边说，"要是变异病毒在这里扩散开来，虚摩提的沦陷就是一朝一夕。"

身穿勃艮第红西装的主持人再次登场，这次他换了一顶紫色的高礼帽。

"各位观众朋友，欢迎回到林堡最受欢迎的娱乐活动！在小小的开场节目之后，我们迎来了第二组表演嘉宾！"

"砰"的一声，顶棚竟然打下了一盏聚光灯，光圈中间的"电锯"扬着小丑般的面具环顾四周。主持人介绍道："首先，我们看到的是再度返场的竞技选手'电锯'！他在数月前被变异秃鹰啄伤了手臂，虽然需要截肢，但幸运地并没有被进一步感染，如今，他终于又一次地回到了这个他热爱的赛场上！"

"电锯"亮出小臂的一截袖子，露出里面是金属的假肢，随即他又猛地一拉电锯——其轰鸣声和观众的欢呼混杂在一起。

昼司无论如何也不能明白，已经失去了一条手臂，为什么还要回到这个随时会送命的地方。

"在他对面的，是万众期待的新人话题选手，变异人'死亡飞车'！"随着聚光灯转向，主持人接着说，"各位都知道，变异生物里面，人类的战斗力最强，也最稀有。可惜很多人类一被感染就迅速衰变了，我们有幸请到了'死亡飞车'先生，实在是各位观众的幸运日！"

昼司看着变异人脖子、手腕和脚踝的三重铁锁，并不觉得他是被"请"到这里来的。

下注亭的铁栏再次拉下，哨音响起，又一场血腥的对战开始了。

锁链收走后，变异人并不同于先前的灰狼一般直接扑了过来，而是佝偻着身体在原地左右转了转。他身体脱水，显得手脚更是畸形得长，宛如什么蜘蛛，在结网的边缘等待猎物。

于是"电锯"率先主动发动了攻击。

他大喝一声，一鼓作气地向前奔去，冲到变异人面前时，对方仍僵硬着身体，不知如何反应。于是男人双手端起电锯横在胸前，抡出一个半圆，朝着变异人拦腰砍去。

变异人终于动了，它没有选择后退，而竟然四肢着地后原地起跳——像是什么猫科动物一样，蹦离了地面近两米！那是人类绝不会有的弹跳能力。电锯重量造成的惯性迫使男人一瞬间将背部暴露给了敌人——他眼角的余光瞥到变异人落地后，肌肉发力双腿后蹬，直直地朝他扑来。

生存更多时候是关乎本能。那些往日里让"电锯"失去过一条手臂的无数战斗在他身体里种下了种子，一刹那间，他抬起胳膊横在脸前，堪堪挡住了变异人的攻击。撕咬之下，"电锯"的衣料很快变成碎片，露出了里面特殊合金的假肢，下一刻，他单手运起电锯，直朝着变异人腹部捅去。

锯齿的锋利程度发挥了作用。变异人不得不放开男人的胳膊仓皇后退，场上响起一片兴奋的起哄声。

"哇！"安息扒着栏杆惊奇道。

昼司喉咙里一阵作呕，夜愿也捂着嘴巴说不出话，安息得意地道："你看我说吧！它还是个变异人宝宝，根本不厉害。"

米奥哼笑了一声："你都跟二号比，当然谁也不厉害。"

安息指着场中间胶着的战斗转头问他："你觉得如果是我的话，能不能赢？"

"你没戏，"米奥无情地说，"给你一把枪让你站在这儿打还行，面对面肉搏，就你这个细胳膊细腿……"

话音未落，场内的变异人已经迎面架住了"电锯"劈下来的手臂。

现场惊叫一片，心疼笔芯的安息也哀号道："不要啊！"

夜愿肩膀抖了一下，昼司赶紧把他扳过来朝着自己，说："别看了。"

"他不该从这边走，"安息点评道，"变异人直线距离快，转弯的方向感不好，应该干扰一下从背后绕。"

三人齐刷刷地转头瞪着他——外表甜美可爱的少年兴冲冲地巴着米奥问："我说得对不对？"还一脸"快夸我"的表情。

对方竟然真的点了点头。

这是什么怪物二人组？昼司扶额问："那不是买下去的笔芯没了？"

米奥点点头，大手推着安息的脑袋晃来晃去："习惯了，赔钱货。"

安息不满地道："再来再来！"

这时，米奥忽然解开了外套，把腰间、胸前、腿上藏的各式手枪和短刀全部取下来交给安息，说："帮我拿着，这些不能带，只能用他们给的武器，不要弄丢了。"

"嗯嗯。"安息敷衍地接过一大堆武器，米奥又更凶地警告他一次："不要弄丢了听见没！不要给我随手乱放。"

"知道了知道了。"安息转身把所有枪械一股脑全塞到了夜愿怀里，回身伸出胳膊用大力地拍了拍他的背，说："加油，不要受伤哦。"

"等等，"昼司难以置信道，"你真要去比赛？你没看见吗，就算是经验丰富的选手也是一个结果，这些变异生物没有痛觉，愈合超快，人类从本质上就无法一对一战胜变异生物！"

夜愿也露出担心的表情："不一定要铤而走险，我们可以通过其他方式赚钱，一定可以回到虚摩提上的。"

米奥略带嘲讽地哼了一声，凑过来说："谁管你们，我们要赚钱租船回家了。"

安息把他从夜愿面前拽走，拍了拍他的胸口，笑说："愿利刃与你常伴。"

米奥低头看着他，也勾起嘴角笑了笑，转身下楼了。

为了避免两位伤者的手臂被人群挤压，安息东钻西钻，终于找到一个看台顶部边缘的空隙，带着夜愿和昼司爬上去坐成一排，膝盖伸出栏杆，小腿垂在外面。

夜愿问："你不担心吗？"

安息想了想，回答说："米奥很厉害的。"

昼司遥遥看着脚下铺着血迹的黄沙："厉害归厉害……"

安息点了点头，解释道："如果他每次遇到变异生物我都要担心的话，那么平时也没法过了。"

夜愿明白了——米奥的职业本来就是行走于废土的赏金猎人，遇见变异生物和变异人是家常便饭，安息又说："但是受伤还是会痛，所以希望他不要受伤。"

昼司不赞同:"痛也就算了,被变异生物抓咬受伤是有概率被感染的,要是那样怎么办?"

安息下意识地想要回答,忽然又可疑地吞下了话,最后只含混地道:"不会的。"

不会什么?夜愿分神想了一下——是不会被抓咬,还是不会变异?

定了定神,他又问:"所以……你们要是赚够了钱,就要直接租船回家?"情况失控以来,他还一直没有机会和安息单独相处,夜愿迟疑了一下,认真低头道歉:"对不起把你扯进来了,等以后……算了,总之很对不起。"

安息晃了晃脑袋,一副不以为意的样子,昼司又说:"只怕没这么简单,范修连恩不清楚你们和我的关系,搞不好不会这么轻易地放过你们。"

"现在虚摩提上的情况还不明朗,那份误导人的 DNA 检验报告也不知道宣扬出去没有。"昼司撑着额头,显出头疼的样子,"不知道叔叔消失这么多年忽然回来是发生了什么,我父亲又去哪儿了……"

见他被无数谜团困扰,夜愿朝主人投去安慰的眼神,但却减轻不了他的一丝烦恼。

昼司接着说:"这样一来,我们之前的分析都有误了。"

夜愿点点头:"原来下落不明的是老爷手中的百分之三十九的股权,怪不得他们一直达不到能够重新任命家主的股份,而是数次试图蛮力夺取您手上的钥匙。"

昼司叹了口气,说:"毕竟这里虽然是月影暗面,但也仍属于虚摩提的势力范围之内,飞行器坠毁的地点和之前被袭击警察的口供一核对,我们的位置很轻松就能被推断出来了。"

"只是现在要回虚摩提实在太危险,夫人和曼德家已经和您完全撕破脸,又有一个假的老爷坐镇李奥尼斯家,我猜……大概只要主人在上头一露面,立马就会被强行扣押,"夜愿担心地说,"如果被夺走钥匙、罢免家主身份的话……"

他没有把话说完,但两人都知道如若那样,结局将是很难逆转的。昼司活了这么大,从来没有过这么狼狈又无奈的时候——好像他坐在赌桌上,已经算清了所有牌面和风险,但对方忽然掀掉了桌子,并掏出了一把枪叫他交出所有筹码。

夜愿感叹道:"要是一百个,不,要是有二十个米奥就好了。"

安息也转过脸来:"分分钟冲进虚摩提,打败所有坏人。"

昼司"哼"了一声,转念想了想——倒也的确是如此,面对不讲理的武装胁迫,似乎唯一的方法就是以暴制暴。

安息忽然反应过来,吐了吐舌头说:"我不是故意偷听的。"

夜愿笑了笑:"没事,你听也没关系。"

安息问:"那你们要跟着我去我家玩吗?好像这里对你们不是很安全。"

夜愿再度笑起来:"我们跟着你们去你家,米奥会揍人。"

"他看起来凶,其实人很好的,"安息说,"他每次生气的时候都威胁我一大堆事,其实都不是认真的……不,他很多时候也不是真的生气,他就长那样。"

夜愿无奈地道:"那只是对你。"

安息不太明白地看着他,夜愿接着说:"而且,我已经连累你们太多……"

安息摇了摇脑袋,忽然撸起袖子亮了亮胳膊,随后又撩起衣服的下摆,露出一截白皙的腰和平坦的胸口。

夜愿大惊失色,拽着他衣摆往下拉:"你干吗?"

安息说:"你看,我干干净净,根本一点事都没有。"他指着昼司和夜愿脸上和手上的青紫,"你再看你们俩,我可没觉得被你们连累。"

昼司和夜愿郁闷得无从反驳。

少年又露出笑嘻嘻的表情,对夜愿说:"你请我喝了可可饮料,送了我柿子,还请我看了电影,玩了飞行器,我觉得你很好。"

昼司心想——后两个也就算了,饮料和柿子是什么时候的事?

夜愿心想——明明是生死攸关的飞船逃命,他觉得是在玩飞行器?

夜愿情不自禁伸手拍了拍安息："以后还会更好。"

作为今天的压轴戏，第三场比赛开始前，上下三层近千个座位已经全部爆满，现场的气氛在酒精和血腥的促使下达到顶点。离比赛开始还有十分钟的时候，在座的近千人已经开始用水瓶集体狂敲栏杆，大声起哄，等不及看深夜来临前的最后一场娱乐节目了。

在如此热烈的期待下，时间尚未抵达预定的十点钟，现场灯光就已经暗了下来，耳边尖叫声和喧闹声大到叫昼司怀疑头顶的虚摩提怎么会听不见。

下注亭第三次，也是今天最后一次拉上了铁帘，惊人的赔率出来了：1比171，几乎所有人都买了"疯狂戴维"赢。毕竟之前可是连经验老到的职业选手"电锯"都只在变异人手下坚持了十来分钟，没有人看好这个名不见经传、外号"废土"的陌生人。

只除了一个人。

安息看了一眼"废土"这个名字，弯起眼睛笑了笑。

第一道灯光打下，投射在缓缓拉起的铁栏出口，里面走出了一个高大的男人。

他脸前戴着一个类似防尘罩的面具，只露出一双鹰隼般的棕色双眼，身上没有穿戴任何护具，反倒穿着格格不入的修身休闲服。他背着一把不到一米长的短剑，左手小臂套着一个直径半米的小盾牌，坦然地站着。现场响起了一片不满的议论声，似乎在抱怨这场比赛又将是一场单方面的碾压。

"各位观众朋友们的热情实在太过高涨，为了回馈各位的期待，我们决定提前开始赛事！首先让我们欢迎一位新人选手——'废土'！这位选手第一次参加斗技场，便勇于挑战明星赛手'疯狂戴维'，实在让人期待！"

主持人又换了一顶金色带闪粉的帽子——他对米奥一无所知，介绍得十分简短，观众们也没什么反应。

第二道灯光打下，铁栏升起，现场沸腾了。

"现在我们看到的是万众期待的七连胜选手'疯狂戴维'！"主持

人只需要叫出它的名字,三层观众席就被尽数点燃了,他接着说,"在此前的几周里,我们见证了'疯狂戴维'惊人的速度和强大的爆发力,它在第一周的赛事里干掉了之前的冠军后,连胜了近两个月,今天的战局又将是如何呢?是会如大家所预料一般毫无悬念,还是会有什么意想不到的转机?"

看台边缘的三人惊讶地发现,自阴影中走出来的"疯狂戴维"并不是什么想象中体态彪悍的变异人,而是一个纤细少年,它变异已经有一段时间了,手臂和脖子上浮现着重重叠叠的辐射毒素,双眼透着冷静而残忍的猩红光芒。

"怪不得叫这个名字,"昼司忽然想明白了,"我看过一个很早之前的科幻小说,里面的'小男孩戴维'是一个机器人杀戮兵器。"

原本很淡定地晃悠着双腿的安息也不自觉地直起腰,扒在栏杆上——灵敏的嗅觉将危险的信号传递到他脑子里:"这个变异人好像很强的样子……"安息犹豫道,"应该不是高级吧。"

夜愿扭头看他:"高级什么?"

"高级变异人,是变异人的一个异化变种,比变异人体格还要更强,新陈代谢和恢复能力都极快,而且保有人类的判断、记忆和智慧。"安息飞快地解释道。

昼司愣了一下才缓缓说:"我倒是听过,不过从没见过。"

安息点点头:"高级变异人十分稀有,数量很少,而且……他们应该也不会轻易被他们这样抓住。"

就在这时,"戴维"也许是被空气中浓烈的人血气味和肾上腺素刺激了,忽然猛地拔腿朝前狂奔了几步,尚未解开的铁链一瞬间被绷到最紧,发出"砰"的巨响,回荡在竞技场上空。

现场被这一瞬间爆发而出的怪力惊得哗然一片,然而,站在"戴维"对面的战士直直站在原地一动不动,甚至连刀都没有去摸。

"还好还好,"安息松了口气,"只是一个普通的变异人。"

昼司看着场上脖子绷出青筋,露出獠牙利爪并且完全没有理智的变异生物,想不出这有什么"还好"的。

哨音响起,"戴维"瞬间挣脱了铁锁,直朝着米奥狂奔而来。

像是为了印证之前安息关于变异人"直线速度快但转弯不灵活"的点评,面对飞快逼近的"戴维",米奥没有抬手防御,而是脚步横挪,朝左边转了两个半圈,轻松躲过了对方挥出的指甲。"戴维"扑空之后生生刹住车,僵硬地扭过头来,再度弯腰发力,跃起一米高,朝米奥扑过来。

米奥故技重施,又一次躲开了。

他连刀都没有拔,至多用左手的盾稍微格挡一下对方尖利的指甲,数次之后,现场观众不满起来,少数醉鬼开始高声叫嚣。

昼司皱着眉:"他在干什么,这样下去,消耗的只有自己的体力,变异人可是不会累。"

"不是的,每个变异人攻击的习惯和频率不太一样,之前两个选手都太急躁了,没有掌握对方的节奏和套路就仓促出手。"安息回忆着以前米奥教给他的,说,"和变异生物对战容错率很低,宁可慢一点,也要万分小心。"

昼司听他这样说,重新仔细观察起来,渐渐地,他似乎也找到了一些规律——"戴维"重心低、速度快、出手又准又狠,几乎每次都是朝着对手的脖子攻击,但它似乎惯用左手,每次出手前,身体都会微微朝左边回转一点以蓄力。

观察到了这个细节,米奥几乎每次防御都是精准预判,并且提前反应时间差越拉越大。

终于,在"戴维"再次躬身发力的时候,米奥轻轻一避让到它的侧面,趁着它蓄力出拳的时候猛起一脚,踹中它重心所在的那只膝盖上——变异人"扑通"一声单腿跪了下去。

下一刻,米奥大幅扭转腰部,右腿屈起,一膝盖顶在"戴维"脸上,直接击碎了它的鼻梁骨,刹那间,"戴维"愤怒地吼叫起来——它的声音嘶哑又尖利,好像一个漏气的风箱。

米奥没有恋战,而是飞快地后退了几步保持一个安全距离——之前的两场战斗已经显示得很清楚了，变异生物因为痛觉迟钝，并不会因为被攻击甚至被重创而停止攻击，反而能够利用对手距离接近的刹那迅速反击。

果然，"戴维"瞬间便满脸是血地重新扑了过来——它被彻底激怒了，脖子和手臂布满青筋，一连串快到肉眼都看不清的疯狂袭击接踵而来。米奥左闪右避，不得不多次举起盾防御，而对方拳头击打在钢盾上发出声声钝响，叫人只是在一边听着都觉得牙酸手疼。

很快，米奥被逼得退到了场地的边缘，他余光一瞥，意识到退无可退——背后已经是灰色的石墙。与此同时，"戴维"一拳挥了过来，拳风擦过他的太阳穴，堪堪避开了他的脑袋，狠狠砸进了墙里。

石墙被悍然捶出一个坑，水泥灰和石屑飞溅出来，落了一些在米奥眼睛里，他下意识地偏开脸眯了眯眼睛。电光石火之间，"戴维"终于找到了一个他防守的空当，另一只手握起拳头，带着能够砸穿石墙的力道，朝他腹部猛击过来。

一片惊呼声之下，安息已经半跪起来，双手紧紧抓着栏杆，手心后背全是冷汗。

灰飞沙落，所有人目光落到"戴维"上——"戴维"的拳头被米奥用手硬生生接住了。

他手掌挡在胃部，抓着"戴维"的拳头死死攥住，而对方竟然再也无法前进分毫。

防毒面具后的米奥微微扬起了眉，像是自己对这个结果也有一些讶异，但与此同时，他已经扬起左手并抽出了背后的剑——这是他第一次拔剑！铁灰色的短剑看起来毫不起眼，但却在他手中画出一道冷冽的银光。"戴维"见状想要避开，却赫然发现拳头被这个人类攥在手里竟无法抽出！

下一刻，观众们只见"戴维"跌跌撞撞地仓皇后退了两步，米奥左手朝地一指，剑尖扫落一行血迹。

安息忽然明白了，之前的米奥不是在小心应对，而是在寻找一个适合的平衡——他此前被大抽血做实验后，造血干细胞受到了刺激，恢复时就已经感到身体状态得到了提升，但却一直没有机会体验这种提升到达了什么程度,毕竟这还是他良久以来遇到的第一个对手。

但如果最开始就用尽全力,万一将比赛赢得太过轻松,会显得过于可疑。这样想着,安息心里便稍微放心一点,松了口气道:"米奥在逗它玩儿。"

"这到底有什么好玩的!"昼司有些抓狂,今天所发生的一切都完全在他的舒适圈之外——他可以毫不眨眼地做出牵涉百千万笔芯的决策,但实在很不适应这种原始野蛮的场景。

这下轮到米奥攻击了。

他猫着腰朝前一冲,左手大力地将盾牌掼在"戴维"脸上,对方还鼻血横流,下意识地想要举起左手防御,才后知后觉地反应过来自己已经失去手臂了。米奥看准了它的迟疑,也只需要这零点一秒的空当,他剑尖上挑,将整柄剑全部刺入了"戴维"。

"戴维"举着断臂和右手,徒劳地试图捂住脖子,但饶是以变异人的复原程度也对抗不了这种出血量,米奥几乎是有些闲庭信步地绕到它身后,手起剑落。

所有人,所有人都疯狂了,甚至连昼司都激动地站了起来,每个人都毫不怀疑这可能是自己有生以来见过水准最高、最精彩的一场战斗。而且这结局是多么出人意料、震撼人心啊!寂寂无闻的人类战士本已经被送上了断头台,但却又从死亡边缘找到了一丝生机。他从最开始的被动防守,到最后的绝地反击,简直就是教科书般的娱乐剧本,又带着震撼人心的真实与血腥!

人群之中,只有一个沉默的身影——夜愿没有起立欢呼也没有鼓掌,他坐在原地,眼中剩下的全然是震惊。

先前在他心中埋下的一枚疑惑的种子,到此时此刻,忽然开出了一个令他不敢相信又不得不信的答案。

Chapter 16 红色纱布

他之前不是没有感觉到过怪异，只是那微小的异样感稍纵即逝，现在夜愿回想起来，令人在意的细节其实早已无处不在——当米奥无意识地在飞船栏杆上捏出手指印的时候，当他几乎是瞬间消失在自己身后并出现于主人身边的时候，当他一拳砸烂地心大厦的防弹玻璃的时候，夜愿心里的疑惑就会多出一点。

他真的只是一个 A 级赏金猎人吗？夜愿见过也雇佣过很多 A 级甚至 S 级的猎人，没有一个是这样的。

直到今天，直到现在——这位战士一身轻松地站在一个变异人对面，没有护具，不怕感染，甚至战斗结束时仍毫发未损，这一切证据都指向一个匪夷所思的结论。

这结论实在太过匪夷所思，以至于他一时间竟然消化不了。

但他知道，只要逻辑论证的每一步都是正确的，那么得到的结果即使再荒谬也是真相——米奥是变异人，而且说不定就是安息口中的那种高级变异人！

夜愿虽然对这个种群所知甚少，但也明白即使是高级变异人体态上也存在所有变异生物共有的通性——比如红眼、比如皮肤上的辐射斑。可是米奥看上去正常极了，也不像是对人类的鲜血有任何渴求的样子。

思及此，夜愿忽然觉得毛骨悚然——难不成从头到尾米奥都在压制着自己想要一口咬穿他们动脉的冲动？

不可能的，夜愿在心中否定自己——如果安息知道，他一定会说些什么的。

不对……他忽然又想起来了，之前米奥要下场比赛的时候，安息起初甚至不太担心，只是含混地说了句"他不会感染的"，这根本不是因为对他实力的信心，而是分明清楚有什么内幕！

夜愿手背上泛起了鸡皮疙瘩，无知觉地站起身来后退了一步。安息在欢呼的人群中转过来看见他，还笑嘻嘻的，招呼道："快走，我们去找米奥，等下人多了就跑不掉了。"

夜愿仍一脸茫然地瞪着他——少年的脸一瞬间看起来十分陌生，纷杂的思绪闯入他的大脑——如果主人的亲生父亲都能认错，亲生叔父都能背叛，那么……他无条件信任这个刚认识不久的少年又有什么理由？安息伸手过来拉他的胳膊，被他条件反射地一巴掌打开了。

不重却清脆的声音，安息愣住了，昼司也惊讶地看过来，夜愿倏然惊醒，嗫嚅道："我不是……对不起。"

昼司低头凑过来，问："怎么了？"

夜愿摇了摇头："没什么，我们……我们快走吧。"

安息还要开口说些什么，夜愿已经转身飞快地下了楼梯。三人一路顺着陡峭的铁架楼梯旋转下行，穿过重重建筑层，来到底部的员工出入口。这里更靠近海面，温度相较更低一些，空气中全是消毒水的味道，水泥地板上泛着湿漉漉的浅粉色，像是血迹刚被高压水冲刷掉。

夜愿有意避开和安息对视，但仍能感觉到对方困惑不解的视线。过了一会儿，几个医护人员扛着一个担架跑了出来。安息连忙抓在出口外张望，只是选手出入口在设计上做了一个拐角，从外面看不见里头的情景。

然而不多时，米奥就从里面走了出来——他脸上还戴着防毒面具，左手拎了一个灰色的麻布口袋，看见安息后，他将面具一摘，扬手投进一个废品筐，然后递过装满笔芯的袋子给安息看。

安息打开袋子后往里瞄了瞄，两眼放光，说："还有下注的钱。"

米奥捏了捏他的他脖子，说："那边还有一个兑奖亭，去那边，底层人少。"

安息正要往那方向跑，被米奥一把揪住，他拿走了装满笔芯的袋子收在自己身上，交代道："你兑了奖之后别瞎嚷嚷，生怕别人不知道。"

安息不高兴地鼓了鼓脸："我知道！"

夜愿隔着几步之遥打量米奥，试图找出什么蛛丝马迹——对方也没有要和他们寒暄的意思，面无表情地站在原地出神。

本来在又一次近距离亲眼看到米奥后，夜愿已经对自己先前的推断产生了怀疑——太像人类了，简直毫无破绽。可安息只要一离开身边，对方周遭刚柔和下来的气场就会立马降温，冷漠的杀意无形地渗透出来。

忽然，夜愿眼尖地注意到他左侧脸有一道小小的红印，好像是被之前"戴维"砸穿水泥墙后飞出来的石屑划伤的。

不知被什么冲动驱使，夜愿忽然走上前去，递出之前给主人包扎伤口剩余的一块纱布说："你脸上有伤，出血了。"

米奥随手一摸，不以为意。

夜愿又说："安息会看见，而且这边的人看见了会以为你被变异人挠伤，那样的话我们一时半会儿就走不了了。"

米奥听罢只得接过纱布在颧骨上压了压。

不远处安息蹦蹦跳跳地抱着一个分量不轻的布袋回来了，嘴里叫着："米奥米奥！快来看！你最喜欢的！"

米奥低声碎念了一句："不是说了别嚷嚷吗……"一边随手丢掉了手里的纱布大步走了过去。

夜愿飞快地弯腰捡起了纱布揣进兜里。

他左右一瞄，本来分神去看竞技场后台办公室的主人正巧回过头来。

"你怎么了？"见他一副魂不守舍的样子，昼司走过来摸了摸他的额头。

夜愿攥紧了兜里的纱布，抿紧嘴巴摇了摇头。

除了米奥之外的三人都在这种混乱封闭的地图下都失去了方向感，于是他走在前面，身后跟了一串尾巴。由于之前在竞技场表现得太过抢眼，米奥不得不稍微绕了一点路避免有人跟踪，才终于又回到了之前落脚的废弃大楼里。

昼司哈欠一个接着一个，手臂受伤的地方也后知后觉地辣疼起来。门缝下面不断钻进冷风，地板又硬又凉，夜愿裹紧了外套。

"冷？"昼司扭头看他。

夜愿下意识地摇了摇头——不知道是不是错觉，自从他先前险些被小混混们抓走之后，主人忽然好像特别关心自己，又说："有一点。"

昼司走到他身边坐下，让他靠着自己。

夜愿有种劫后余生的放松，觉得这根本不是逃亡，也不是流浪，从日蚀号到这里，简直就是世外桃源。

这样的想法只冒头了一秒钟就被夜愿打压下去了——主人现在经历着这么多事，苦恼极了，他却在做这种自私的梦。

"对不起……"夜愿轻声说。

昼司闭着眼睛，迷迷糊糊地"嗯"了一声。

"都怪我太不小心，害主人受伤了。"夜愿难过地轻轻摸着他手臂上的纱布，"而且如果我驾驶技术再好一点，没有让飞船坠毁在这里就好了。"

昼司几不可闻地轻轻叹了一口气，睁开眼，说："还有呢？"

"还有……"夜愿想了想，迟疑道，"我之前不该和主人那样说话。"

"哪样说话？"昼司明知故问。

"就是之前在日蚀号的时候，我不该说主人……"夜愿咬着嘴唇的皮，"主人对我很好，我一直都知道的。"

"才不好呢，"昼司点了点，说，"你也太容易满足了吧，不是说你想要的东西我给不了吗？怎么今天又不要了。"

夜愿摇摇头，闷声说："不要了，要不起。"

昼司轻笑了一声，语气放得很轻柔："怎么会有我们夜愿要不起的东西呢？虽然现在……不管要什么都有点困难。"他环顾了一下周遭的环境，

223

觉得有点无奈,又有点好笑,"别说远在天边的废土了,就连自己脚下的这里,就连我的亲生父亲,就连你,也有这么多我不了解的地方。"

昼司又叹了一口气,说:"或许……这也不失为一件好事,不然什么竞技场、黑市的,我统统都不知道。"

夜愿点了点头:"这里没有虚摩提的光鲜亮丽,也没有废土的秩序,是一个灰色地带。"

"所以这里才叫林堡,"昼司说,"Limbo,地狱边境。"

夜愿想到两人所处的境况,又想到头顶的虚摩提现在是何种的风云变化,不由得也发起了愁。

昼司和他所想的完全一致,说:"虽然现在完全不知道要怎么回到虚摩提,没有钱,没有飞行器,没有地方住,甚至没有所谓的合法身份……"

顿了顿,他又含混地说:"我还以为……我果然还是太一厢情愿了。"

夜愿闻言抬起头来,惊讶地发现主人那永远沉着冷静的眉眼间竟然带着一丝忧愁,这种难能一见的茫然和几乎可以算作脆弱的情绪叫夜愿心神剧荡。

他说:"我相信主人。"

昼司听罢不以为意。

夜愿在黑暗中坐直身子,很严肃认真地又说了一次:"我相信您。"

于是昼司也低头回看着他。

主人美丽的黑色瞳孔奇迹般地,在这根本没有星星或月亮的夜里发着光,他说:"我以前是不是没有说过?"

夜愿茫然道:"说什么?"

昼司说:"说过'我需要你'。"

夜愿愣住了。

昼司接着说:"我不是……我不只需要你作为侍从帮我整理生活起居,也不只需要你作为助理帮我执行计划、完成任务,而是……"他顿住了,似乎不知道该怎么措辞。

夜愿不敢呼吸,他睁大眼睛等待着。

主人终于又接着开口了，他说："我需要你在我身边，但又好像太习惯你在我身边了，如果因此而忽略了你的愿望，我很抱歉。"

沉默了一会儿后，昼司听见夜愿大着胆子说："我会保护主人的。"

昼司"嗯"了一声，夜愿抬起头来，在他颇为惊讶的表情中露出了自信的笑容。

短短的几秒内，他在心中已经做了一个决定。

毕竟……这还是第一次。

他无所不能的主人也会感到孤单，这还是他第一次意识到。夜愿感到了无与伦比的责任感，虽然主人现在看起来狼狈极了——他一向光洁不苟的额头蹭上了灰，颧骨青紫地肿着，浑身衣服都皱巴巴脏兮兮的，手臂裹着白色的纱布。但这又的确是第一次，他来到了自己触手可及的地方——原来主人和自己，也能有这样的时刻。

夜愿蓝色的眼珠滴溜溜地转过去，偷偷打量房间尽头米奥和安息的动静——他们分别躺在两块旧窗帘上，心很宽地睡着了。

昼司看着夜愿的小表情，忽然觉得这样的时光似乎并不算太糟——平时忙得脚不沾地，要到处交际应酬，这两天反倒多了很多和夜愿独处的时间，有点像回到小时候在日蚀号上一起长大的日子。

只除了有家不能回，还被继母追杀这一点。

小金毛每天都紧紧地跟在自己身边，跑来跑去，忙前忙后，只要他清一清嗓子，对方就会停下手中的事睁大双眼看过来，一副随时待命的样子。

但是，那个小男孩也的确是长大了，开始有了很多不和主人说的心事，也交了主人不知道的朋友，有些事自己不亲自教他，他也自己学会了。

夜愿原本以为自己醒来的时候天还没亮，仔细一看才发现朦胧的微光只是因为他们离日照范围远而造成的错觉。黑影幢幢的建筑缝隙外，海面已经被初升的太阳照射得明晃晃的，但林堡内部依然一片寂静。

地板很硬，夜愿腰酸背痛地坐起身来活动了一下肩胛骨和胳膊，低头看见仍在熟睡中的主人，他大衣盖到鼻子，好像累惨了，纹丝不动地躺着。

夜愿爬起来伸了个懒腰，朝屋子尽头看了看——米奥和安息好像也仍睡着，安息把米奥的外套当枕头，睡得衣摆上翻，露出一截肚皮。

夜愿轻手轻脚地摸索过去，帮他把衣服拽好，又伸长脖子看了一眼米奥。

对方睡着的时候看起来没平时那么凶了，夜愿忽然发现自己其实一直搞不清米奥具体多大年纪——对方作风成熟，话也不多，但单纯看脸的话似乎又还很年轻。

就像主人，虽然平日里严肃得近乎严厉，从下属到多恩少爷都有些怕他，但两人独处的时候，夜愿又能捕捉到他偶尔幼稚的苗头。

他无意间又低头多看了一眼，忽然愣住了——米奥脸上的伤口已经没了。

虽然石屑的划痕并不是多大的伤，但毕竟也是割破了皮肤组织流了血，怎么可能一夜之间伤口就愈合得连痕迹也没有？夜愿把手伸进口袋里——那张纱布还在。

稀有的高级变异人……以暴制暴……保护主人……一些杂乱的词在他脑中跳来跳去。夜愿皱着眉头想了片刻，又小心翼翼地走回到主人身边，偷偷翻出主人盖在身上大衣里的左轮手枪，揣在自己身上，然后用围巾把金发和半张脸全都盖起来，悄声出门下了楼。

虽然林堡内部持续接近于永夜的状态，空气中带着终年不散的潮气，但白天的路还是好认了许多。夜愿顺着记忆来到头天夜里路过的"盖娅诊所"，诊所门口摆着一个发黄的灯箱，里头还有几截灯管已经不亮了，费力地照亮着上头涵盖了广告牌上的各项服务内容。

敲响诊所坑坑洼洼的铁门，夜愿等了半天里面也没有回应，他试着拽了一下门把手，发现铁门并没有上锁，而是直接滑开了。

他抬头看了一眼，墙角的摄像头亮着冷酷的红光，于是赶紧低下头把脸往围巾里又埋了埋。他大声问了一句："有人吗？"

仍旧无人响应。

诊所接待客人的入口是一个狭窄而拥挤的房间，房间正中摆着一个看诊的躺椅，可以调节高度的那种。躺椅后头连接着一套管线复杂的设备，旁边伸出三个亮着白屏的荧幕，头顶一左一右悬着两个探灯。夜愿又注意到，躺椅的两侧和尾端都有用来固定病人手脚的皮束带，瞬间觉得有些头皮发麻。

躺椅旁边大概是医师的办公桌，被铁丝网框了起来，铁丝网上挂着一些很不像医疗器具反而像修理机械的东西——钳子、榔头、长剪刀和一把镊子，桌面上摆着一个式样近乎古董的老电脑，还摊着一个拆开的针头。

夜愿开始心里发毛，渐渐觉得这个主意似乎并不那么好，正打算悄无声息地退出去，却不小心踹翻了一个黄色的铁皮桶。所幸桶子是空的，但仍然滚动着发出了过于嘈杂的"哐哐"回音。

"谁！"里面有人大喊道。

夜愿下意识地想要转身跑掉，但思考片刻，他还是选择站在了原地。连接隔间的珠帘被朝向左右拨开，里面走出一个男人——他戴着胶皮手套，白色围裙上全是红褐色的污渍，一头乱发，眼神凶恶。

夜愿镇定地开口问："还做不做生意了？"

男人狐疑地看了看他身后——没有人，问："你怎么进来的？"

"你的门没关，我在外面喊了半天了。"夜愿答。

男人皱眉看了他一会儿，说："行吧，你要干什么，买药？"

夜愿说："不，我要你帮我化验一个东西。"

男人听了便摆了摆手道："实验室在肯尼迪街。"

"血迹，"夜愿掏出兜里的纱布，说，"我需要你帮我化验一块血迹。"

男人又看过来："你这样揣着，血液样本都污染了。"

夜愿没有理会，只问："多少钱？"

男人想了想，又回问道："你得告诉我你验什么，传染病？性病？亲属关系？"

"亲属关系？你们这有很多人来验这个？"夜愿皱眉问。

但对方看起来似乎并不想回答，也相当没有耐心。

"好吧，"夜愿微微点了点头，"我只需要你验一下这个人……这块

227

血迹有没有感染变异病毒。"

不料对方闻言立马警惕起来:"谁?"

夜愿面无表情地道:"没有谁。"

男人却不这么认为,略带一些紧张地说:"这可是大事,不管这血迹是谁的,要是有任何感染的可能,你赶紧通知警察。"他忽然后退了半步,警醒地瞪着夜愿:"不会是你吧,你赶紧给我出去。"

"当然不是我的,"夜愿说,"警察还管这个?"

"当然,那些家伙唯一可靠的用途就是这个了,"男人又上下打量了一番夜愿,试图找出有没有什么外伤的痕迹——可他包得很严实。男人又说:"这里别的什么都行,就是不能拿变异病毒开玩笑。"

"那竞技场那边还养那么多变异人和变异怪物?"夜愿问。

男人啐了一口,似乎对"竞技场"这三个字十分反感,他掏出一片烟叶咀嚼了起来,抱怨道:"上头的人就是恶心。"

夜愿皱了皱眉,抓住了一个线索,问:"你说……竞技场是虚摩提上的人办起来的?不是林堡本来就有的吗?"

"当然不是!"男人答,"谁会往自己住的地方招惹变异怪物,话说你怎么这么多问题?你还验不验了,两打笔芯,不验就走人。"

夜愿递出十根笔芯,说:"最多二十,剩下的一半结果出来了再给你。"

男人阴沉地瞪了他一会儿,还是选择接过了那十根笔芯,以及沾染着红色的纱布。

作为诊所老板的男人本想让夜愿过一个小时再来取结果,但夜愿坚持留在原地等待,对方也只好将他带进了诊所内间。

他抽了一把滑轮脚的凳子,凑到唯一开着灯的显微镜桌边进行血液取样,不再理睬夜愿,夜愿也就百无聊赖地站在原地。比起外头的看诊室,这里空间更大一点,空地上并排放了两个金属的大台面——说不清是手术台还是什么操作台。阴冷的湿气渐渐透过他的衣服渗透进了骨头里,夜愿看着管线密布的天花板上,左右各有一个抽风口,还悬着一个扇叶巨大的电风扇,想不通什么时候能用到这玩意儿。

夜愿手揣在兜里，捏着枪托的手渗出冷汗。一旦他有什么奇怪的动作，我就开枪杀了他，我可以做到——夜愿在心里对自己说。

不知过了多久，到夜愿已经开始担心主人醒来不见他人会不会担心的时候，诊所老板忽然开口说话了。

"这……有点奇怪。"他抬起头来，摘下单片放大镜，一蹬脚滑离了桌边，语焉不详地说："我还……没见过这样的。"

夜愿瞬间紧张起来："怎么奇怪？是不是已经感染了？"

老板摇了摇头："那倒不是，但……也的确和正常人类的血液不太一样。"

"怎么个不一样法？"夜愿也走上前去，刚巧几个实验结果的内容都同步投射到了屏幕上。

"这是什么？"夜愿指着上面的红细胞问。

诊所老板说："这就是你带来的血样。"

那细胞虽然和变异细胞那漆黑的样子毫无相似之处，但也和普通人类的血红蛋白相差甚远。

夜愿诧异道："怎么会长这样？"

老板道："所以我跟你说……你看这个结构，和普通人类的结构完全不一样，要复杂得多。"

"活性极强，免疫系统非常强势，在没被变异病毒感染的情况下却能够无差别吞噬所有入侵病原体。还有你看这个血小板的数量，分明已经能够引起血栓或血凝了，但在这就没问题，就跟什么超级战士……"他说到这里的时候，忽然可疑地停住了，夜愿也安静了。

"你这血液样本到底从哪来的？"诊所老板又问了一次。

夜愿没有回答，只说："好了，血液样本还给我，把实验结果也拷给我，不能留复本，剩下的笔芯给你。"

"不不不，等等，"诊所老板站起来，"先别着急，这是什么？上头的药物实验？是用来制作竞技场新玩具的？"

夜愿用对方的话回他道："你怎么问题这么多，你还要不要钱？"

老板犹豫地看了他一眼，有些不情愿地把实验结果拷进了一个闪存片，并在夜愿的监督下删除了电脑里的底本。他用镊子捻起剩余的纱布残片，说："你等一下，我去给你找个东西装。"

他背过身走到角落里，打开一个箱子弯腰翻找了一会，然后转过身来，手里已经端着一柄消音枪。

糟了！夜愿心中懊悔不已，自己实在太大意了！他一时间冷汗直流，但面上仍然强自冷静着，反问："你这是要干什么？"

对方笑了一下，露出一口参差不齐的黄牙："一般来说，要是有一起发财的机会，我也不是那种不讲道理的人。但看你的样子，似乎并没有什么商量的余地，那我就没办法了。"

夜愿直视着他的双眼，脑子飞速转动，深吸了一口气，又叹了出来，说："好吧。"

对方诧异地偏了偏头："好什么？"

"你想要分一杯羹，我理解，"看对方一副不信的样子，夜愿改口道，"我也没法不理解，毕竟你拿枪对着我呢。"

"但是，你现在杀了我也没用，你手中除了这一点微不足道的样本之外什么都没有，你不知道货源在哪里，一时半会儿也找不到合适的买家。"

对方迟疑了一下，反问："货源？"

"当然，你不会以为这就是全部了吧？"夜愿信口胡说道，"你知道昨天晚上林堡竞技场一夜的下注金额是多少吗？是七十二万笔芯，而其中因为最后一场的赔率反转，你知道庄家赔了多少吗？"

诊所老板显然是抗拒竞技场的守旧派老居民，但"七十二万笔芯"这个数字足以抹去他所有的喜恶。夜愿接着说："这个药物研制目前还在初期，这是大概是他们唯一得到的一点成功样品吧，不瞒你说，这是我偷偷带出来的，我也没想到实验结果会是这样。"夜愿轻笑了一声，"但是，与其给虚摩提的垃圾打工，你能想象如果你这儿能够售卖这种叫人战力大增的药剂，全林堡会有多少人会为此发疯吗？"

诊所老板不出意外地沉默了——他的确听闻过一场竞技的奖金有多丰

厚，只不过这种有去无回的战斗令林堡太多人既心动又望而却步，他微微压低了枪口，问："我凭什么相信你？"

夜愿反问他："你有什么选择吗？"

对方迟疑了片刻，又问："那现在怎么办？"

"现在，你就按照我说的，把实验结果和样本还给我……"夜愿话还没说完，对方复又抬起了枪口："你做梦！你以为我是傻子？实验结果给你，样本我留下，没得商量！"

他拉开了保险栓，说："不然我就一枪轰烂你的头，再自己拿着血样找买家去，虽然麻烦一点，但我也不怕麻烦。"

夜愿看着他对峙良久，脑中计算着所有选项的成功率和后果，最终点了点头，说："好吧，我答应你。"

对方似乎也暗自松了一口气，他平移两步到桌边拿起闪存片，正要扔给夜愿，忽然又停手道："等等，还有你欠我的十笔芯。"

夜愿简直服了，说："那你能不能先把枪放下，我给了你钱，你不守信用怎么办？"

诊所老板再次露出了丑陋的笑容，反问道："那我为什么不直接现在打死你，然后把钱拿走？"

夜愿摊开双手耸了耸肩，说："那好，你别开枪，我现在要拿笔芯了。"

他撩开外套，左手伸进兜里，与此同时，他头上的围巾松开滑落了。

诊所老板瞪大了双眼，震惊地道："金发？"

就是现在！趁他愣神的一刹那，夜愿往旁边一跳，同时迅速掏出左轮手枪抬手射击。准头虽然不太好，但子弹仍击中了对方的左肩，男人大声惨叫了起来。夜愿一闪身躲进了操作台的下面，又朝他膝盖开了一枪。

对方在剧痛之中仓皇后退，抬手胡乱开枪，夜愿脚边的地板被炸出好多坑，他在金属台面下尽力缩小身体不被误伤，同时试着寻找再次开枪的机会。

杀了他，必须得杀了他才行，别无他法！但夜愿从没亲手结果过任何人的性命，他此刻紧张得要命，手拼命发抖。

231

忽然,他耳尖听到了珠帘被拨动的声音,心下大惊:糟糕,有人来了!

又一声枪膛退壳的咔嗒声响起,诊所老板呜咽了一声,直通通摔倒在地。

夜愿震惊极了,连忙从桌子上钻出来抬头看——他顺着对方袖长笔直的裤管一路望上去,惊喜地叫道:"米奥!"

可下一刻,对方无情的眼睛和枪口就掉转过来,并直直地对准了他。

Chapter 17 追兵

虽然在过去的日子里米奥从来没有对他释放出过什么明显的善意，但这还是第一次——夜愿看见他表情如此冰冷的样子，好像自己是一只吱吱作响的变异蟑螂，在枪口下徒劳地挣扎。

他慢慢地跪起来，再缓缓地站直身体，问："你怎么找到我的？"

"找到你？"米奥说，"你起来的时候我就醒了，我一直跟在你后面。"

夜愿了然地点点头："所以你都知道了？"

米奥有些嘲讽地反问："知道什么？知道你偷拿了一点我的血？知道你怀疑我的身份所以私下来找人化验？"他看了一眼夜愿掉在地上的围巾，"你以为你稍微伪装一下就万事大吉了？虚摩提上的人都这么愚蠢吗？"

虚摩提上满是眼线，如果回去再化验反倒怕走漏风声。夜愿轻轻叹了一口气："我之前以为钱在这里就是万能的通行证，你知道吗，这里甚至经常有做亲属化验的生意，想必伪造一份假化验单也不成问题，我甚至怀疑……"

可是米奥并没有耐心听他说这些，打断道："可笑，我现在要感谢你吗？感谢你为了不留痕迹而体贴地戴上了围巾？"

夜愿张了张口，最终摇头道："不。"

想了想，他还是解释了一句："不，事实上就算你不出现，我本来也打算杀了他。"

"随便你说什么，"米奥几乎是有些轻蔑地看着他，用一种笃定的口吻说，"就凭你？你根本杀不了人。"

夜愿却严肃地道："你根本不知道我为了他能做什么。"

"他"是谁，米奥没有问，也不需要问，他只是用一种怜悯的神态看着夜愿："所以说我为什么讨厌这里，就是因为充满了你这种惺惺作态、自我感动的蠢货。"

他说完后夜愿没有反驳，两人沉默地对峙了一会儿，但米奥对着他脸的枪口一直很稳。

半晌，夜愿问："现在你要杀了我吗？"

米奥说："我在考虑。"

夜愿小心翼翼地说："如果你杀了我，安息要是知道了的话……"

米奥打断他："他不会知道的，像你这样毫无自知之明地在这种地方到处乱逛，死多少次都嫌多。"

夜愿耸了耸肩："我不否认，但安息很聪明，他总会知道的。"

米奥"喊"了一声，说："他不聪明，你更蠢，而且我现在倒是真有点想杀你了。"

夜愿感觉自己稍微镇定了一点，脑子又开始转动了，他说："如果你暂时还不杀我，要不要先听听我的提议？听着，我们现在可以帮助彼此……"

米奥皱眉道："打住，你从最开始起就在说这句话，到现在为止，我也没看见你们帮过我什么。正相反，要不是我，你和你主人早在地心大厦的时候就被打成筛子了，更别提从那个什么新天地号上逃出来。"

夜愿下意识地纠正道："是新世界号。"但看到米奥的表情后他识相地决定不要再进一步招惹他，"你说得没错，要不是因为你出色的战斗力，我和主人早不知道怎么样了。"

米奥眯起眼睛："既然明白这一点，你觉得就算你知道了我的秘密，又能怎么办？你能杀得了我？"

"什么?"夜愿皱起眉,"杀你?我没想过……"

米奥恶狠狠地逼近了一点,威胁道:"你以为自己出来悄悄调查,你的主人不知情就绝对安全?只要你在我方圆十米内,你手指动一下还没摸到枪,我就能杀了你。"

"等等!"夜愿终于觉出什么不对劲来——对方似乎误会了什么不得了的事,愣道,"我到底为什么要杀你?"

米奥也狐疑地愣了一下,反问:"难道你不是在怀疑我是变异人,想要害你家主人?"

"不,恰恰相反,我是在寄希望于你是……"夜愿吞了吞口水,一边整理思路,一边重新措辞道,"意识到你的血统……身份不同寻常时,我不否认,我确实有些紧张,毕竟我对变异人和变异生物什么都太不了解,人总是害怕未知的东西。"他抬头看了米奥一眼,"虽然这样说有些功利,但我只是想在发出合作邀请之前,看清自己手中的牌面是什么而已。"

米奥"嘁"了一声,又不确定他要说什么,没有多说什么。

这边的夜愿反倒觉得思路清晰了不少,他缓缓吸了一口气,像是自言自语般说:"主人和我,我们的优点和能力是什么。"

米奥问:"是什么?"

夜愿回答:"有钱。"

米奥转身就走。

"喂喂喂!你别走听我说!"夜愿忙叫道,"我知道了!"

"我知道我可以帮你什么了!"夜愿说,"我知道,在我出现并搅乱一切之前,你们两个自己过得也很好。但你不妨也可以试想一下另外一种生活,一种你不用每天去废土卖命的生活,一种安息不用每天闲在家担心你的生活。"

夜愿这样说之后,米奥转过身来,但仍一脸不信任地看着他,干巴巴地说:"不用你操心。"

"你可以换一艘更大的船,在家里配置一套电影院,或者给安息弄一套实验室玩,甚至还能有一小块地来种番石榴。"夜愿越说越快,好像终于抓到了串联所有事情的线头,"你可以做自己想做的事,可以陪着安息,带他去外海或是去虚摩提上玩。"这样说着的时候,他的胸腔一片酸涩,好像连自己都对这自由的愿景动心了,"很遗憾,这种生活不是努力就能达到的,阶级的壁垒有时候只能通过上层打破。"

包括他自己又何尝不是如此——他并不是上层建筑的一员,也永远不会成为他们,夜愿想。即使过了这么多年,他也只是凑巧站得近,看得清楚罢了,如果离开了李奥尼斯家,他也只能做一个在废土上挣扎生存的沙砾。

"我真的要杀你了。"米奥说。

夜愿似乎并不在意他的威胁,接着说:"没错,你很厉害,可是你现在能打,以后呢?十年二十年之后,当你从A级掉到C级,再掉出能够接任务的等级时又该怎么办呢?到时候,如果你和安息都失去供养循环艇的能力,需要再次回到废土上……"他没有说完,只叹息道,"不幸的是,这样的人和事我看过很多,再厉害的赏金猎手也有老去的一天。"

不需要他多说,同样的例子在赏金猎人工会经常上演,米奥咬牙切齿地"啧"了一声:"细皮嫩肉的蠢羊!"

"所以,我想帮你,也想要你帮我,"夜愿说,"我之所以需要尽快了解你的身份,正是想要确定你的确是那个能够帮助我的人,现在上头有范修连恩、曼德和李奥尼斯前任家主三方联手,瓜分了半个虚摩提的武装力量,根本没有给主人回到地心大厦证明真身的机会。他一旦出现,就会被囚禁起来,并且彻底失去政治话语权。"

米奥不耐烦地道:"那我到底要帮你什么?我可没办法一个人对战邪恶继母的军队。"

"这其实是我之前和安息闲聊的时候随口说到的,虽然脱口而出时只是一个荒谬的想法,但看过竞技场的比赛之后……"夜愿深呼吸了一口气,说,"我意识到种族和血缘的压制是多么地绝对且不可战胜,一个你也许无法帮助我们回到虚摩提,但二十个你就可以……当时,当时我们是这样说的。你的能力可以复制吗?还有别的和你一样的人吗?"

"一个普通的变异人'戴维'既然能成为林堡最大竞技场的王牌选手，一支能力不逊于变异人，且还拥有头脑和理智的队伍又如何？"他把这些话说出口的时候，蛇头终于咬住了蛇尾。

米奥听罢一时间没有反应过来，愣了足足有五秒钟，也深吸了一口气，随即暴怒道："你居然是这种人！这算什么？你从什么时候开始做这种打算的？别跟我说是刚才实验结果出来之后你才想到的！"他大声吼道，把夜愿的耳膜震得嗡嗡作响，"如果我今天要是没有跟踪你、撞破你，你还要继续在安息面前演戏？你打算怎么骗我们！"

夜愿被他吼呆了，根本没有机会插嘴，米奥已经恶狠狠地戳了戳他的胸口说："你完蛋了，现在的我根本不用亲手杀你，安息最讨厌谁打我血的主意。"

夜愿抓错了重点："所以他也是知道的，你和变异人……"

"你不知道！"米奥一把掐住他的脖子，说，"不论你以为自己知道什么，你都想错了，我告诉你，之前也有人这样想过，他们全死了，你也将会是一样。"

米奥说罢竟然丢开他不再理睬，转身就走，珠串做成的门帘被他一把拍碎了一半，满地乱蹦。这次无论夜愿怎么叫他都不再停下，夜愿只能快速收走所有血检报告和样本小跑地撵上他。

"等等！你听我说！"夜愿边追边说，"我不知道你以前经历了什么，但我只需要你血液的小量样本，实验会在全封闭的隐秘环境下进行，而且你作为实验对象可以全匿名，不会有人知道你是谁的！"

米奥猛地转过头来："你可以再大声点嚷嚷。"

夜愿快速地左右看了一圈，所幸周围没什么人，他连忙小声说道："你听我说，李奥尼斯家经营的有畜牧场，我们可以先用动物做实验，成功了之后再采用志愿雇佣的方式寻找实验体。"

米奥冷冷地道："你在做梦。"

夜愿快跑两步冲到他前面，问："为什么！你有哪里不满意？"

米奥猛地刹住脚步："你刚才说的那些，什么封闭实验，什么动物活体,你去哪里找?你蠢吗?你此刻在求一个低贱赏金猎人的原因正是因为你已经没有那些东西了!你现在没有钱,没有飞船,两天没洗澡,回不去虚摩提,并且一步踏错就会被杀掉。"

他冷笑了一下,接着说:"我要提醒你吗?我和安息可是很快能赚够一份往返海岸线的船票。我现在最好的方法就是杀了你灭口,顺便把你家主人卖掉,自己回家。"

夜愿也冷静下来,问:"那之后呢?之后你打算怎么办?你不亲手彻底解决来自虚摩提的后患,真的能够安心吗?连多恩少爷都能够轻易找到你们的船,别人更能找到,每次回家的时候你都不知道安息是否安全地待在循环艇里,这种感觉你还想再有一次吗?"

米奥停下脚步,阴沉地看着他,一字一顿地问:"是谁害的?"

夜愿坦然地道:"是我,所以我在想办法补救,我的死活自然不关你的事,但你不帮我,我就没办法帮你。"

米奥沉默了一会儿,夜愿也没有催他。

良久以后,米奥忽然开口问:"就算,我只是假设!就算我答应你了,刚才我提出的那些问题你要怎么解决?"

夜愿早想好了:"带我和主人回到你和安息的船上,那艘船原本是给主人用的,完全按照李奥尼斯家族内配设计,硬件上肯定有链接内网的点对点通信设备,我们可以建立一个虚拟私人网络转接点,确保绝对安全保密和反追踪,再联系我信任的助手和医生,偷渡一些实验人才、器材和活体对象出来。"

"信任的医生和助手?"米奥挑起一边眉毛,毫不掩饰自己的怀疑。

夜愿面色凝重地点点头:"选人的过程要万分小心,日蚀号已经被范修连恩渗透得差不多了,但地心大厦建立起来的人脉网络应该还算坚固。"

"不可能,听起来是个很蠢的主意。"米奥果断拒绝,"我劝你直接联系这些'你信任的人'给你偷运一些笔芯出来,再自行雇佣一支赏金猎人杀回去,简单粗暴。"

"不行,"夜愿说,"他们没有权限兑现主人账面下的现金流,只有他自己可以。但他的家主秘钥一旦激活，就算不立马被锁定也会被追踪定位。"

米奥看起来十分烦躁，再次迈开腿往回走："烦死了，我为什么要操心这些事。"

"如果你答应我，我保证以后……"夜愿顿了顿，还是说，"如果你不想，我以后会离你和安息远远的，再也……"

米奥放缓了脚步："再也不烦我们？"他瞪了夜愿一眼，"难不成以后你还有胆子给我天天串门？"

"我会给说服主人给你们支付足够过几辈子的钱，"夜愿咬着牙说，"然后，我会彻底消失在你们的生活中。"

"你能做到？"米奥想了想，问，"那你到时候准备怎么和安息说？"

"我……我不知道，"夜愿说，"反正我不会联系他，也不会再来你们的船上找他。"

米奥从鼻子叹了口气，表情终于松动了些。

"具体的我再想想，但是如果我答应你，条件是你不能通知任何人，"米奥说，"主导实验的医生，我来定人选。"

两人说着已经快要走回到先前的落脚点，夜愿正要多问一句他要找的医生是谁，却忽然迎面撞上他硬邦邦的背部。

"你干吗……唔！"夜愿被忽然刹住脚的米奥一把捏住嘴——他猫着腰朝旁边的阴影一闪，并把夜愿也推了进去。

"怎么了？"夜愿惊疑不定地用气音问，悄悄自墙角探出一个头——他忽然发现这片本该荒败无人的区域忽然多了很多窸窸窣窣的身影，包围在他们过夜的废楼前。

夜愿心里大惊，又用力更加仔细看了看——至少四五十名穿着防暴服的武装警察团团围住了大楼的两个出口。废土小声骂了一句脏话，从墙后中瞬间闪身出去，猎食动物一般悄无声息地前进，迅速躲进下一个建筑杂物的阴影里。

夜愿不敢轻举妄动，只能小心翼翼地跟随他行动的轨迹，但很快就把米奥跟掉了——他遥遥看见对方身手灵敏矫捷，渐渐靠近了包围圈最外围，却忽然在一排垃圾桶后消失了。

他着急地张望了一会儿，也没有观察到更多动静，不得不冒险凑得更近。

外海忽然起风了，一大堆塑料袋迎风飞起拍打在他的身上和脚边，发出"啪啦啪啦"的声响，前方一个武装警察动了动脑袋回过头来。幸亏夜愿反应够快，大气不敢出地蹲在地上，靠一块泡沫板隐藏自己的身形。

僵了一会儿后，夜愿想要回头看看还有没有人注意到他，却忽然被人从旁边一把抓住胳膊！

他心下大惊，同时快速从腰间掏出了枪，对方却先一步反应过来一把按住他的手腕，并"嘘"了一声。

"主……"夜愿差点叫出来，但幸亏强忍住了，他原来所站地方的泡沫板也"呼啦呼啦"地飞走了。

"过去看看。"夜愿远远听见有人说。

昼司立马做了个手势叫他跟上，两人猫着腰在崎岖忐忑又满地垃圾的小巷里钻了两道弯，昼司贴着建筑边缘的墙缝等待片刻，并快速跑过亮光的通道到达另外一边，夜愿一句话也不敢多问，只能绷紧神经跟着照做。

两人终于绕到一扇铁网背后，昼司走到地上一个十分不起眼的缝隙边蹲下身，双腿交叠夹在缝隙中间的钢柱上，用袖子垫着手掌，直接滑溜到了下一层。夜愿跟下来抬头一看，安息和米奥已经站在前方了。

"你们……"夜愿还来不及欣喜，就被手臂上忽然传来的疼痛刺激得龇牙咧嘴。

"啊！"他小声叫道，"主人，疼！"

昼司意识到自己无意间抓到了他的伤处，不解气地放开了捏住他胳膊的手，怒斥道："你跑哪去了？曼德家的追兵来了，你却带着枪消失了！"他看起来又气又急，又是夜愿十分陌生的表情，"这种非常时期怎么一个人乱跑，有没有脑子，你在想什么？！"

"行了，"米奥眼神微妙地看了一眼夜愿，没有对他们之前的谈话多

240

提什么，只快速说道，"这里还不安全，先走。"

四人一口气下行了数层，头顶的虚摩提越来越远，脚下的海面越来越近，周围的景色也愈发破败荒凉了。到这里已经几乎没有什么像样的建筑和道路，只有一些疑似流民暂住的帐篷，白天却空无一人，支离破碎的布料被海风吹得噼啪作响。甚至有一种错觉，那就是连高一点的浪花都能拍湿他们的裤子。

"前面没路了，恐怕还没修起来。"米奥身子向前探了探，不料轻轻一推，锈蚀的围栏竟然就这样断掉。他好险及时找回平衡，站在悬崖边上转过身来，手里握着一排弯曲的铁栏杆，清了清嗓子尴尬地道："还是不要乱靠好了。"

安息惊魂未定地点了点头。

"怎么回事，怎么突然就惊动警察了？"夜愿这时候才终于有机会发问，"出动了这么多人，是之前威胁过的那两个警察？总不至于是我们之前坑了的烟店老板吧？"

米奥"咔"了一声，问："你们还坑了烟店老板？"

没人理他。

"先别管那个，"昼司面色不善地盯着夜愿，"你到底跑哪儿去了？"

"我……"夜愿飞快地看了米奥一眼，支吾道，"我只是……"

"还拿了我的枪，一大清早就不见了，一去就这么久，左等右等也不回来！"昼司提高了音量，"然后一大票警察忽然出现，我以为你死在外面了知不知道？"他看起来相当生气，"你到底在想什么夜愿，这是什么时候，临时要出门不知道先汇报吗？"

夜愿被骂得完全不敢吭声，只低着头说："对不起主人。"

"回头再跟你算账，"昼司不再理他，转而对米奥和安息说，"幸好我们刚才也不在楼里，正巧出去买水了，回来的时候就发现警察已经……不，不只是林堡警察。"

米奥点点头道："看见了，其中有几个穿的制服，就跟之前追我们的那群一样。"

"还有你家的人，"安息补充道，"他们袖标上有我在日蚀号看到过的标志，我家的船上也有……"

他话没说完就被米奥戳了一下胳膊，安息茫然地道："干吗？"

昼司没有在意，只点头道："曼德、范修连恩、李奥尼斯三家现在正式联手，虽然我还是想不通我叔叔为什么要帮他们，他自己既然早就对继承家族没有兴趣，为什么要……"

他说到这忽然停顿住了，夜愿看着他的表情，问："怎么了？"

"除非……对家族有兴趣的不是他，而是别的什么重要的人，"昼司说，"一个对他而言，比亲侄子更重要的人。"

"什么意思……"夜愿想了片刻，倒抽一口凉气，"多恩少爷？"

"哈？怎么扯到那里去了。"米奥说。

"在去'新世界号'的路上，多恩少爷已经坦言了他和您并不是亲兄弟，看起来是在暗示您和老爷的非亲生关系，但其实……是因为多恩少爷是您叔叔的儿子！"夜愿一下就明白了，"这样一切都说得通了，负责提供血样做DNA检测的是兰伯特·李奥尼斯，他虽然和您有一定的亲属关系，但如果只鉴定直系近亲的是否结论，得到的结果一定是'否'。"

"没错，"昼司说，"所以DNA报告上没有百分比的匹配值，而是单单'不符合'几个字。"

"按照这个思路，就算有人质疑多恩少爷的血缘，他们一定有相当的自信用您叔叔的血样鉴定可以得到肯定的结果。"夜愿满腹震惊，"夫人和他竟然……这是什么时候的事，您觉得老爷知道吗？"

"如果他知道，只能说明他现在还活着的概率更小，"昼司摇了摇头，说，"我现在甚至怀疑到底是从什么时候开始，那个退居幕后的'神苍'就被替换成兰伯特了。"

他此话一出，夜愿连背上的汗毛都起来了——这想法太惊人了，怎么可能这么多年来，虚摩提上曾经权势最盛的男人就这样被偷天换日，不知所终，而连最亲近的家人都没能发现？

两人话还没说完，米奥已经一把揪住安息的后领往反方向走去了。

"哇哇。怎么啦！去哪儿？"安息叫道，"你是不是听见什么了，谁来了？"

"没有谁，就是不想听这些了，"米奥说，"出来的时候钱你带了吗？"

安息狡黠一笑："当然啦，没带钱你不得哭死。"

米奥露出了一个"你在说什么疯话"的表情，说："我刚才去看了，每周三早上去海岸线的接驳船，一百一十笔芯一个人，够用。"

"周三早上，那不就是明天了吗？"安息说，"可是我们只有不到四百笔芯了，不够四个人呢。"

"四个人？一个，两个……"米奥扬起眉毛，手指戳了戳安息，又戳了戳自己，欠揍地问，"你藏了一个人吗？"

"你才藏了！"安息下意识地反驳道，问，"夜愿怎么办？"

米奥瞥了夜愿一眼，说："他们去哪儿关我什么事？"

"哦对了，"米奥松开安息，走到夜愿面前低声说，"之前你说的那个事，我想过了。"

夜愿不作声地看着他。

米奥说："太麻烦了，而且我不相信你，所以我拒绝。"

安息疑惑地在他俩之间看来看去，米奥又说："但是，如果对任何一个人提及这件事，我的意思是'任何一个人'，"他一字一顿地说，同时意有所指地看了一眼他身后的昼司，威胁道，"不然，会有很多不必要的死亡出现。"

夜愿甚至感觉到他锐利的眼神化作刀锋，停留在自己脖子前面一毫米的地方——皮肤起了一层疙瘩，仿佛喉结已经能感受到兵刃的寒冷。

不料下一秒，米奥忽然龇牙咧嘴地退开了——安息从背后揪住了他的耳朵，教训道："说了多少次了，让你不要凶夜愿！"

"不是的，安息……"夜愿忽然有了一些不好的感觉，他的心被突如其来的愧疚袭击了，正张口想要解释，可这边主人也发问了："你们两个一起出去的？到底是有什么事不能告诉我的？"

夜愿又朝着主人解释："不是，等等……"

可米奥已经插嘴数落安息："你还帮他说话，都跟你说了不要那么轻易相信人……"

安息不高兴地反驳道："你干吗老是这样，每次都这样！"

四人同时开口说话，瞬间乱成一团，米奥忽然说："你还记得火弗尔吗？"

安息霎时间静了，小声问："你提他干什么？"

彼时米奥在废土赏金猎人团的队友火弗尔，也敏锐地观察出了他血液的奇特之处，不但追踪到了米奥的所在地将他强行绑走，还将他双腿钉在床板上抽取了大量的血，以研究改变人类身体素质的血清。讽刺的是，当初火弗尔研究的目的正是想要卖给虚摩提的老爷，没想到今时今日，虚摩提的最大买家就站在他们面前。

米奥指着夜愿说："他也是一样的。"

安息一时间没反应过来，愣住了，昼司小声问："火弗尔是谁，你们到底在说什么？"

"不，不可能！"安息大声说。

米奥"喊"了一声，露出嘲讽的表情："你还要一厢情愿地犯蠢到什么地步？你以为他早上跑去干吗了，带着沾着我血迹的纱布？"

"什么？"听到"带血纱布"这几个字后，安息后退了半步，"不可能的，他为什么要……"

他和夜愿四目相对，见对方没有反驳，安息虚弱地叫了一声："夜愿？"

他的声音非常细微，好像怕惊动了什么。

"安息……"夜愿不知道这个"火弗尔"是什么人，但安息的表情让他紧张极了，着急上前一步解释道，"我只是……我会保证实验过程完全封闭保密，也不会伤害米奥的身体，"他误解了安息震惊的表情，解释道，"我知道这点子听起来有些荒唐，但也还只是一个初步的想法，具体我们可以慢慢商量……我只是一时间想不出更好的、安全地返回虚摩提的方法。"

"所以是真的……"安息清澈的黑眼珠死死盯着他，表情一片空白，半晌，他才问，"为什么？"

"我不是说了吗，因为虚摩……"夜愿反应了一下，说，"啊！你的意思是米奥为什么要选择帮我吗？"

他急匆匆地又把之前承诺米奥的条件解释了一番，但安息只是眨了眨眼，好像仍然很茫然的样子。

昼司插嘴道："虽然不知道你们在说什么，但我想提醒一件事——刚才往回走的时候我之所以率先注意到了埋伏的警察，是因为在那之前的五分钟，我们四个的画像就已经公示在了林堡所有的屏幕上了——竞技场的转播录像，店铺里的收讯屏，无处不在。街上巡逻的警察很多，还夹杂着一些虚摩提的侍卫，所以，不管你们做什么计划，我建议目前不要四人同时出现在公众场合，但也不要完全分开行动比较好。"

米奥听罢叹了一口气，一切似乎又回到了之前夜愿提出的可恶现状——就算此刻他们能离开这里，但之后又如何呢，海岸也好，赏金猎人公会也好，无处不在虚摩提的阴影之下。

"接驳船租赁需要身份证件，我本来想着稍微贿赂一下应该就行，"米奥撑着下巴思索，"但如果有悬赏金在头上，就稍微有点麻烦了。"

他"啧"了一声，转头继续数落安息，"你看吧，就跟你说不要没事把人放到家里来，惹这么多事，都什么时候了，还傻兮兮地帮别人说话，你……喂喂……"

米奥音调急速上扬——安息垮着肩膀站在原地，瘪着嘴巴，一声不吭地掉眼泪。

"怎，怎么了？安息你别哭，我错了……我不是那个意思……"夜愿慌了神，下意识地道歉，一边朝米奥求助，"怎么了，我说错什么了？"

米奥立马忘记自己刚才还是那个数落安息的人，转移炮火道："你有没有脑子，走在身边的人在心里算计你，打算拿你当血袋、当工具、当实验体，你怎么想？"

夜愿点了点头，顿了顿，又茫然地摇了摇头，似乎仍不明白。

米奥有些诧异地盯了他一会儿，随即明白了——这人根本打心眼里不觉得把人当作工具有什么问题，也不觉得被作为工具利用带任何羞辱甚至贬义的成分。

果然，夜愿闻言赶紧解释起了之前诊所老板所做的一系列实验，描述着血样细胞的变异体活性和抗体是如何强大，又阐述起如果安息和米奥愿意接受实验的话，报酬又将是如何丰富，他一心沉浸在自己许诺的美好未来上，绞尽脑汁地思考是不是还有什么不够的。

终于，安息鼓起胸膛，手背用力擦了擦脸上的水痕，生气地大声说道："夜愿根本什么都不懂！"

夜愿一下静了，半张着嘴，完全没有料到是这个反应。

米奥幸灾乐祸道："没错！你这个实验的时间线根本不可控，而且万一以后血清用完了你又反悔怎么办？况且你们为了尽快打回虚摩提，肯定不会有足够时间做临床试验，到时候万一消息走漏……"

他话还没说完，安息却更来气了，叫道："米奥也是笨蛋！"

本以为自己已经相当了解安息，并且好久没有在哄劝青少年的道路上吃瘪的米奥也没讨着什么好，只得吞了吞口水不敢吭声。

昼司出乎意料地没有多问什么，他皱着眉来回打量三人，似乎已经从只言片语中拼凑出了大概的状况。

"根本不是要这些东西！"安息第一次提高音量，朝夜愿发火，"我们不是朋友吗？"

夜愿这下完全懵了："啊？"

"你害怕担心的时候为什么不直接告诉我呢？你有怀疑的时候为什么不直接问我呢？"安息又问了一遍，"我们不是朋友吗！为什么要背着我……背着我们……"

夜愿哑口无言——对话的走向完全脱离了他的想象，他本来以为需要讨论的是具体的步骤，需要商量的是交易内容的细则，完全没有想到自己得到了一个完全不相干的问题。

我们不是朋友吗？

朋友之间该做什么，他完全不知道，没有人教过他这个。

这也不是他所熟悉的对质景象——虚摩提上的每个人都无比熟悉虚与委蛇的游戏，熟练巧言令色的来回博弈，他们学会在阅读字里行间的信息，从隐喻中提炼真相，但从没有人会像这样直接发问，也没有人会回答真心。

安息抽了抽鼻子，说："为什么不能大家一起……一起……商量如何共渡难关……"

他说着声音渐渐小了下去，似乎也觉得自己说的话太幼稚了而难为情，一时间又找不到更好的方法表达自己的心意。

"是……是这样吗？"夜愿结结巴巴道。

"共"渡难关吗？夜愿晕晕乎乎地想——这难道不是主人和他两人的麻烦，而安息和米奥只是偶然被牵涉进来的无辜路人吗？

他忽然意识到，自己好像犯了一个严重的错误，但是他脑子嗡嗡作响，总是差一点什么才能将一切梳理清楚。

只是原来……夜愿喃喃道："我们是朋友吗？"

安息听了这句话后不可置信地深吸了一口气："你！"他说话间又带上了哭腔，但死死忍住了。

良久没说话的昼司忽然开口道："别吵了，来人了。"

少年还是止不住地掉下眼泪，不顾昼司的警告，大声宣布道："我，我讨厌你！"

米奥闻言快速抬头仔细扫视了一圈，又侧耳仔细辨别了片刻，竟确实捕捉了一些动静，惊讶昼司怎么会先于他发现。

"之前从警察那边偷到的传呼器，电波通信的，只要走到五十里之内就会有信号。"昼司手上拿着一个黑色的小方块，米奥点点头，心想"什么时候拿的？"，一边说："明白了，走入信号范围后会有白杂音。"

昼司"嗯"了一声，忽然有些不着边际地说："玩过'忽冷忽热'的游戏吗？"

看见米奥一高一低的眉毛，他解释道："寻宝的时候，你离宝物越近，得到的提示越'热'，如果方向走错，提示就会显示越来越'冷'。"

"你的意思是用这个通信器做提示音绕开警察？"米奥问，"绕开之后又往哪儿走？"

昼司早就想好了："接驳船港。"

"不跟你说了吗，钱不够，"米奥烦躁地道，"而且满城通缉，你还送上门去。"

昼司摇了摇头："管够。"他说着开始摘下古董机械手表、琥珀钻袖扣、黑曜石镶边的领带夹等等一大堆东西丢到米奥手里，说："全部单卖，每一件的价格要是在一百以下就不要成交，不够再拿上这个。"

他把之前被夜愿偷拿的左轮手枪挂在食指上："这是全手工的，特制子弹，估计也可以单卖，对了你之前从航空艇上带下来的枪还有多的没？"

"什么！"夜愿慌忙阻拦道，"一百笔芯？这些东西的造价……"

"你闭嘴，"昼司冷冷地道，"要不是你擅自行动，我们根本不必拖延到通缉相传遍林堡的时候。我现在是没法关你禁闭，你就先自己好好反省着。"

说罢他看也不多看夜愿，转过来接着说："而且我说的是接驳船港，不是林堡城内那些接送点，接送点针对性太强，每个班次的上下人数又少，我们出现很容易显得突兀。我打听过了，所有接送点的人都会统一运送到船港更换中型航空艇，那里大部分是货物运输，以及少量的……"

米奥给了他一个疑惑的眼神，昼司很不舒服地吐出一个词："奴隶。"

虚摩提上被赶下来的仆人，废土和林堡里想潜上去的侍从，奴隶虽然是个笼统又过时的词，但其代表的内涵他不需要多问。

"那里人口复杂，每日停走的船只多，什么样的都有，警察基本不管那一块，我相信只要有钱，总有做生意的人。"

就在这时，他手中通信器的杂音越来越大，隐约已经能听到里面传出人对话的声音。

米奥没有接他的枪，只将一大堆闪闪发光的饰品收拢在手心，说："走。"

四人一边走一边绕，他们既不熟悉地形，又要躲避四面八方的搜查队——所幸敌人在明，传呼器和米奥的听力为他们争取到不少先机。

此前航空艇坠毁的地方是在林堡最靠近外海的方向，而前往废土的接驳船港则是正好能将搜查队伍抛在反方向的对角。一路上，原本总是叽叽喳喳的安息异常地沉默，夜愿被主人勒令反思也不敢说话，米奥和昼司反倒成了唯一交谈的成员——两人偶尔快速分析一下接下来的走法，偶尔停下来辨别一下方向和高度。

"怎么走了这么久还没有阳光？"昼司的机械表上有一小块罗盘的指针，他对比着压力器，心算着自己所在的海拔高度，说，"方向应该没错，按理说快到了。"

"不是没有阳光，是太阳快下坡了。"米奥说，"秋冬就是这样，天黑得早，昼夜温差又大，海面上感觉不明显，废土上才要命。"

"已经很久没听到杂音了，"昼司说，"他们搜过来估计还要一阵子。"

米奥却摇了摇头："不要冒险，我建议今夜直接走到海边，选一个接驳港垂直下层的地方休息，明早港口一开就直接走人。"

他抛回昼司的那一大堆饰品给他，手里捏着其中一枚袖扣晃了晃——上面镶嵌着一块方型切割的琥珀色黄钻，说："这个我就留下了，当作你们给我惹麻烦的补偿。"

昼司没有异议，四人继续前行。

在持续跋涉了近九个小时后，四人终于横穿林堡，来到了最靠近废土一侧的岸边。从这里遥望出去，景象和空无一物的广袤外海大不相同——附庸着虚摩提主岛而发展生存的生态链，也就是那一圈又一圈宛如卫星环带的航空艇照亮着整片夜空，倒是和从废土远眺虚摩提的景象有了些许相似。

四人的脸庞都在航空艇灯光的照映下忽明忽灭，安息默不作声地找了个角落坐下了，看样子已经很累了，米奥已经好长时间没过见他这么沮丧，心里一时间也有些不忍。

"安息，饿不饿？"米奥问。

安息摇了摇头。

"喝水。"米奥递过水瓶，看他小口抿了两下又把瓶子拧起来，说，"我去上面买点吃的。"

"我也去，"昼司说，"顺便换点笔芯。"

米奥想了想，答应了——这些装饰品离虚摩提越远越卖不起价，毕竟废土上的人才不会没事买什么袖扣，最好是在出港前就离手。

于是安息和夜愿被留在隐蔽点等待——两人各自蹲在黑暗的角落里，像两颗脱水的番石榴。米奥和昼司则乔装了一番一齐出发了——有米奥同行，昼司倒不是很担心，于是他把通信器留给了夜愿，没有多说什么便离开了。

没有安息跟着，米奥索性放弃了寻找小路的念头，直接跳上输油管，踩着钢架的节点向上爬去。昼司只看了一眼，也挽起袖子跟了上去——这就和徒手攀岩差不多，他小时候经常玩的。头顶遥遥传来人声和脚步踩踏在钢架上的震颤，很快，两人就闻到了自由港混沌秩序的气息。

Chapter 18 回不去的都叫作……

不同于虚摩提四处都是规划好的航线和停机场,林堡对外的大型自由港就这么一个,面向废土的方向开启,由无数纵横交错的货运轨道和垂直电梯串联而成,宛如一个疯狂物流城。

公共开放和私人租赁的停泊口大致五五开,占据着林堡南面整个上下五层的缺口,每天都有成百上千艘大小飞船自废土或虚摩提往返,大量的物资和人口片刻不息地起降。船上的探灯、港口的照明灯、货运轨道和滑行跑道的标示灯,再搭配背景中无数酒吧、餐厅、旅馆的灯光,这里夜间也亮如白昼。

两人走进港口之后,米奥第一个想法就是:"这里有点像废土集市。"

昼司也因眼前繁忙的景象吃了一惊:"哦?废土上也有这么热闹的地方?"

米奥环顾了一下周围,对比番城集市,这里的感觉又不太一样:"废土到了夜里就安静了,这里不是。"

昼司点了点头:"我也想到一个,古时候连接大西洋和太平洋的巴拿马运河,两岸就有这样的海盗城,整个村子乌烟瘴气,全是酒吧和旅馆。"他话还没说完,身旁忽然两个本在大声争执的人忽然打起来了。

昼司侧身一让,那两人正巧滚在他刚才站着的地方扭打成一团,他接着说:"酒精上头或者分赃不均的时候,就经常像这样起冲突。"

"说得你好像见过一样。"米奥哼哼了一声。

"真的,我看过一个纪录片。不过后来一次海啸,把其中半个村子都吞到海底了。"昼司为免血溅到裤腿上,又往旁边让了让。

米奥惊悚地看了他一眼:"你这个故事阴暗起来倒是挺快的。"

"不是,"昼司解释,"那些酒吧和街道完好地被保存在海底,潜水下去还能看见酒瓶放在架子上……"

他沉默了,因为现在整个世界都已经荒芜成这样了。

斗殴的其中一人被按倒在地,一拳砸在面门上——颧骨被重击导致他顿时休克。但周围的人不但没人劝架,甚至连多看一眼的都没有,像是早已习惯了。

两人观察了一下,遍布整个林堡的通缉画像在这里倒是没看见。"法外之地。"米奥说,又问,"你那一堆东西,看起来最值钱的是什么?"

昼司想了一下——不是"最值钱的",而是"看起来最值钱的",他了然地点了点头,稍微凑近一点用两人的身体挡住外界视线,递出白金色镶黑曜石的领带夹给他:"就说这是黑水晶好了,反正都是二氧化硅。"

米奥斜眼看他:"照你这么说,那钻石和铅笔的化学元素也一样,都是碳。"

昼司不禁笑了一下:"就是这个意思。"

米奥似乎也觉得有点好笑,但他仍板着脸,只说:"奸商。"

在没有事先说好的情况下,两人出乎意料地配合得非常顺利,米奥凶神恶煞地亮出满身武器饰演黑脸,昼司再信口雌黄地假扮白脸,堪称黄金销售组合,单靠一个领带夹和一枚袖扣就换得了一笔相当不菲的笔芯。

两人一边问价比对接驳船的费用一边走,昼司忽然开口道:"听着,我……我需要跟你道歉。"

米奥看了他一眼,瞬间反应过来:"你知情?"

昼司愣了一下,答:"不。"

米奥:"那你道什么歉。"

252

昼司道："具体的我不太清楚，你不想说也可以不说，但夜愿很明显冒犯了你，他做错了，那就是我没有教好。"

"你们俩的关系着实有点诡异。"米奥语焉不详地说，"他根本不知道自己面对的是什么，你也一样。在'上面'也许你的姓氏就可以解决一切，但在其他地方可不是这样。"

昼司觉得他好像话里有话，但没有深究，坦然地道："你说得对。"

"不管什么都想着用钱解决，好像除此之外的一切都不重要，所以我才讨厌和虚摩提的人打交道。"米奥毫不客气地说。

"不是不重要，而是……不知道该怎么衡量，"昼司想了想，说，"不知道除了钱以外还有什么稳定的、值得信赖的打交道的方式，父子也好，兄弟也好，都只不过是一个符号罢了，最终你只能选择相信权力，相信金钱。"

"那那个谁呢，"米奥问，"怎么衡量？"

"你说夜愿？"昼司有些意外地挑眉看了他一眼——夜愿既不是自己的亲人，也很难归在朋友的范畴里，半晌才说，"他不一样。"

米奥不置可否，没有再说话。

两人又换了不少干粮和饮用水，大包小包地提着往回走，路过一个竞技场的大幅广告时，昼司忽然想到："那个小孩儿，看着没什么心机，其实还是很保护你的。当时你下场比赛，我们问他为什么不担心你受伤，他嘴很严。只不过……估计夜愿早在那之前就已经心存怀疑了，所以才会特别注意。"

"你不用帮他解释，"米奥说，"他就是特别容易相信别人，外加缺心眼。以我对他的了解，选择不说不见得是因为警惕，而是他根本不觉得这有什么。"

米奥回忆起当初在番城集市的时候，安息和他同时从冯伊安那里得知了自己血液的秘密——自己父亲感染变异病毒却在不知情的情况下让母亲怀了孕，那时候父亲虽然还没有成为变异人，但基因也已经发生了异变，才导致他如今成为这么一个游走在变异人和人类之间的物种。虽然自己早有怀疑——毕竟他从小到大受过多次变异人的抓咬都没有变异，伤口也总是比别人恢复得更快，可真的看到自己细胞另类的长相，听到消息坐实时，难免还是反应不过来。

"安息当时淡定极了，好像打心眼里就不觉得这有什么。你知道吗？在我遇到他之前，十六年来他都住在暗无天日的辐射避难站里，那地方说大不大，统共也就上下十几层洞穴，加起来也就不到七八十号人。所以，在走出避难站之后，整个世界对于他来说都是新的，别人都闻风丧胆的高级变异人也好，虚摩提上的你们也好，基因很明显与常人有异的我也好，对于他而言都是新的，没有成见，也没有区别，"他似乎想起了什么，轻笑了一下，'"可是米奥就是米奥啊"，他当时是这么说的。"

相处的这些天一来，昼司第一次听他说这么多话，点了点头。

走出两步之后，昼司忽然感慨道："厉害。"

米奥侧头看了他一眼，昼司发自内心地夸奖道：'"你就是你"，饶是我也想不出更好的回答方式了。"

听见安息被夸，米奥哼笑了一声，装作不在意的样子嘀道："这是天然蠢的力量。"

两人记下了几个接驳船港口的号码和航班时间——前往废土海岸线和前往虚摩提的船只都有固定的位置，开始返程下行。

既然米奥已不避讳地谈起了这件事，昼司接着之前的话题说："虽然这么说你可能也不在乎，但如果我事先知道的话是绝对不会同意他去验血的，太危险了。而且这种实验也实在太过狂妄，即使真的成功了，得到了这种能够大大加强人类修复能力和战斗力的药剂，会大大打破现有世界的力量平衡，届时整个世界都将成为一个巨大的竞技场。"

米奥单手拎着一大桶水，胳膊上还挂着些压缩面包，顺着滑竿向下爬，一边说："这不好？到时候你们把我抓起来关在实验室里养着，做药品的唯一供应商和原产地，你再给自己注射一点，还怕什么继母和叔叔？"

昼司跟在他后面，并不赞同："我又不是什么超级英雄电影里的反派，为什么要做这种事。"

"短期而言，效果不佳，实验不可控因素太多，投入大，时间线长。"昼司一边习惯性地分析夜愿计划的可行性和弊端，像是给学生作业打分的老师，没留神在跳下地的时候衣摆被一根松脱出来的铁钉挂住，"刺啦"一声拉出一道巨大的口子。

米奥没绷住："噗——"

昼司低头看了看，无奈地叹气道："唉，算了，就当燕尾服。"

"就跟你说你的衣服很不适合活动。"米奥幸灾乐祸。

"但是你明白吧，这件事夜愿能发现，未来总会有更多人能发现，你还有一天需要战斗，这个秘密就不可能永久保守下去。"昼司最后这样说。

港口的喧嚣渐渐远去了，周围又只剩下夜风和海浪的声音，安静地步行了一阵子后，米奥竟出乎意料地主动开口了："我小的时候……我以前，对人生的全部认识就是活着，今天白天能够赚到食物和水，晚上能够躲过变异怪物的攻击，我今天又活下来了。后来长大一点，生存不再是最大的难题，我开始试着想要像……试着想要更加有尊严、有原则地活着。"

想着对方反正也不认识师傅和明队，米奥索性省去了他们的名字。

昼司有点惊讶——没有想到对方会愿意跟自己说这些类似剖白的话，瞪着眼睛道："你该不会是要跟我说了这些之后就杀了我吧？"

米奥露出恼火的表情，说："就是这么打算的。"

昼司有点好笑，道："你接着说，然后？"

"同时我也发现，在这个世界上有些人注定是得不到尊严的，根本不是我十五岁时以为的那样，你努力练枪和格斗就可以变强，"米奥说，"出身和资源的差距，是无法跨越的鸿沟。"

昼司终于明白他为什么和自己说这个了，也感叹道："是吧，可是到底要向上爬到什么地步才能有尊严地活着呢？"

米奥露出一个有点嘲讽的表情："看见你的时候我就想，即使是整个废土都望尘莫及的虚摩提大少爷，也过得既不顺心，又不自由。"

昼司挑挑眉，并没有被冒犯，他侧身露出被撕破的衣服后摆耸了耸肩，意思是——没错，就是这么狼狈。

"人有再多的钱，如果不能做自己想做的事，去自己想去的地方，保护自己想要保护的人……"米奥说得很慢，又一直修改措辞，但昼司一直认真听着。

"我从不觉得自己特别幸运，也不会矫情地觉得自己有多不幸，"昼司说，"这只是我在这个世界上的角色而已，自怨自艾未免太没格调了。"

米奥闻言扬了扬眉毛，又接着说："再后来一点，出现了一个计划外的人物，于是一切都被打乱，我生存的方式和坚持的原则，我行动的步调，很轻易地被折腾得乱七八糟。"

"感觉怎么样？"昼司问，"妥协的感觉。"

米奥停下脚步想了想，诚实地道："一开始有点吓人，但久而久之，还不赖。"

他以前觉得世界很大，后来忽然发现世界其实很小，小到某些人伸开手掌就能全部盖住。而自己的身体明明变得比以前要更加强壮，但灵魂却好像又更脆弱了，他甚至开始有了更多荒谬的、不切实际的奢望。

"是因为有了软肋。"昼司说。

米奥有点吃惊地回头看他——对方就好像听见了自己心里的话一般，可昼司站在原地，看起来比他还震惊，像是忽然意识到了什么不得了的事。

他抬起头来眨巴了一下眼睛，米奥狐疑地看着他："你傻了？"

"原来是这样吗？"昼司莫名其妙地发问。

"这人傻了，"米奥也懒得理他，回头继续前进，"到了。"

两人回来的时候，安息和夜愿还如同他们走前那样各自盘踞一个角落抱着膝盖发呆。夜愿看见昼司回来，想要凑过去讨好主人，但又碍于对方先前的怒火和指令不敢乱动。

米奥在墙角生了一堆火，安息懒洋洋地溜达过来，看他把面包切片后两边烤一下——面包片立马就变得又香又脆。

昼司清点着存款和物资，分神看了一眼，黑脸道："这不会是你之前战斗时用的刀吧。"

米奥说："你可以不吃。"

安息眼神频频飘过去看墙角的夜愿，戳了戳米奥，米奥躲开肩膀说："我不去，要去你自己去。"

安息又睁着圆溜溜的双眼拼命暗示昼司，昼司不动声色地快速扫了一眼夜愿——今天的海风比昨天还要大，空气更加低温潮湿。夜愿的体温总是比自己要低一点，昨天的他还软绵绵地靠在自己背上，今天就像一只弃犬一般躲在墙根，连火光都波及不到。

昼司转过身来，背对夜愿低声说："做错了事就该自己反省，什么时候想通了，他自己会过来交流的，这是教育的一部分。"

米奥几乎是有些恍然地点了点头，再看昼司的眼神都变了。

彼处的夜愿已经很久没有被这样关过"禁闭"了，这事在他十五岁之前比较常发生。现在的他又饿又冷，其实跟小时候被惩罚的时候很像——虽然主人从来不会下令不准他吃饭，但只要惹火主人被罚到底舱后，其他仆人就不会给他送食物，这是主人一直不知道的事。

人一旦饥饿起来，面对的世界似乎就会阴暗很多，他无边无际地想——自己一路以来好像真的除了惹麻烦之外，没有帮上主人一点忙，他想到自己被少年打劫的事，又联想到在登上新世纪号的前一天，自己非但没有尽责任帮助主人好好做准备，反而还缠着他给自己"过生日"。

他又想到，等到事情解决他们回去虚摩提之后，他无非也就是眼看着主人和安娜小姐继续相亲结婚。要是不回去的话，自己又什么钱都赚不来，而且现在连安息也讨厌他了。

懊悔和自我厌弃慢慢占据上风，夜愿忽然突发奇想——金发真的很值钱吗？如果自己还有这样一点用处的话，可以换一点钱给主人，帮助他回到虚摩提吗？

届时自己不再存在于此，那样知道米奥秘密的外人也消失了，这样安息就会放心了吧？

他抬眼看了看火光周围的三人，心想着主人可真厉害，原本和他剑拔弩张的米奥如今也平和地同他坐在一起了，不像自己，总是把事情搞砸。

主人先前明明交代他要去废土雇佣多余的侍卫，自己戳破探月基地假象回来的时候为什么不带他们一起呢？那时明明就已经该警觉事态并不单纯了。之前他独自回到日蚀号上时，为什么没有从仆从和罗特夫人口中套得更多的情报呢？再更早之前，曼德和范修连恩已经无声无息地发展了如此壮大的武装力量，他为什么没有及时发现呢？

以及……为什么在主人还愿意关注他的时候，他要推开他，还说"您什么都不懂呢"？

思维到这里忽然停滞了一下，夜愿一时间意识到了一件他此前没有想过的事。

为了确保他的计划雏形能够经受得住进一步的推断，他必须要先验明米奥的血液是否的确有非常规的地方——如果没有，米奥只是一个普通人，那么计划作废；如果有，再打算下一步的做法。而只有得到了这个信息，他才能在足够的信息基础上做出合理的交易议案，并且了解谈判进退的尺度在哪里。

这是他今天早上的想法。

可是万———这一切根本就不是或不应该是一场谈判、一场交易呢？

他忽然发觉，这整个计划的本质完全建立在一个前提下：那就是如果不支付"雇佣金"，对方是没有道理提供协作的。

这不但是陌生人之间的相处法则，也是商业伙伴之间的交流方式，甚至连亲人之间也要分清利弊。

可安息提出的疑问却不在这个范畴里——朋友，朋友又该怎么处理呢？

夜愿深深地吸了一口气，忽然一下子都明白了——这难道不是之前同主人的对话的翻版吗？彼时的主人极力劝服他提出一个物质的愿望，以便于能安心捆绑他的忠诚，今天的他也因为不相信友情的羁绊，而拼命用什么财富和未来试图换取对方的信任，这不是一样的吗？

夜愿想到当初主人说出那样的话时，自己的心脏好像破了一个灌满冷风的大洞。

那么，安息现在也这样伤心吗？

"安息，"夜愿走过来几步——他蹲得太久，腿又痛又麻，却不敢离得太近，脸仍置于黑暗之中，轻声问："你愿意和我说几句话吗？"

安息一骨碌爬起来，随即意识到自己表现得太过急切了，又徒劳地假意犹豫了两秒，才点头道："嗯。"

昼司没有抬头去看，专心对付着手里的罐头。

两人稍微走远了一点，昼司忽然小声问："他们说什么？"

米奥不可置信地看了他一眼："你不是不想知道吗？"

"我什么时候说了，快点。"昼司不动声色地说。

米奥一脸嫌麻烦的表情，回道："他在道歉……"

昼司猛地抬头，小声道："具体是什么？你好好转述。"

"你在命令我吗？"米奥翻了个白眼，但还是说，"说什么不该用物质衡量一切，也不该不信任他，还有什么傲慢和自以为是……说的什么我听不懂，你自己过去听好不好。"

昼司偷偷多看了一眼——夜愿明明应该比那少年大上几岁，如今却也是一副要哭不哭的表情，跟小时候的德行一模一样。

有时候他觉得夜愿已经长大到了陌生的地步，在这些时候，夜愿又和那个从书柜上摔下来的小金毛又重叠了。

"哦，现在他说，虽然考虑不周，但他从头到尾都没有想要置我们于危险之中。"米奥比画了一下自己的安息，"我们。"

"然后蠢羊说'我相信你'。"米奥做出一个有点无奈的表情，碎念道，"什么呀，这样就相信了，难怪总是被骗，真不让人省心……"

昼司几不可闻地笑了一下，米奥还在做传译机："然后狡诈的金毛说，我可以抱抱你吗……等一下，不可以！"

最后三个字是他大声喊出来的，夜愿和安息都被他吓了一跳，夜愿收回手来，老实地"哦"了一声，还真的就不抱了。

昼司不悦地道："你凶什么？"

安息"呜呜"地抽着肩膀，张开了双臂。

"好了好了，"米奥见状坐不住了，"哭够了就过来说。"

四人重新坐到火堆边，昼司从头到尾也没有多说什么，但夜愿感觉得到——火光的温暖照亮了他的皮肤，彻骨的寒冷似乎终于要褪去了。

夜愿从禁闭的角落里被释放出来后，虽然还没有得到主人的口头赦免，但被安息原谅的喜悦已经压过了沮丧——昼司发现那两个人和好之后，又凑在一起咬耳朵了，自己完全被晾在一边，不由得心情有点复杂。

米奥本来在收拾他切过面包的刀，看到这一幕后飘过来在昼司身后凉飕飕地说："后悔了吧。"说罢他又不动声色地幽幽飘开，昼司深吸了一口气，告诉自己不要回头，不要和他生气。

他想了想，在烤得十分香脆的面包上抹了一些罐头三文鱼，假装不在意地晃来晃去。夜愿鼻子动了动，偷偷看了他一眼，但没敢说话，又刻意地移开了眼睛，就像他小时候故意不去看自己留在桌上的糖果一样。

昼司引诱失败，清了清嗓子："咳咳。"

夜愿停下来扭头看着他，昼司面无表情地说："明早7点的航班。"

安息闻言立马问："去哪儿的，我们回家吗？"

米奥说："家里倒是不一定安全，说不定有人监视，甚至是个陷阱也有可能。"

夜愿点头道："之前多恩少爷就找到了你们循环艇的位置，不过好在那是他的个人行为，罗特夫人并不一定知情，但……你们还是要小心。"

"你们？"安息捕捉到话里的别意，抓着他手腕问，"你不和我们一起走吗？"

夜愿迟疑地看了米奥一眼——安息对他的信任叫他几乎有些羞愧了，反倒米奥堤防的态度还叫他感觉好过一点。

"可是小羊怎么办？"安息的关注点已经转移到别的事情上了，"小羊一个人看家这么久一定很害怕。"

米奥懒得理他，夜愿迟疑了片刻问昼司道："主人您记得吗，我小的时候，您送了我一艘船。"

昼司皱着眉，一脸完全没印象的表情。

夜愿虽然不意外，但还是有点失落，说："原本是泥盆纪造船公司给您定制的，您转送给了我，上面配装了李奥尼斯的内部系统，只是从来没有激活过。"

昼司听罢眼睛微微亮了："金钥匙还在我手上，如果可以绕过监听，启用部分权限……"他说罢又"啧"了一声，"我手中的资产大部分是不动产，要变现没那么快。"

"主要？"米奥抓住了关键，"剩余的部分呢？"

"之前几场赌局倒是赢了不到百万的零钱，不过都是虚拟货币，而且大部分已经投到植物园的运营里去了。"昼司说。

听到这个面值之后米奥倒抽了一口冷气，安息后知后觉，也跟着抽了一口气。

夜愿连忙解释："热可可，柿子！"

安息听罢立马冷静了下来，接受了"植物园"这个存在。

但米奥却不然，他咬牙切齿地问："那你平时缺钱花的时候怎么办？"

昼司想了想，认真地回答说："我没有缺钱花过。"

这倒是真的，在"虚摩提"这个范围里就几乎没有动用到他需要花钱的场合或时刻，以至于活到今天，他才深刻体会到每一支笔芯的威力。

安息跳起来拦住米奥："别生气！别生气！"转头问，"你没有不是虚拟信币的钱吗？"

米奥冷静下来，拎开安息接着说："你身上那些零碎凑些过日子的钱倒是没问题，但要大规模地雇佣赏金猎手是绝对不够的。你只要在林堡多待一天，追兵就会离你更近一些，这里说大也大，但要搜一个人出来，也用不了多久。"

昼司赞同地点了点头，一边思索一边低声自语："也许应该换个思路。"

夜愿仍皱着脸纠结："我之前数次在骑士团工会发布雇佣任务，给钱也向来很爽快，也许……我们可以在不付定金的情况下雇用一批人？我之前清点了一百来号赏金猎人，也许可以顺着那个合同先赊账……"

米奥嘲讽地笑了一声："从老鲍勃手中抠出钱来？你做梦！而且看你

们俩现在这个样子……"他指着昼司开衩的西装外套,"很明显就是落魄贵族,一点用都没有的那种。"

"的确,"昼司并没有感觉被冒犯,他指着头顶的浮空巨兽说,"没有人比我更清楚了,只要是在虚摩提的阴影之下,那就是无处可躲,也许……"他犹豫了一下,似乎自己也很难说出口这句话,"也许目前唯一的缓兵之计就是退守到虚摩提势力微弱的废土,再从长计议。"

夜愿还来不及消化这个决策,安息已经欢呼了起来。

"哦哦哦!去废土玩咯!"安息看起来很高兴,"那去废土之前我们先回家一趟!"

"鬼打墙!"米奥头痛道,"回家干什么,跟你说了那里可能有埋伏。"

"我要回家拿小羊!"安息大声说。

"小羊是什么?"昼司小声地问道。

夜愿比画了一个手势,解释道:"电子宠物,安息养大的。"

米奥烦得不行:"带着这两个人就已经很麻烦了,你不要再节外生枝给我找些事……"

安息忽然歇斯底里地假哭起来:"小羊!我要小羊!"

夜愿也赶忙为自己新交的"好朋友"帮腔:"小羊!给安息小羊!"

在昼司颇为惊异的眼神中,面对变异人也面不改色、手起刀落的米奥,在少年幼稚的闹腾下居然轻易就妥协了:"好好好,回去拿。"

安息瞬间安静下来,脸上一滴眼泪也没有,乖巧地道:"嗯!"

米奥十分憋屈,低声咕哝道:"就不该给你买那个玩意儿。"

隔日清晨还不到五点,米奥已经把全员都叫了起来,太阳尚未升起,海上弥漫着浓厚的雾气,每个人的衣服都潮湿得不行,冰冷地贴在皮肤上。

安息和夜愿眯着眼睛,脑袋靠在一起打瞌睡,昼司迅速翻身起来收拾好东西,悄声问:"怎么了?"

米奥指了指楼上,只说:"要小心。"

浓雾之下,所有钢架锁链都又冰又滑,能见度也变得极低,所幸米奥视力和听力都很好,他走在最前,在安息腰上绑了一根绳子,免得他迷迷糊糊地掉下去,安息看见绳子抱怨道:"我又不是小孩子了。"

刻意避开公用电梯多绕了一段路后,四人上到港口层的时候已快六点了。前往废土的大型接驳船已经停靠在渡口,正在加燃料——用的是虚摩提上食物废油循环提炼成的,空气中一时间弥漫着令人反胃的味道,四人没吃早饭的空荡胃部一阵阵紧缩。

他们和接驳船只隔着四五条街了,但米奥却没有走出去,而且背贴着一个集装箱,微微探出脑袋去看。

果然,白雾之中,他发现了几个穿着林堡警察制服的人,正拿着他们的通缉画像挨个询问商铺和旅馆的店主。

"啧。"米奥不爽道。

"警察?"昼司问,"你能看到通缉内容吗?"

米奥眯眼看了一会儿说:"勉强吧,好像是之前在竞技场看台的监控截图。"

"我知道了。"昼司说。

片刻之后,警察问过一圈也没能有什么进展——虽然整个林堡都对他们没什么好态度,但自由港的人对他们尤其厌恶。这源自林堡建立初期的混沌年代里,彼时的警察组织还是彻头彻尾的黑帮,甚至还没有披上这一层体面的皮。那时的林堡资源匮乏、人口稀少,仅有上下三四层,黑帮便死死依附于利润最丰富、油水最多的自由港生长发展。鲜美的肉类不但吸引着掠食者,也吸引着腐食者,在无数次血腥火拼以后,林堡尚未萌芽的经济遭到重创,黑帮人员被虚摩提上的小股势力收编,并冠上了"警察"这一几乎有些讽刺的称谓,而矛盾冲突最激烈的自由港被还给了林堡居民,从此二者泾渭分明。

如今,这一群穿着制服的人再次现身于此,得到的待遇只有大力拉下的卷帘门。

警察放弃和居民交涉,转而在港口附近巡逻搜索,他们主要监控的目标是七点前往废土的接驳船以及七点十五前往虚摩提的接驳船。

忽然，一队疑似目标的四人组出现在他们视野里，直朝着废土接驳船的检票口而去。数名警察见状迅速行动起来，手指扣在电击棒开关的边缘蓄势待发，同时在雾色掩盖下无声地靠近目标。

目标其中一人似乎有所察觉，他脚步暂缓，继而转身朝反方向快步走开了，目标剩余三人也快步跟上了他。一众警察意识到自己被发现，加快了步伐小跑起来，而目标四人却忽然两两分开，一左一右消失在了集装箱的后头。

警察们也立刻分成两队。

第一队人追着稍显警惕的二人组去了，拐过集装箱后，他们来到了一大片私人的停机坪，雾气之中，这里静静歇息着模样各异的大大小小数十架航空艇，在逐渐露头的朝阳中投下斜长的阴影。

数名警察彼此使了个眼色，放轻脚步呈扇状分开包围圈，一步一步地向前推进。

朝阳的金光冲破了一些雾气，但光影重重叠叠，视野又被扇叶和涡轮阻碍，每一点细微的声音都被放大数倍。

忽然，不远处的接驳船拉响了第一声汽笛——这是离开船还有三刻钟的提醒，与此同时，在汽笛声的掩盖之下，包围扇形最右边的一角忽然消失了。

走在包围圈最右侧的警察被无声地放到在地，并拖拽到了一个汽艇的后头，整个过程连叫声都没能来得及发出，而剩余的警察无知觉地继续向前。

前方机翼下方忽然跑过了一个身影，躲在了一座小型循环艇的背后。领头的警察做了个手势——一人断后，剩余的几人左右包抄，围着循环艇绕行。

断后的警察刚朝前走了两步，忽然预感不妙——这是一种可怖的直觉，他身体还没来得及行动，鸡皮疙瘩已经起了一背。他下意识地想要抽出腰间的电击棒，赫然发现手臂完全动弹不得——身后那人一手按在了他右手上，另一手无声地伸到了他的喉咙上。

包抄的数人在循环艇的背面相会了，几人疑惑地彼此对看了一眼，忽然警醒过来，同时抬头看去——一名黑发少年猫一般轻巧地蹲在机翼上，双手端着一柄手枪。

枪响之下，一名警察即刻倒下了，领头的警察翻身滚到机翼下的死角处，吼道："隐蔽！"

又是一声枪响，另一名警察被击中大腿，直接摔了出去，黑发少年像是有些不满意枪的准头，不太高兴地"啧"了一声。

领头抬头正要下令，赫然发现躲在他对面机翼下的同伴身后出现了一个高大的黑影，男人宛如在砧板上敲昏一条金枪鱼般轻易地放倒了全副武装的同伴，他已经顾不得"活捉"的指令，连忙掏出枪来。

"砰！砰！砰！砰！砰！"领头疯狂地开枪射击，对面的男人却无比灵活，左避右闪，数枪之后竟然毫发无伤！领头暴怒道："我不相信你还能快过子弹！"

他正要再开枪，仅剩的一名同伴连忙拽住他叫道："会爆炸！"

领头定睛一看，刚才他不小心射穿了循环艇推注器的油箱，刺鼻的劣油气味后知后觉地钻进了他鼻子里，下一刻，男人已经逼近到他的面前。

男人居高临下地看着他，带着猎食者的残忍和冷酷，把世界归置于一片黑暗。

分头追捕的另一队警察脚步也停顿了一瞬间，他们追着其中两个目标已经跑出了很远，但不会认错远处传来的枪声。

他们彼此互看了一眼，加速追了上去。

可前方在铁梯上穿梭逃窜的二人速度实在太快了，尤其是带头的那个高个子，简直比林堡居民的他们还要熟悉地形——毕竟自由港区域不是他们熟悉的地界，脚下的钢板又湿滑无比。

"不然咱们先回去支援头儿？那边好像出事了。"其中一名警察边喘边说。

另一人果断地拒绝道："不行，你看！"

前方速度较慢、身高稍矮一点的人在跑动过程中兜帽松脱，一小截金发露了出来,"上头说了,最重要的是那个人!"

"马上要到玫瑰区了,那边有一条路昨天垮了,我们从左边追。"另一人比画道,"右前方是死胡同。"

几人心下了然地快步追了上去,其中二人直朝着左前方狂奔而去,嘴里还喊着:"嘿!停下!"

目标果然被逼迫而不得不掉转方向,如他们所愿地朝右拐去,数名警察不约而同掏出了手中的电击棒,此刻,接驳船拉响了第二声汽笛——离开船还有一刻钟了。

绕过"玫瑰大桥"后,前方目标二人果然停住了——前方的路面垮塌,铁板不堪雨露侵蚀而横面断裂,脚下是数十米高的悬崖。七八名警察手中的电棒嗞嗞作响,把来路堵了个严严实实。

"别逼我们动手,上头想要你活着,"其中一名警察喊道,"但没说不能少条胳膊或缺条腿!"

其余众人都哄笑起来。

目标二人彼此对看一眼,缓缓地举起双手在空中,叫道:"不要开枪!"然后慢慢侧过身来。

"什么?"那警察愣道,"女人?"

兜帽滑落之下,露出一张憔悴女性的脸,她的睫毛膏和眼线狼狈地晕开来,她染着劣质金发的头顶已经长出了颜色更深的发根——分明是一名林堡人。

另一名男性也转过身来,露出一张饱经风霜的脸——是完全陌生的长相,一名警察吼道:"你是谁?"

那人露出畏缩而茫然的表情:"我……我是码头的搬运工,有人给了我一笔钱,叫我朝着林堡的方向跑,跑得越远越好。"

"该死的!上当了!"数名警察回看来时的方向——码头已经很远了,十五分钟内是决计赶不回去的。

彼处的米奥和安息来到了接驳船的售票处,左右四顾了一番——没有看到昼司和夜愿的影子,安息有些着急,拉着米奥的袖子问:"怎么办?"

他们跑掉了吗?"

"不知道,"米奥也皱着眉,"先上去等着。"

两人走上接驳船,来到不算太拥挤的客舱——清早的航班人数不多,甚至还有座位。

"喝咖啡吗?虽然是调味粉冲泡的。"不远处桌边忽然有人朝他们搭话。

"夜愿!"安息惊喜地叫道,"你没事!"

难怪他们没有第一时间认出昼司和夜愿——两人从头到尾都换掉了,夜愿此刻戴着一顶遮阳帽,用防风镜固定在头上,金发也全部收在里面,而昼司更是换了一身麻灰色的罩衫,那衣服大概有些短,他跷着二郎腿,宽腿的裤管下露出一截脚踝。他手里端着一个搪瓷杯子,小口小口地抿着里面的咖啡,那架势仍像是在什么高级酒宴中端着香槟。

夜愿偷偷看了他一眼,心想——主人穿这样也帅,有一种粗犷的美感。

米奥也走过来拉开凳子坐下,说:"给我来点。"

昼司旋开不知从哪弄来的保温杯,就着盖子给他倒了一杯没有奶精也没有代糖的咖啡,米奥喝了一口,全喷在了昼司脸上。

最后一声汽笛鸣响,接驳船的连接板缓缓收起,船体嗡嗡震颤了起来,涡轮扇叶加速旋转,空气被推出一圈一圈的波纹。望着那些波纹,昼司第一次阔别了他的世界,迈上了全新又未知的旅途。

他并不觉得害怕,反倒有点新奇,他细细咀嚼着这陌生的心情,然后忽然间明白了——夜愿,从小到大一直都活在这种一无所有的感觉里。

近六个小时的航程后,四人终于在海岸线落地,立马又要换成海岸接驳船,才能到安息和米奥的航空艇上去,夜愿看着远处那艘他数次到访的熟悉小船,浮萍般在海面上摇摇晃晃,安息离开前布置的彩旗和气球被风刮得只剩一点残骸,所幸船体内被天气罩保护着,同他们走之前的样子别无二致。

米奥细细观察了一番,宣布警报解除——没有别人到访过,几人才放心地上了船。米奥刚走了两步,忽然停住了,他移开脚,露出不小心踩中

267

的一卷布——那是一封信。

海岸投递公司平时主要负责生活物品的采买，偶尔也会接单送信，他们不必上船，直接用自己航空艇上的特制力臂进行投放，只是……谁会给他们写信？

米奥疑惑地展开信，快速扫了一番上面的内容——信的内容很简单：你寄存在我这里的东西，有了新发现。下次随骑士团造访废土时，务必来摊位上找我。

底下盖着一个烫金的戳，是花体的 PH 两个字母。

"医生给我们写信啦？"安息把脑袋凑过来，"他说什么，你放什么东西在他那里了？"

米奥表情复杂地看了他一眼，轻声说："我的血。"

番外：第一次投喂小动物的心得体会报告

今天又是阴雨的一天。

其实我并不讨厌雨天，雨天里不但空气凉爽，也不会有什么人在楼下的举行聚会，世界的声音被雨声盖过，很安静。

但今天的下雨叫我不太开心，因为随手搁在阳台上的素描本被淋湿了，即使迅速烘干之后，整个本子也还是皱成很厚的一摞，所有画都毁了，有些上色纸页的颜料还化在了我手上，简直心烦。

不过算了，反正父亲也不喜欢我画画，他总说这没用。

画画没用为什么要给我安排艺术鉴赏课？简直莫名其妙。

我随手把素描本丢进了垃圾桶里，没有开灯，抱了一本书躲到书架后——当然了，这也是一本被父亲划归为"无用"的奇幻小说，反正离下午的课还有两个小时，希望在此之前没有人打扰我。

看了不一会儿书后，图书馆进来了一个人。

我自书架的缝隙里看出去，第一眼甚至没有瞧见来人，找准角度瞅了半天才看见一个白金色的毛脑袋——那家伙实在太矮了，穿得又厚，走起来摇摇晃晃的，像个球在滚。

他怀里抱着一个干燥芯，估计是来给除湿机替换的——毕竟海上湿气本来就重，纸页书籍更受不得潮。

我不由得又想到我那命运悲惨的素描本,心情更糟了。

与此同时,小金毛蹦蹦跳跳地来到一个他两倍高的立柜旁——除湿机就摆在顶层。他先是将芯子摆在地上,然后从旁拖拽了一只重量不轻的木凳,费力地挪到柜子面前。

这家伙才几岁,看起来又小又笨。

我也不知道自己为什么蹲在书架后面不出去,还十分投入地从书顶的缝隙中看他奋力完成这件简单得要命的事。

小金毛重新抱起干燥芯,手脚并用地爬上凳子,再站直身体。他膝盖摇晃,看得我也莫名紧张,情不自禁为他捏了把汗。

他高举起干燥芯后,发现自己仍然够不着除湿机,又把干燥芯搁在柜子的第二层,再伸长胳膊踮起脚去够头顶的机器。

蠢!那东西后面连着电线呢!我这时已经忍不住要走出去了,却又见他收回了胳膊。

他抱着手臂,手撑在下巴上,摆出了少年老成的严肃思考表情,十分好笑。

思考了一会儿,他从凳子上飞快地爬下来,开始一本一本地搬运硬壳书摆在凳子上。这胆大包天的家伙,竟然要用书来垫脚,不过他大概根本不识字、也认不得那是什么书吧。

搬了足够的高度后,小金毛开始了新一轮的攀爬,这时候我已经候在他身后一米开外的架子边了——毕竟不少书的外壳都非常光滑,一个不稳就会全部坍塌的。

眼见着他踩上一本皮革封面的书,短短的手指头抓着书柜边缘——得亏了日蚀号上的所有家具都是固定在墙面和地板上的,不然早就被他拽翻了。

小金毛动作还算熟练地更换完干燥芯后,我正要松一口气,却只见他脚下一滑——书本垒成的山坡终于还是垮塌了。他整个人身体失衡,在我反应过来之前就已经重重摔倒了地上。

"啊呜——"他小声地吸着气,整张脸皱在一起,松开怀抱里护着的空芯槽，检查一番确认没有损坏，才放心地松了口气，并继续面容扭曲地揉着屁股。

很快，小金毛站了起来，并没有哭，好像已经习惯了这样的事，只是走路有点瘸。他复原了所有家具和书籍后，忽然又对垃圾桶产生了浓厚的兴趣。

哦，原来是对我刚扔进去的画本产生了兴趣。

他完全不嫌脏捡起了垃圾桶里我丢掉的素描本，先是小心翼翼地回头看了一圈——幸好我躲得快，然后将本子翻开了。

第一页是什么来着？好像是随手临摹的前院雕塑，可能还有个四不像的水果，根本没什么好看的。

但他看得十分认真，还用手指头摸了摸。

快翻下一页啊，我在心里催促道。

像是听到了我的诉求，小金毛又翻到了下一页，下下一页。有些画他看得相当仔细，好像在研究什么抽象派大师的创作内涵，有些却一晃就过去了，搞得我也好奇了起来。

整本翻到快一半的时候，他卡住了——干涸的墨水把纸张黏在了一起，轻轻撕扯了一下后，他又开始转着圈地试图找不同角度对付这顽固的纸张，干脆竟然还对着黏住的地方哈起气来，似乎这样能把颜料重新融化似的。

可惜小金毛还没来得及想出合理的对策，就听到了走廊上传来了脚步声。他赶忙把本子塞进了自己衣服里，抱起空的干燥芯欲盖弥彰地挡在胸前。

这个小偷。

不过我没有出去抓捕这个小偷，而是任由他带走了我反正也从来无人欣赏的幼稚画作。

之后的日子里，我发现小金毛隔两天就会出现在图书馆一次，有时候是替植物浇水，有时候是擦拭台灯的灰尘，大多是些简单的工作。然而只有我不在——或者他以为我不在的时候才会进屋来，但凡他看见我坐在桌子后面，便会悄悄躲掉，好像那么一个明晃晃的金脑袋谁看不见似的。

于是我开始试图在垃圾桶里丢些别的东西。

我先是丢了一幅雨景的水彩稿，果然被他悄悄捡走了，于是我又丢了一枚铜纽扣，也被他捡走了，我还试着在桌边放了些食物，但他只会凑近了打量，并不会碰。

我总不能把吃的也丢进垃圾桶吧。

虽是这么想，但随着小金毛渐渐长大，身材拔高的同时他变得更加瘦弱了，头发也不复铂金般的苍白色彩，而带上些金棕色的偏光——依旧十分显眼就是了。我不得不叫人添置了一个全新的垃圾桶摆在书桌下面——只是这里面从来不丢垃圾，而是一些带包装纸的糖果、零食和巧克力，纷纷被小金毛一脸惊喜地捡走了。

他抱着一大颗太妃糖的样子，下巴削尖，眼睛又大又圆，像极了在森林里藏松果的松鼠，对宝物的来源毫无怀疑，简直蠢透了。也不知道这些食物他有没有好好地自己吃掉，还是都分给了他那同样瘦弱的父亲。

别人说有些野生动物，不管再怎么投喂也无法驯养，不知道这只怎么样。